pulp

master

Buddy Giovinazzo wurde 1960 geboren und wuchs in Staten Island, New York auf. Er ist Autor und Filmemacher und lebt in Los Angeles und Berlin. In Deutschland hat er für *Polizeiruf 110* und *Tatort* Regie geführt und in Los Angeles sein erstes Buch CRACKTOWN verfilmt. Bislang bei uns erschienen sind: POESIE DER HÖLLE, BROKEN STREET, POTSDAMER PLATZ. Parallel zu der hier vorliegenden deutschen Erstausgabe erscheint CRACKTOWN als Neuausgabe in neuer Übersetzung.

Buddy Giovinazzo

Piss in den Wind

pulp master

pulp master
Band 26

Erschienen bei PULP MASTER, Berlin

Deutsche Erstausgabe
Erste Auflage 2011
Amerikanischer Originaltitel:
Caution To The Winds

Herausgegeben von Frank Nowatzki
Übersetzt aus dem Amerikanischen
von Ango Laina und Angelika Müller
Redaktion: Heinz Scheffelmeier, Ute Nowatzki
Cover: 4000
Foto: Maureen Brannelly
Umschlaggestaltung und Layout: MM-Grafomat
Druck und Verarbeitung: NØRHAVEN, DK-Viborg

ISBN 978-3-927734-40-1

Bibliografische Information Der Deutschen Bibliothek.
Die Deutsche Bibliothek verzeichnet diese Publikation in der Deutschen Nationalbibliografie; detaillierte bibliografische Daten sind im Internet über http://dnb.ddb.de abrufbar.

www.pulpmaster.de

PROLOG

Meine Geschichte ist eine Geschichte des Wahnsinns. Dabei hielt ich mich seinerzeit nicht im Entferntesten für wahnsinnig, nicht einmal für leicht gestört. In der Tat, ich betrachtete mich als aufrechten, hart arbeitenden Bürger, respektiert von den Kollegen, immer eine freundliche Begrüßung auf den Lippen oder ein aufrichtig klingendes »Mach's gut«. Das, was man gemeinhin als enge Freunde bezeichnet, gab es nicht, doch hätte es sie gegeben, sie hätten in mir einen umgänglichen, durch und durch angenehmen Zeitgenossen gesehen. Insofern unterschied ich mich nicht von Tausenden anderer gefährlicher Schizophrener. Abgesehen von meiner ganz persönlichen, seltsamen Macke. Bestimmte Geisteszustände schaffen sich ihre eigene Realität, eine Komfortzone der Täuschung, wo das Glas immer halb voll ist, die Aktien steigen werden und morgen alles besser wird. Meine Wirklichkeit, eingehüllt in einen Nebel, so penetrant wie das Parfum einer Hure, war ein Ort, wo oben unten bedeutete, weiß schwarz und – konsequenterweise – falsch richtig. So war die Region beschaffen, wo ich viele schwierige Jahre verbrachte. Wenn ich jetzt, fast zwanzig Jahre später, daran zurückdenke, kommt es mir irgendwie lustig vor, obwohl es mit Sicherheit nicht zum Lachen ist. Der Tod eines unschuldigen Menschen ist niemals zum Lachen. Doch wenn man bedenkt, was heutzutage als normales Verhalten durchgeht, in den Reality-Shows im Fernsehen und bei den üblichen Verdächtigen, die sich als Promis ausgeben, in den zwischenmenschlichen Wegwerf-Beziehungen, die manipuliert, ausgebeutet und dann entsorgt werden wie Lottoscheine von letzter

Woche, dann war ich wahrscheinlich auf eine bizarre Art und Weise meiner Zeit voraus.

Wie bei den meisten Fällen von Wiedergeburt oder Rehabilitation begann der zweite Akt meines Lebens im Anschluss an einen veritablen Absturz. Ich musste ganz unten ankommen, musste alles verlieren, was offen gestanden damals keine nennenswerte Summe war, doch es war alles, was ich besaß, und ich musste es verlieren, um wieder gesund zu werden; es mag Leute geben, die würden sagen, dieses Ziel sei nie erreicht worden. Doch in dieser Geschichte geht es nicht um meine Exfrauen oder mein heutiges Leben. Und ihren Anfang nimmt diese Geschichte in einem Haus am Meer.

I

Karen ging von einem Ende des Wohnzimmers zum anderen, angespannt, nervös, hielt sie Ausschau nach den letzten Dingen, die sie vielleicht vergessen haben könnte einzupacken. Ich saß auf der Couch und beobachtete sie: kurzes, braunes Haar und eine kecke Stupsnase, Wangen mit Sommersprossen und einen bockigen, entschlossenen Zug um den Mund; wäre Huckleberry Finn ein Mädchen gewesen, er hätte ausgesehen wie Karen.

Die Rückseite des Hauses ging auf den Ozean hinaus. Das Rauschen des Meeres war ebenso Teil der Räume wie die Wände, die sie zusammenhielten. Salzwasser klatschte gegen den Strand und am bewölkten Himmel kreischten Möwen, der Wind heulte in ohnmächtiger Angst.

»Mir will es noch immer nicht in den Kopf ... weshalb kannst du nicht bis September warten?«, sagte ich, und während mir der Satz über die Lippen kam, wurde mir auch schon bewusst, wie dumm er klang.

Sie sah mich an. »Fängst du wieder damit an?«

»Nein. Ich habe nur eine Frage gestellt.«

»Ich habe mich entschieden, und glaube mir, es ist das Beste für uns beide.«

Sie hatte völlig recht; unsere Beziehung war nun schon seit einem Jahr beendet und außer der täglichen Routine verband uns nichts mehr miteinander, dennoch, der Gedanke, allein zu sein, ging mir ziemlich an die Nieren. Ich hatte mich an Karens Gegenwart gewöhnt, so wie an ein Paar alter Jeans, das man zwar seit Jahren nicht getragen hatte, aber mit wohligem Gefühl sicher in der untersten Schublade verwahrt wusste. Ohne Frage, ich wünschte mir inständig, dass sie endlich aus dem Haus verschwände, ich konnte nur nicht ertragen, sie gehen zu sehen.

Karen ging zum Bücherregal, wo zwei Reihen CDs standen, die Interpreten alphabetisch geordnet. Sie zog drei aus der S-Sektion heraus.

»Die beiden hier hatte ich schon, als ich eingezogen bin«, sagte sie. »Und die Simon & Garfunkel haben wir zusammen gekauft, aber sie hat dir nie gefallen.«

Ich fühlte mich genötigt, etwas zu erwidern, irgendetwas, was den Kommunikationskanal zwischen uns offen hielt. »Mir gefallen Simon & Garfunkel.«

»Du hast sie nie gehört, und außerdem nehme ich den CD-Player mit.«

Sie packte die CDs in einen Schuhkarton nahe der Tür und ging ins Schlafzimmer. Rund um die Couch standen Kartons, es sah aus wie ein Planwagentreck unter Attacke, dazu Plastiksäcke voll mit Kleidung, die den

Eingang zur Küche blockierten. Und ich saß mittendrin und konnte nur staunen: Wann hatte sie eigentlich das ganze Zeug angeschafft? Vor zwei Jahren war sie mit zwei Taschen und einem Koffer eingezogen. Jetzt zog sie aus mit einer ganzen Wagenladung von Sachen.

Wir hatten uns geeinigt, den Großteil dessen, was wir zusammen gekauft hatten, unter uns aufzuteilen; sie würde den Fernseher und die Stereoanlage bekommen, dazu den Videorekorder und die Mikrowelle. Ich behielte die Waschmaschine, die Küchengeräte und die Möbel. Und natürlich auch die Fotoausrüstung.

Ich ging zu meinem Schreibtisch, ordnete Stifte und Papiere symmetrisch an, arrangierte die Modemagazine auf dem Couchtisch zu einem Fächer und sah mich um, was ich sonst noch so ordnen könnte, irgendetwas, was meinen Verstand beschäftigte und das Pochen in meinem Schädel verhinderte, als mir urplötzlich auffiel, wie leer die Räume wirkten. Nicht durch einen Mangel an Gegenständen, sondern an Persönlichkeit. Ihrer, Karens, Persönlichkeit. Soweit ich mich erinnern konnte, war mir das Apartment nie so leer erschienen, seit ich es vor fünf Jahren gemietet und natürlich ebenso lange darin gewohnt hatte. Nur eine Frau kann bei ihrem Auszug diesen Effekt auf eine Wohnung erzielen. Zieht ein Mann aus, kommt es einem sauberer vor, größer. Doch eine Frau lässt Leere zurück.

Ich spritzte mir kaltes Wasser ins Gesicht. Die schlaflosen Nächte hatten mir zugesetzt. Meine Haut war blass und irgendwie ausgeleiert und unter den Augen saßen dunkle Tränensäcke. Kein Wunder, dass Karen mich verließ. Zum ersten Mal entsprach mein Konterfei dem, was ich war: ein Mann mittleren Alters. Ich öffnete den

Arzneischrank und stieß auf ein Durcheinander aus Fläschchen und Röhrchen. Karen konnte nichts anfassen, ohne ein Chaos zu inszenieren. Ich schluckte zwei Aspirin, dann stellte ich die Fläschchen der Größe nach auf, die Etiketten nach vorn, damit man sie lesen konnte.

Ich betrat das Wohnzimmer, sank auf das Sofa und sah Karen zu, wie sie hin- und herging, Kartons unterschiedlicher Größe in den Händen, die sie neben der Tür stapelte – Kartons mit Kleidung, Kartons mit Schuhen, Kartons mit weiß der Teufel was. Wir wechselten kein Wort miteinander, keinen Blick, da war nichts zwischen uns, nur Geschäftigkeit; geschäftig das eigene Leben fortführen und das Vergangene fortschaffen.

»Würdest du mir helfen, die Sachen im Wagen zu verstauen?«, fragte sie mit einem kalten Glitzern in den Augen. Es war etwas Roboterhaftes an ihr, wie sie so dastand, regungslos, fast metallisch. Verdammt! Wie konnte mir diese Frau so fremd sein? Sie hatte mich mal geliebt. Sie hatte mir das tausendmal gesagt! Was war geschehen? Was nur hatte ich getan, dass ihr diese Gefühle abhandengekommen waren?

»Was ist jetzt?«, fragte sie und schnappte sich einen weiteren Karton.

Ich half ihr, das Ding zu ihrem Kombi zu tragen, einem 82er Chevy mit Holzverkleidung, den sie von ihrem Vater geerbt und den zu verschrotten sie sich immer geweigert hatte, egal, wie oft er in den Streik getreten war. Nach siebenmaligem Rein und Raus, mit nicht mehr Kommunikation zwischen uns als dem einen oder anderen »entschuldige«, war das meiste verladen und ich ging ins Schlafzimmer. Ihre gesamte Garderobe war eingepackt und der Schrank somit leer, bis auf die Kleiderbügel, die wie kleine metallene Skelette in der hereinwehenden Brise träge vor sich hin klapperten. Ich ging hinüber und verteilte sie gleichmäßig über die Kleiderstange, diese meine drahtigen Brüder, immer mit einem Abstand von fünf Zentimetern, als ich plötzlich einen Anflug von Unbehagen verspürte. Nach all der Zeit.

»Er ist nicht im Kleiderschrank, oder?«

Es war die dünne Fistelstimme meines Vaters, die vom Wohnzimmer herüberdrang. Die ausdruckslose Oboe meiner Mutter erklang als Kontrapunkt:

»Nein. Er sitzt auf seinem Bett.«

Ein kleiner Junge sah mich vom Bett aus an, das Gesicht gerötet und geschwollen vom Weinen. Ich konnte hören, wie meine Eltern im Nebenzimmer miteinander stritten, bis Karen zurück in das Apartment kam und nach mir rief.

Sie setzte sich zu mir aufs Bett, legte etwas neben meine Hand.

»Ich wollte dir nur den Schlüssel geben«, sagte sie und ihre Stimme klang ungleich freundlicher als noch vor einer Minute.

»Hast du alles?«, fragte ich.

»Ja, ich glaube schon.«

Die Brise vom Hafen erzeugte eine Gänsehaut auf meinen Unterarmen. Meine Kehle war wie zugeschnürt, mein Magen verknotete sich und ich wusste, der gewisse Augenblick war zum Greifen nah. Ich suchte krampfhaft nach Worten, nach etwas, was sie umzustimmen vermochte. Am Ende war sie es, die sprach. Mit sanfter Stimme.

»James, es tut mir leid, dass es so kommen musste. Wir haben versucht, es hinzukriegen, wir haben es wirklich versucht, und wir hatten unsere richtig guten Momente. Aber wir sind zu verschieden, wir haben verschiedene Interessen ... «

»Wir hatten mal die gleichen Interessen«, sagte ich.

»Ich weiß, aber so läuft das mitunter, niemand macht es mit Absicht. Menschen verändern sich, leben sich auseinander. Keiner trägt die Schuld daran. Das macht das Zusammenleben doch aus, dass zwei Menschen über einen gewissen Zeitraum herausfinden, ob sie zueinander passen. Wir haben uns bemüht, doch es hat nicht geklappt. So ist das Leben. Tatsache ist jedoch, wir haben es versucht, und mehr kann man von einer Beziehung wirklich nicht erwarten.«

»Ich weiß. Aber wir waren so verliebt. Ich verstehe nicht, dass Liebe einfach so stirbt.«

»Geht mir genauso. Manchmal passiert es eben.«

»Karen, sag mir nur eins ... bitte, ich muss es wissen. Auch wenn du denkst, dass es mich verletzt, sei ehrlich zu mir. Dann könnte ich es verstehen.«

»Ich bin ehrlich zu dir.«

»Gibt es jemand anderen?«

»Wie du willst«, sagte sie scharf und setzte sich kerzengerade hin. »Wenn du unbedingt einen Grund brauchst, dann denk nicht weiter als bis zu deiner Frage.«

»Was? Also gibt es jemand anderen?«

»Nein, James. Gibt es nicht«, sagte sie, holte tief Luft und versuchte ein letztes Mal, es zu erklären. »Ich kann so nicht mehr leben. Du nimmst mir die Luft zum Atmen. Ich brauche meinen Freiraum, muss auch mal allein sein können. Anscheinend kannst du das nicht akzeptieren. Gehe ich aus dem Haus, willst du wissen, wohin ich gehe, was ich vorhabe, wann ich zurück bin.

Komme ich später, muss ich erklären, warum. Siehst du mich mit jemandem, musst du wissen, wer es ist und worüber wir gesprochen haben.«

»Ich bin einfach nur neugierig.«

»Und ich habe es gründlich satt, dass du einfach aufkreuzt, egal, wo ich bin.«

»Ich habe dich doch nicht verfolgt.«

»Nein. Du bist immer rein zufällig da gewesen.«

»So etwas soll mitunter vorkommen.«

»Am Anfang hat mir dieses Interesse gefallen, es war schön. Doch inzwischen … James, du willst von mir Besitz ergreifen oder so. Aber ich bin eine eigenständige Person. Ich bin keine Barbiepuppe.«

»So habe ich dich auch nie gesehen.«

»Eine Beziehung braucht Freiraum, braucht Vertrauen.«

»Ich habe dir vertraut.«

Ihr Mund verzog sich zu einem Lächeln. »James, du hast mich mit Argusaugen bewacht.«

»Ich bin eben gern mit dir zusammen, das ist alles.«

»Wir können einander nicht ertragen! Gib es doch endlich zu, James. Wir passen nicht zusammen. Was du brauchst, ist jemand, der ständig für dich da ist. Der sein Leben nur dir widmet. Und dieser jemand bin ich nicht. So jemanden gibt es überhaupt nicht. Man muss auch mal für sich sein können. Das ist völlig normal, das ist vernünftig! Das gehört dazu, wenn man erwachsen wird. Hör zu, James, ich wollte dir nicht wehtun. Es tut mir leid. Aber es tut mir nicht leid, dass ich dir die Wahrheit gesagt habe.«

Ich sah ihr in die Augen, glatte graue Steine, und ich wusste, sie würde ihre Meinung nicht ändern. Eine halbe

Meile entfernt schrien die Dockarbeiter auf den Piers, ein Nebelhorn dröhnte los, als hätte es einen Wutausbruch, der Wind machte sich mit feuchten, ausgelassenen Fingern an meinem Hemd zu schaffen und Karen sah auf ihre Armbanduhr.

»Tja, ich habe noch eine lange Fahrt vor mir.«

Sie stand auf und ging zur Tür.

»Karen.«

Sie blieb stehen und drehte sich um, Besorgnis im Blick.

»Es war doch nicht alles schlecht, oder? Wir hatten doch auch unsere guten Zeiten, stimmt's?«

Sie zwang sich zu einem Grinsen, das in meinem Magen landete, schwer wie ein Stein.

»Ja. Hatten wir. Mach's gut, James.« Dann ging sie durch den Flur und aus meinem Leben.

Ich holte tief Luft und atmete langsam wieder aus. Eine Woge der Scham brach sich über meinem Herzen, ein Gefühl von Verlust und Versagen. Ich war genau dort, wo ich vor zwei Jahren begonnen hatte. Vor drei Jahren, vor fünf, vor sieben. Ich hatte mich nicht verändert, hatte nichts, aber auch gar nichts dazugelernt in all der Zeit. Leider. Ich konnte dieses Verhaltensmuster bis in meine Jugend zurückverfolgen. Wieso nur machte ich immer und immer wieder den gleichen Fehler, verflucht noch mal?

Ich packte meinen Kopf mit beiden Händen, presste die Handballen gegen die Schläfen, presste mit aller Kraft, damit der Druck nachließ. Als Teenager hatte ich es manchmal aufhalten können, sofern ich schnell genug reagiert hatte, bevor es sich voll entwickeln und intensivieren konnte, aber was wie Nadelstiche begann – mehr ein Kitzeln als ein Schmerz –, steigerte sich jetzt zu einem lauten, schrillen Kreischen, zu einer Dreieinigkeit der Dissonanz, die sich rücksichtslos vorarbeitete wie ein hochtönender Zahnarztbohrer, der sich mühsam in einen verrottenden, kariösen Zahn frisst – meine alten Erzfeinde, die Stimmen, versetzten mein Ich in Panik und Hysterie. Den Tönen tausend schmetternder Trompeten gleich, drangen sie in jede Öffnung, jede Zelle meines Körpers, nur schrien sie diesmal lauter, als sie es je in meiner Jugend getan hatten. Meine Ohren brannten, als stünden sie in Flammen, und ich hielt sie mir zu, fiel auf die Knie und schlug meinen Kopf auf den Holzfußboden, immer und immer wieder, nur um dieses Geräusch zu vertreiben, nur für den Moment der Erlösung. Ich hatte den Geschmack einer warmen, milden Soße im Mund und wusste sofort, dass ich mir in die Zunge gebissen hatte. Entschlossene Hände packten mich bei den Schultern, hievten mich hoch, und als ich aufsah, war da Karen über mir. Der Wahnsinn in meinen Augen machte ihr Angst, so hatte sie mich noch nie gesehen. Stumm bewegte sie die Lippen.

»Ich kann's diesmal nicht aufhalten, Karen! Ich kann es nicht aufhalten!«

Wieder warf ich mich hin, schlug mit den Händen auf den Boden, während Schauer durch meine Knochen jagten und sie betäubten. Ich schrie, bis meine Kehle rau war und Karen sich die Ohren zuhielt. Doch dann richtete sie mich auf, drückte mich gegen das Bett und versuchte, mir ein Buch zwischen die Zähne zu schieben. Ich schlug um mich, ruderte mit den Armen, als hätte man mich mitten im Flug aus einem Flugzeug geworfen. Ihren Unterarm auf meiner Brust, versuchte Karen, mich am Boden zu halten, als die Stimmen sich mit einem Male zurückzogen, so schnell wie sie gekommen waren. Ein Strudel hatte sie aus meinen Ohren gespült, mir Erleichterung verschafft, und ich spürte, wie ich mich entspannte.

Ein Schlepper tuckerte in den Hafen. Die frische Abendbrise kratzte an meinen Ohren wie ein Rechen. Ich hob den Kopf vom Kissen und sah eine lauernde Sonne am Horizont. Die Matratze unter mir war hart, klumpig, als läge ich auf einem Sack Kartoffeln. Mit einem Satz war ich aus dem Bett, prallte gegen die Tür und musste lachen: Diese Frau hat Sinn für schwarzen Humor, dachte ich.

»Okay, Karen, du hast gewonnen. Echt witzig. Du kannst jetzt wieder aufstehen.«

Doch sie rührte sich nicht, blinzelte nicht einmal. Ihre Augen waren starr und ausdruckslos, die Augen einer Puppe.

»Komm schon, Karen, das ist nicht mehr komisch. Ist gut jetzt, steh auf. Ich dachte, du wolltest los.«

Ich berührte ihre Wange. Sie war kalt. Rund um Karens Hals waren Male zu sehen, die von Fingern herrührten. Ich packte ihr Handgelenk: Sie hatte keinen Puls!

Ich hastete zum Telefon in der Küche. Die Vermittlung meldete sich. »Ich brauche einen Krankenwagen«, bellte ich in die Muschel, »es hat einen … « Ich hielt inne. Was hatte sich ereignet? Ich war mir nicht sicher.

»Hallo? Kann ich Ihnen helfen? Hallo? Sind Sie noch dran?«

Ich hielt den Hörer mit beiden Händen umklammert und legte auf, langsam, wie in Zeitlupe, dabei entdeckte ich verschmiertes Blut an der Muschel – von mir oder von Karen? –, ich wischte es ab und setzte mich an den Tisch. Ich musste erst einmal zur Besinnung kommen.

Das Letzte, woran ich mich erinnern konnte, war, dass Karen mich festgehalten hatte. Was danach geschehen war, wusste ich nicht. Sollte ich die Polizei anrufen und genau das erzählen? Und dann? Es war allgemein bekannt, dass Karen mich verlassen wollte, man würde behaupten, ich hätte es mit Vorsatz getan. Und welche Erklärungen hätte ich für die Male an ihrem Hals? Sicher, es handelte sich um einen Unfall, ich hatte es nicht mit Absicht getan. Doch die Gefängnisse sind voll mit Leuten, die etwas ohne Absicht getan haben. Ich sah mich bereits im Hof eines Gefängnisses, zusammen mit anderen Mördern und Kriminellen, sah, wie ich billige Tätowierungen bekam und ein Messer bei mir trug, angefertigt aus einem Löffel – bis es mir eiskalt über den Rücken fuhr, weil mir einfiel, dass man in diesem Staat Leute hinrichtete! Ziemlich unfair, für einen kurzzeitigen Verlust der Zurechnungsfähigkeit auf dem elektrischen Stuhl zu landen. Es war die einzige Erklärung, die mir einfiel: Ich hatte für einen Augenblick völlig neben mir gestanden und war ausgerastet. Wie O.J. Simpson.

Ich betrachtete meine Hände, als wären sie die von O.J. Simpson. Die Finger kamen mir größer vor, irgendwie geschwollen. Missgestaltet. Sie schmerzten. Genau wie meine Arme. Ich konnte meine Beine nicht spüren. Sie hielten mich zwar aufrecht, aber ich spürte nicht, wie.

Zurück im Schlafzimmer, setzte ich mich auf den Bettrand, unsicher, was ich tun sollte. Eine gespenstische Stille hatte sich ausgebreitet, in der Luft hing der Hauch des Todes. Ich schloss Karens Lider, doch sie öffneten sich wieder, halb nur, was den Eindruck vermittelte, sie sei betrunken oder stehe unter Drogen. Merkwürdig, wie hilflos die Toten sind, im Zustand der Leblosigkeit zufälligen Demütigungen ausgesetzt. Karen war es immer unangenehm gewesen, beobachtet zu werden, also verbarg ich ihr Gesicht unter der Decke.

Eine kühler werdende rote Sonne zauberte Prismen an die Wände. Die schimmernden Lichtmuster, voller Leben in ihrer Einzigartigkeit, erinnerten mich an die bleiverglasten Fenster der Kirche meiner Kindheit. Ich betrachtete sie ganz genau, suchte nach einer verborgenen religiösen Bedeutung in ihnen, so wie seinerzeit bei den Kirchenfenstern, nachdem ich als zwölfjähriger Messdiener zweiundvierzig Dollar aus der Kollekte von Saint Theresa's gestohlen hatte und ein flackerndes Abbild von Johannes dem Täufer mir befahl, das Geld zurückzulegen und einen anonymen Entschuldigungsbrief zu schreiben. Jetzt brauchte ich sie wieder, diese göttliche Inspiration. Oder zumindest einen ordentlichen Schubs in die richtige Richtung. Einen Wegweiser, eine Boje, die Schiffen auf dem Ozean den Weg weist, eine sichere Passage vorbei an der Katastrophe gewährleistet. Doch stattdessen erschien das Bild von Karens Wagen, der, beladen mit ihrem gesamten Hab und Gut, draußen parkte. Bliebe er dort noch länger stehen, könnten die Leute womöglich anfangen, Fragen zu stellen. Mein Verstand schaltete in den Überlebensgang. Jetzt war nicht die Zeit göttlicher Inspirationen oder ordentlicher Stöße in die richtige Richtung, denn da war nur meine Angst, real und greifbar wie die Leiche neben mir, der adrenalingesättigte Ur-Wille zur Selbsterhaltung.

Ich machte mich daran, im Wohnzimmer sämtliche

Möbel vom Teppich zu rücken, einem großen, roten Rechteck mit Paisleymuster. Ich schob gerade die Couch an die Wand, als das Telefon läutete und mir fast das Herz stehen blieb. Nach dem fünften Klingeln sprang der Anrufbeantworter an – Karen hatte wohl vergessen, ihn einzupacken. Nach dem Piepen sagte eine Stimme: »Hallo, Karen, bist du da? Nimm ab, wenn du da bist. Du hast gesagt, dass du mich anrufst, bevor du losfährst. Hoffe, du hast es nicht vergessen. Ruf mich bitte zurück … Hier ist Debbie.« Klick.

Ich atmete tief durch und schob den großen Sessel vom Teppich, dann ging ich ins Schlafzimmer.

Als ich so am Fenster saß, spürte ich, welch beruhigende Wirkung die Gleichmäßigkeit der Wellen auf meine Ohren hatte, und während der Himmel zu einem dunklen, melancholischen Ocker reifte, begann ich, mein Leben in einem größeren Rahmen zu überdenken, die Umstände, die zu meiner aktuellen Situation geführt hatten und zu all den Pannen davor.

Ich darf mich nicht länger mit meinen Studentinnen einlassen, sagte ich mir, das ist das Hauptproblem. Darauf läuft alles hinaus. Zwar habe ich bisher keine umgebracht – von heute mal abgesehen –, aber es endet immer in einer Art Katastrophe. Ja, ich weiß, diesen Vorsatz habe ich ein Dutzend Mal gefasst. Doch wenn ich am Beginn eines Semesters vor ihnen stehe und mich ihre funkelnden Augen wie Edelsteine anblitzen, ist es um mich geschehen. Ich versuche ja, professionell zu sein, aber am Ende des Jahres bin ich mehr für sie als nur der Dozent, ich bin ein enger, persönlicher Freund. Andererseits sind alle erwachsen, also ist es nicht so, als würde ich halbwüchsigen Schülerinnen nachsteigen. Außerdem bin ich nicht der Einzige. Die meisten an der Fakultät verhalten sich so ...

Ich gab Anfängerkurse in Fotografie an einer Universität, die hier aus verständlichen Gründen nicht genannt werden soll. Meine Veranstaltung war für die meisten Studenten der Geisteswissenschaften eine fakultative, also ging ich mit der Absicht zu Werke, das Ganze unterhaltsam zu gestalten. Es gab keine Seminararbeiten, keine Prüfungen, nur wenig Lektüre, Notizen waren kaum vonnöten und so lange sie sich mit dem Fotografieren beschäftigten, hatten die Studenten freie Hand.

Die meiste Zeit verbrachten sie in den Dunkelkammern, die sich am Ende des Seminarraums befanden, abgetrennt durch schwarze, lichtundurchlässige Vorhänge. Ein Grund, weshalb es so einfach war, ihnen nahe zu sein. Im verführerischen Licht der Dunkelkammerbeleuchtung beugte ich mich schon mal zu einer Studentin, um ihr bei einer Vergrößerung zu helfen, und wenn ihr Haar dann nach Erdbeershampoo duftete, ihr Körper nach Lavendel, wenn ich dicht genug neben ihr stand, um ihren Pfefferminzkaugummi zu riechen, dann war mir klar, dass wir uns im Anschluss treffen, zusammen essen oder ins Kino gehen, wenn nicht sogar mehr machen würden. So wurden wir Freunde, Karen und ich. Das Problem war nur, dass ich mich zu schnell verliebte. Wäre es mir doch nur gelungen, irgendwie auf Abstand zu bleiben, mich gefühlsmäßig weniger reinzuhängen.

Die Nacht wird schlimm werden, dachte ich bei mir. Die erste Nacht nach einer Trennung ist immer die schwerste. Ich bin wie ein Drogenabhängiger auf Entzug. Das beschreibt es, glaube ich, was weibliche Gesellschaft für mich ist: eine Droge. Und das Alleinsein bedeutet Entzug. Allein. Schon der Klang dieses Wortes vermittelt Einsamkeit. Wie sehr ich mich auch bemüht habe, es sieht nicht so aus, als könnte ich mich daran gewöhnen. An das Alleinsein.

II

Ich packte das Ende des Teppichs und zog ihn bis zur Wohnungstür. Dann linste ich in das Treppenhaus. Das Paar, das oben wohnte, zeigte sich dieser Tage selten. Ich zog den Teppich zur Haustür und spähte nach draußen.

An der Ecke, in zweiter Spur, stand ein orangefarbener Gremlin mit laufendem Motor, doch niemand saß auf dem Fahrersitz. Dahinter Einfamilienhäuser, eine ganze Reihe, dicht an dicht, wie Monopoly-Spielsteine, alle hinter den geschlossenen Vorhängen erleuchtet. Zum ersten Mal fiel mir auf, wie sehr jede Vorderfront einem Gesicht ähnelte: rechts und links der Eingangstür ein Fenster, davor eine Veranda aus Holz, die mich anzugrinsen schien. Für dieses Publikum fühlte ich mich noch nicht gewappnet, also drehte ich mich um, wollte den Teppich wieder in mein Apartment ziehen, als im selben Augenblick ein junger Mann mit langem, glattem Haar die Verandastufen vor dem zweiten Haus hinunterhüpfte, sich hinter das Steuer des Gremlin setzte und mit viel Lärm davonfuhr. Für mich ein Zeichen, den Teppich die Vordertreppe hinunterzuziehen und weiter zum Kombi zu zerren. Als ich die Tür zur Rückbank öffnen wollte, fand ich sie verschlossen. Sämtliche Türen waren verschlossen. Ich hatte die Schlüssel nicht. Ich blickte mich um, die Straße war immer noch menschenleer, jedes Haus hatte immer noch sein Pokerface aufgesetzt, niemand schien einen Blick aus ihren Augen zu riskieren; als dagegen mein Blick auf den Teppich zu meinen Füßen fiel, wurde mir mit Schaudern klar, wo die Schlüssel sich befanden. An dergleichen hatte Karen ihren Spaß. Nur um ihr zu zeigen, dass ich das nicht witzig fand, dachte ich daran, den Teppich direkt auf dem Bürgersteig aufzurollen. Allerdings war es nur eine flüchtige Überlegung.

Ich packte das Ende des Teppichs und zog ihn die Stufen hoch, zog und zerrte ohne nennenswerten Erfolg, bis plötzlich der Körper am anderen Ende herauszurutschen begann und sich die Spitzen von Karens Sneakers zeigten. Ich sprang die Stufen hinunter, brach mir dabei fast den Knöchel, hob den Teppich in der Mitte an und lehnte ihn seitlich gegen die Treppe. Mit allergrößter Anstrengung wuchtete ich ihn hoch, Stufe für Stufe, bis er vor der Tür lag, dann schleifte ich ihn durch den Hausflur und in mein Apartment.

Meine Arme brannten vor Ermüdung – die Kräfte, die ein von Urängsten produzierter Adrenalinstoß angeblich freisetzt, werden gemeinhin überbewertet. Plötzlich ein Schrei. Mit stockendem Atem starrte ich auf das Objekt mitten im Zimmer, als eine Möwe draußen an meinem Fenster vorbeiglitt und davonflog. Ich saß auf der Couch, um mich zu beruhigen, doch nur einen Moment später drang ein Geruch vom Teppich zu mir herüber; kein sehr angenehmer Geruch.

Ihre Leiche hatte sich nicht verändert, nur war jetzt offenkundig, dass sie vorn und hinten beschmutzt war. Während ich die Taschen durchsuchte, den Körper abtastete, bekam ich das Zittern meiner Hände nicht unter Kontrolle. Zweimal durchsuchte ich sie, jede einzelne

Tasche, konnte die Schlüssel aber nicht finden. Inzwischen waren Karens Lippen blau, die Mundwinkel verzogen zu einem verzerrten, bitteren Grinsen.

Mit Ärger und einem Anflug von Trotz machte ich mir Mut, hob den Hörer ab und wählte die Auskunft; beim Anblick eines Schlossers würde Karen das Grinsen schon noch vergehen. Doch dann versetzte mir der Aberwitz meiner Idee eine Ohrfeige mit seiner von Schuppenflechte gezeichneten Hand (Mutter Benedicta hatte so eine Hand). Ich konnte doch keinen Fremden mit hineinziehen, belastende Dokumente wären die Folge, Beweise, dass etwas Ungewöhnliches sich ereignet hatte. Verdammter Mist! Was nun? Moment mal!

Ich knallte den Hörer auf und rannte ins Schlafzimmer, durchsuchte das Bettzeug, langte unter das Bett. Was ist kalt und klimpert?

Als der Wagen erst einmal offen war, ging ich zurück ins Haus und zog den Teppich wieder nach draußen. Dieses Mal war er leichter oder vielleicht gewöhnte ich mich auch nur daran, Teppiche mit toten Exfreundinnen darin zu transportieren. Ich hievte das eine Ende auf die Rückbank und war gerade dabei, den Rest hineinzudrücken, als eine Stimme mich zusammenfahren ließ.

Sie gehörte John Connor, dem Mieter aus dem ersten Stock, der jetzt von der Straßenecke auf mich zukam.

»Warten Sie, ich helfe Ihnen«, sagte er.

»Danke, nicht nötig, John. Es ist nicht schwer. Ich hab's gleich.«

Aber er stellte seine offene Dose Budweiser auf das Dach des Wagens, ging auf die andere Seite und zog das Ende des Teppichs auf die Rückbank. Schnell schlug ich die Tür zu, John Connor trat auf den Bürgersteig und nippte an seinem Bier.

»Danke, John.«

»Gern geschehen. Ich kann Ihnen auch bei dem andern Kram helfen.«

»Nein, ist schon okay. Wir sind fast fertig. Danke.«

John Connor begutachtete die Sohlen seiner Schnürstiefel, Arbeitsschuhe mit Stahlkappen, die Schnürsenkel offen, dann wanderte sein Blick über den Bürgersteig.

»Muss irgendwo in Hundescheiße getreten sein«, sagte er.

»Ja«, pflichtete ich ihm bei. »Ich auch. Den Leuten hier ist es ziemlich egal, wo ihr Hund sich erleichtert.«

»Tut mir leid, das mit Ihnen und Karen«, sagte er.

»So was passiert eben«, erwiderte ich. »Was soll man machen?«

»In meinem Fall heißt das ›und tschüss‹.« Er sah mich an. Zum ersten Mal hörte ich von Eheproblemen über mir. »Aber ihr wart ja nicht verheiratet«, fuhr er fort, »ich denke, das ist ein Unterschied.«

»Würde ich auch so sehen.«

»Ist Karen drin? Ich hatte noch keine Gelegenheit, mich von ihr zu verabschieden.«

»Äh ... ja ... nun, sie ist gerade einkaufen, noch ein paar Dinge für die Fahrt besorgen. Aber ich sage ihr, dass Sie sich nach ihr erkundigt haben.«

Ich ging zur Heckklappe und fing an, die Kartons auf der Ladefläche umzustellen. John Connor starrte auf den Boden.

»Hey, James, ich glaube, ihr habt was vergessen.« Er hielt Karens Sneaker in der Hand.

»Wo haben Sie den denn gefunden?«, fragte ich.

»Hier, auf dem Bordstein.«

Ich sah mir den Schuh an. »Ja, der gehört Karen. Ich packe ihn gleich in einen von den Kartons. Danke, John.«

»Na dann noch einen schönen Abend«, sagte er und ging die Stufen hoch.

Ich stand noch immer vor der geöffneten Heckklappe und bemerkte, dass John Connor mich beobachtete. Also schob ich noch ein paar Kartons hin und her, tat so, als wäre ich mit etwas äußerst Wichtigem beschäftigt, aber er blieb im Hauseingang stehen. Was nur gab es für ihn zu glotzen? Endlich verschwand er im Haus. Ich schlug die Heckklappe zu, wartete einen Moment, bis John den obersten Treppenabsatz erreicht haben musste, schloss die Türen des Kombis und ging in mein Apartment.

Die Bucht schmiegte sich an die gesamte Nordseite der Stadt. Es gab Dutzende alter Piers und Anlegestege, einsam gelegene Piers, wo ein Auto völlig unbemerkt versenkt werden konnte. Ich wusste von einem ganz speziellen, der weit genug aufs Wasser hinausführte und der sich in unmittelbarer Nähe der Knockout Alley befand, die ihren Namen den alle siebenunddreißig Minuten stattfindenden Schlägereien zwischen betrunkenen Handelsmatrosen verdankte und wo niemand einem Wagen Beachtung schenken würde, der ohne Licht fuhr. Einem Wagen mit einem zu entsorgenden Teppich auf der Rückbank.

Außer dem Glitzern des Wassers vor mir konnte ich nichts erkennen. Langsam rollte ich auf den Pier, ließ die Reifen jede lose Planke überwinden. Das morsche Holz knackte und verschob sich unter dem Gewicht des Wagens und ich befürchtete, der Pier würde jeden Moment auseinanderbrechen, doch stoisch erkämpfte sich der Kombi Zentimeter für Zentimeter, bis das Wasser nur noch gut drei Meter entfernt war. Ich hatte gerade behutsam Gas gegeben, als der Wagen plötzlich nach vorn absackte und ich mit einer Wucht gegen das Lenkrad geworfen wurde, als hätte mir jemand einen kräftigen Schlag auf den Hinterkopf verpasst. Der Motor brüllte los wie ein Dinosaurier und die Hupe dröhnte unter dem Druck, den mein Gewicht ausübte. Ich musste beide Hände einsetzen, um mich zurück in den Sitz zu drücken. Dann stellte ich den Motor ab. Bereits in der Minute, als ich dasaß und zu begreifen versuchte, was gerade passiert war, bildete sich eine Beule an meiner Stirn. Ich tastete danach. Etwa kirschgroß. Mist! Ich kletterte aus dem Wagen und sah, dass die Stoßstange bis zu den Scheinwerfern in einem gut ein Meter tiefen Loch steckte. Die Straße hinter mir lag dunkel und verlassen da, also hatte mich bisher niemand gesehen; doch wie lange konnte ich darauf vertrauen, dass dieser Zustand anhielt? Ich schob mich wieder hinter das Lenkrad und ließ den Motor an. Doch weder im Vorwärts- noch im Rückwärtsgang rührte der Wagen sich von der Stelle, hilflos drehten sich die Hinterreifen oberhalb der Planken.

Also stieg ich aus und sah mich nach einer losen Holzplanke um, nach irgendetwas, was ich unter die Reifen schieben konnte, damit sie Halt fänden. Ich mühte mich, den Wagen mit den Händen herauszuheben. Vielleicht wenn er leer wäre? Lächerlich. Nur den Teppich versenken? Noch lächerlicher.

Zwei Scheinwerfer zerschnitten die Dunkelheit – ein Paar anklagender Augen – und ich duckte mich hinter dem Kombi. Eine schwarze Limousine fuhr auf den Pier zu. In meiner Brust machte sich ein Brennen bemerkbar – vor zwei Jahren hatte man bei meinem Vater Angina Pectoris diagnostiziert, vielleicht war das erblich. Die Limousine fuhr bis zu dem Stoppschild an der nächsten Kreuzung und hielt dort. Ein Viertürer mit Dachgepäckträger, der Innenraum ein undurchsichtiges schwarzes Loch, doch ich war mir sicher, dass der Fahrer mich sehen konnte. Vielleicht ein pensionierter Cop, der durch die Straßen patrouillierte, um kriminellen Umtrieben auf die Spur zu kommen. Er stand dort siebenunddreißig Sekunden – ich weiß es, weil ich mitzählte. Mein Hemd klebte an mir wie eine zweite Haut und die Luft in meinen Lungen war das reinste Gas, zum Ersticken. Ich malte mir aus, wie der kalte Stahl seiner Handschellen in meine diesbezüglich noch jungfräulichen Handgelenke schnitt, vielleicht, wenn ich mich höflich verhielte, würde er sie lockern. Ich beschloss, zu kooperieren, alles zu erklären, soweit es mir möglich war, und mich der Gnade des Gerichtes anheimzugeben. Ich verließ meine Deckung, lehnte mich hinten gegen den Kombi und machte mir schon mal Gedanken über Form und Inhalt meines Geständnisses, darüber, welchen Anzug ich während des Prozesses tragen würde – ganz wichtig: Augenkontakt zu den Geschworenen halten –, als die Kegel der Scheinwerfer nach links, in eine Seitenstraße wanderten. Er war weg.

Ich musste feststellen, dass sich etliche Kartons verschoben hatten, öffnete die Heckklappe und rückte sie zurecht; dabei entdeckte ich unter zwei Plastikbeuteln einen Metallgriff: Das Fach für den Ersatzreifen.

Mit jedem Klicken des Wagenhebers verbog sich die Stoßstange und quietschte, bewegte sich aber zentimeterweise aus dem Loch heraus, bis die Hinterreifen den Pier berührten. Ich machte es mir hinter dem Steuer bequem und ließ den Motor an. Der Wagenheber schwankte kurz, ich hielt den Atem an, rührte mich nicht, dann senkte er sich und ich schaltete in den Rückwärtsgang und trat das Pedal durch. Der Kombi machte einen Satz zurück und stieß mit einem lauten Krachen gegen das Geländer des Piers.

Mit eingeschalteten Scheinwerfern manövrierte ich vorsichtig um das Loch herum und gelangte schließlich zum Ende des Piers. Ich ließ den Wagen im Leerlauf. Meine Beine zitterten; ich konnte meinen Fuß kaum auf der Bremse halten. Ich holte tief Luft und zählte bis zehn. Einer meiner früheren Studenten, ein Yoga-Freak, hatte es mir gezeigt und gemeint, dass man sich so entspannen könne. Es schien zu funktionieren, obwohl es das bisher nie getan hatte.

Ich machte alle Fenster auf, stieg aus dem Wagen und stellte mich neben die Fahrertür. Der Teppich lag friedlich auf der Rückbank. Es war eine feuchte Nacht und kühl; Wasser, schwarz wie Tinte, schwappte gegen die Stützpfeiler des Piers.

Das ist es, dachte ich. Der sprichwörtliche Scheideweg, dem man in Biographien begegnet, wo große Männer sich entscheiden, entweder ihren Ruhm und Ehre versprechenden Träumen zu folgen oder doch lieber den trockenen Job bei einem Postamt anzunehmen. Zugegeben, die Situation hier stellte sich ein wenig anders dar, dennoch, es war nicht übertrieben zu sagen, dass die nächsten sechzig Sekunden jeden Gedanken, jede Handlung meines restlichen Lebens und die Zeit danach prägen würden. Ich faltete die Hände und betete das Vaterunser, doch so auswendig heruntergeleiert, gaben die Worte mir nichts. Ich fühlte mich angespannt, hatte Angst, vor allem jedoch war ich durcheinander. Ich war kein Killer, hatte in meinem Leben niemandem bewusst Schaden zugefügt, und jetzt? Wo blieb die Reue? Weshalb tat es mir nicht mal ein wenig leid?

Ich beugte mich in das Fenster und setzte den Wagen in Bewegung. Er ruckte ein Stück, brach nach links aus und stieß mich fast ins Wasser, dann rollte er langsam vorwärts; der Hinterreifen streifte meine Zehen.

Der Kombi klatschte vornüber ins Pechschwarze und begann zu sinken. Unter Blubbern drang das Wasser durch jedes Fenster, in jede Öffnung; in wenigen Sekunden würde alles Geschichte sein. Ich wollte mich gerade umdrehen, als etwas meine Aufmerksamkeit erregte.

Als die schäumende, lebhafte See über die offenen Fenster den Wagen mehr und mehr in Besitz nahm, geriet die gesamte Ladung drinnen ins Schwimmen: Kartons, Säcke, Taschen. Der Teppich!

Ich beobachtete, wie er aus dem Wagen trieb und weg vom Pier, zu weit weg, um ihn einzuholen, hinaus in die tückische Nacht. So stellte ich mir Moses vor, als er in seinem Weidenkörbchen den Nil hinuntertrieb. Und eines wusste ich mit absoluter Sicherheit: Was immer mir jetzt widerfahren sollte, ich hatte es verdient.

Ich ging zur Straße und trat meinen Marsch nach Hause an, sechseinhalb Kilometer. Der Spaziergang würde mir Gelegenheit geben, über einiges nachzudenken, letzte Vorkehrungen zu treffen, bevor man mich morgen verhaften würde.

III

Die Wände schienen zusammengerückt zu sein – mein Apartment war zu einem Käfig geworden. Ich hätte den Fernseher aus dem Wagen nehmen sollen, wenigstens wäre jemand da, dem ich zuhören könnte. Es gab niemanden, mit dem ich telefonieren konnte. Freunde hatte ich nicht und erst recht keinen, den ich zu dieser Stunde anrufen konnte.

Ich ging ins Schlafzimmer und kramte in der Kommode, fand eine alte Ausgabe der *Gallery* und blätterte durch die Seiten. Überall die Anzeigen mit den Rufnummern, Anrufe rund um die Uhr, jederzeit, so stand es dort zu lesen. Schmollmünder, dickes Make-up, die Frauen sahen allesamt aus wie billige Schlampen. Mir stand nicht der Sinn nach einem Austausch schlüpfriger Gedanken mit einer Fremden.

Nachdem ich ein paar Seiten weitergeblättert hatte, blieb mein Blick an einer Anzeige hängen, der einzigen ohne eine nackte Frau mit gespreizten Beinen. »Besser gleich zum Telefon greifen, als einsam durch die Dunkelheit streifen!«, so der dazugehörige Text. Einen Versuch war es wert. Ich wählte die Nummer, aber sie war besetzt. Unglaublich. Ich legte auf und versuchte es wieder. Noch immer besetzt. Beim dritten Mal wurde abgehoben.

»Hallo?«

»Hallo, wie schön, dass du anrufst«, lautete die Begrüßung. Für eine Frau hatte sie eine tiefe Stimme, einen rauchigen, melodischen Alt mit einem Hauch von Spröde. »Wie heißt du?«

»Ähm ... ich heiße Bob.«

»Ich bin froh, dass du angerufen hast, Bob. Ich fühle mich so einsam hier.«

»Ja, ich auch. Ich dreh noch durch.«

»Nun, dabei müssen wir beide gar nicht einsam sein. Du hast eine angenehme Stimme, Bob. Ich wette, du bist sehr nett.«

Es war völliger Schwachsinn, aber es war genau das, was ich hören wollte. Sie fuhr fort: »Ich liege hier im Bett, in meinen schwarzen Seidenhöschen. Und mir gehen so ganz intime Dinge durch den Kopf. Mir fehlt nur noch der harte, starke Mann dazu. Was würdest du denn gern mit mir machen, Bob? Du kannst tun, was du willst.«

»Nein, nichts in der Richtung. Ich muss einfach mit jemandem reden.«

»Das ist völlig in Ordnung, Bob. Ich unterhalte mich gern mit dir. Du hörst dich irgendwie niedergeschlagen an, stimmt etwas nicht? Vielleicht, wenn du darüber reden möchtest ... «

»Ich weiß nicht, ich bin nur … meine Freundin hat mich heute Abend verlassen. Anderthalb Jahre haben wir zusammengelebt und dann beschließt sie auszuziehen.«

»Oh, das ist schlimm. Es klingt so, als wenn du sie sehr geliebt hast.«

»Nun ... «

»Vermutlich ist ihr gar nicht klar, was sie aufgegeben hat. Ich wette, sie hat dich nie verstanden, hat nie verstanden, was für ein Mann du bist, so stark, voller Power. Und so liebenswürdig.«

»Nein, so war es nicht. Sie hat nur gesagt, ich würde ihr die Luft zum Atmen nehmen.«

»Einige Frauen sind erst glücklich, wenn sie unglücklich sind, nicht wahr, Bob?«

»Du sagst es«, erwiderte ich überrascht.

»Ich weiß es, ich höre es jeden Tag. Weißt du, Bob, ich spiele gerade so ein wenig an mir herum. Vielleicht, wenn du das Gleiche machst, könntest du etwas von der Spannung loswerden, ich spüre doch, wie angespannt du bist. Und gemeinsam könnten wir alles rauslassen, was dich bedrückt. Ich werde dir schon sagen, was du tun musst.«

»Um ehrlich zu sein, ich bin nicht in der Stimmung, um zu masturbieren. Können wir nicht einfach nur reden?«

»Was auch immer dein Wunsch ist, Bob, wir können es machen. Ich möchte, dass du dich wohlfühlst. Du hörst dich nach einem ganz besonderen Mann an, nach einem Mann, der das Leben einer Frau verändern kann, nach einem Mann, wo eine Frau schon verrückt sein müsste, um ihn nicht zu schätzen.«

Mein Gott, es funktionierte. Ihre Stimme in meinem Ohr, so beruhigend und mitfühlend, ich bekam einen erotischen Schub und war dabei, mich in sie zu verlieben.

»Ich würde gern mit dir persönlich sprechen. Können wir uns irgendwo treffen?«

»Tut mir leid, Bob. Das geht nicht. Es verstößt gegen die Regeln.«

»Welche Regeln.«

»Die Regeln.«

»Verstehe. Ist alles Teil des Spiels.«

»Es tut mir leid, Bob.«

»Warte, bleib am Apparat. Ich will immer noch mit dir reden. Leg bitte nicht auf.«

»Das würde ich niemals tun, Bob, nicht bei dir. Ich bleibe so lange dran, wie du möchtest.«

»Danke. Kannst du mir wenigstens deinen Namen sagen? Deinen richtigen Namen?«

»Auch das dürfen wir nicht.«

»Aber ich glaube, das würde es leichter machen, sich zu unterhalten.«

»Ich verstehe, was du meinst.«

»Aber es muss dein richtiger Name sein. Ein Name, den du dir ausgedacht hast, gilt nicht.«

»Ach, Bob… ich spüre, da ist etwas ganz Besonderes zwischen uns. Es kommt mir so vor, als würde ich dich bereits kennen. Geht es dir auch so?«

»Ja, geht mir auch so.«

»Glaubst du an Wiedergeburt? An ein früheres Leben?«

»Ich denke, so was ist möglich. Welchen Namen hattest du in diesem Leben?«

»Sophie.«

Ich umklammerte den Hörer so fest, dass meine Finger schmerzten. »Wer bist du? Du hältst dich wohl für besonders schlau, stimmt's?«

»Oh, Bob, sie heißt Sophie, nicht wahr?«

»Du weißt verdammt gut, wie sie hieß ... heißt!«

»Warte, Bob, mein richtiger Name ist nicht Sophie. Ich heiße Elizabeth.«

»Ich wette, du verfügst über einen ganzen Sack voller Namen.«

»Bob, komm mal wieder runter, verdammt – «

Ich knallte den Hörer auf, wütend und panisch zugleich. Woher hatte sie diese Information? Sophie – der Name von Karens Cousine zweiten Grades aus Florida. Vielleicht war Karen noch am Leben. Vielleicht lag sie in einer Art Koma. Vielleicht hatte das Wasser sie wiederbelebt und sie war an Land geschwommen, erzählte jetzt jedermann von meinem Vorhaben. Woher wusste sie, dass ich diese Nummer anrufen würde? Und wie konnte sie es so lange aushalten, ohne zu atmen? Verdammt! Stecken denn hier alle unter einer Decke? Werden demnächst die Cops bei mir klingeln?

Jemand betrat das Haus. Ich presste mein Ohr an die Wohnungstür. Der Holzboden knackte leise und die Stufen knarrten, als jemand die Treppe hochschlich. Ich öffnete die Tür einen Spaltbreit und sah John Connor auf dem Treppenabsatz. Weshalb geisterte er hier umher? Wusste er etwas? Womöglich war er misstrauisch geworden und zählte nun eins und eins zusammen. Oder war er vielleicht ein Drogenfahnder in geheimer Mission? Ich hatte es ihm nie so recht abgekauft, das mit dem Bauarbeiter. Seine Hände waren stets sauber. Was für eine Baustelle sollte das sein, auf der er arbeitete?

Ich schritt das Zimmer ab, immer schön in einem perfekten Winkel von neunzig Grad. Nach siebenunddreißig Minuten ging ich in die Küche und inspizierte die Schränke nach etwas Trinkbarem, irgendetwas, egal, was, ich hätte auch Verdünner getrunken, wenn es das einzig Greifbare gewesen wäre.

Im Schrank unter der Spüle stieß ich auf eine halbe Flasche Wodka, Überbleibsel der letzten Party, die Karen und ich geschmissen hatten. Ich nahm einen Schluck direkt aus der Flasche, spuckte das Zeug jedoch umgehend in die Spüle; der Geschmack des Alkohols drehte mir den Magen um. Also griff ich mir eine 7 UP und vermischte den Wodka damit. Es war widerlich, aber trinkbar.

Nach sieben Sekunden tat der Alkohol seine Wirkung, eine beruhigende Wirkung. Ich begriff, dass ich mich verrückt machte, »Das verräterische Herz« ließ grüßen und ganz gewiss wollte ich nicht zu diesem Typ mutieren. Was hieß das schon, wenn sie sagte, ihr Name sei Sophie? Mitnichten wäre es der verrückteste Zufall, der sich je ereignet hatte. Und John Connor? Ein Typ, der es sich vor zwei Monaten nicht erklären konnte, weshalb sein Korkenzieher bei einer Weinflasche mit Schraubverschluss versagte.

Ich musste entspannter werden. Sophie-Elizabeth-wie-auch-immer hatte recht. Ich musste mich einfach in den Griff bekommen. Zurück in die Wirklichkeit: Die reale Karen ist tot, liegt vermutlich irgendwo auf dem Grunde des Ozeans und wird nicht zurückkommen. Wenn es mir jetzt noch gelänge, hinreichend betrunken zu werden, um die Einzelheiten zu vergessen, wäre ich wiederhergestellt.

Ich hatte die halbe Flasche intus, bevor mir auffiel, dass ich auf der Couch saß. Ich warf einen Blick hinüber zum Telefon und spielte mit dem Gedanken, Sophie/Elizabeth anzurufen, um mich zu entschuldigen. Vielleicht reagierte sie mit Verständnis, wenn ich ihr erzählte, dass ich meine Freundin getötet und mich ihrer Leiche entledigt hatte. Nächstes Thema, bitte!

Es war fast drei Uhr morgens, nur noch wenige Stunden und die erste Nacht, die härteste Nacht, wäre vorüber. Hätte ich doch nur Gefallen daran, mich in Bars herumzutreiben. Dann wäre ich wenigstens unter Menschen. Einem Gespräch zwischen anderen, zwischen Fremden, zuzuhören, hatte mitunter etwas Tröstliches. Die Probleme anderer sind stets fesselnder als die eigenen. Wer betrügt seine Frau, wer lässt sich scheiden, wer wurde gefeuert, wer ist an Krebs erkrankt oder pleite, wer hat einen Haufen Scheine beim Pferderennen gelassen oder beim Glücksspiel; Rugby, Baseball, Hockey, Hauptsache, was mit Ball oder Puck; wer versucht gerade, die Kellnerin abzuschleppen oder die Lady an der Musicbox, das ist meine Frau, warum ist sie dann angezogen wie eine Schlampe?, Halt's Maul, dann tu was dagegen, in Ordnung, werde ich – Worte, Beleidigungen, schieben und stoßen, Fäuste fliegen lassen, gebrochene Nasen, Veilchen, gezogene Waffen, Messer, Knarren, Cops und Krankenhäuser, und in den Morgenzeitungen dann Berichte über Mord und Totschlag. Ich hasse Bars.

Ich übergab mich in die Toilette. Ich hätte etwas essen sollen, das wäre vielleicht hilfreich gewesen. Das Sonnenlicht schnitt wie mit Klingen durch die Jalousien des Badezimmers und ich wusste, dass sie vorbei war. Die erste Nacht. Die härteste Nacht.

Ich ging ins Schlafzimmer, noch immer ein wenig angetrunken und mit flauem Gefühl im Magen, fiel mit dem Gesicht nach vorn aufs Bett und schlief ein.

***

»Er ist nicht im Kleiderschrank, oder?«

»Nein«, erwiderte sie ungehalten. »Er sitzt auf seinem Bett.«

»Mit wem spricht er?«

»Keine Ahnung. Mit sich selbst.«

»Wie lange ist er drin geblieben?«

»Drei Stunden. Es war eine Strafe.«

Wegen der Schreie konnte ich sie kaum verstehen, doch ich konzentrierte mich, so gut es ging, aufs Hinhören.

»Der Arzt hat gesagt, man soll ihn nicht so allein lassen. Was hat er gemacht?«

»Was hat er denn nicht gemacht? Ich weiß nicht mehr weiter mit ihm. Ich weiß wirklich nicht, was ich noch versuchen soll.«

»Lass ihm Zeit. Du erwartest in zu kurzer Zeit zu viel von ihm.«

»Ich erwarte, dass er sich respektvoll verhält. Aber alles, was er macht, ist einfach nur entwürdigend.«

»Der Arzt hat gemeint, es war eine normale Reaktion.«

»Es ist mir egal, was der Arzt meint!«, blaffte sie zurück. Wenn sie wütend war, klang ihre Stimme, als würde Papier zerrissen. »Der Arzt wohnt nicht in diesem Haus. Ich schon. Er bleibt dort bis zum Essen, danach geht er wieder zurück.«

IV

»Bist du ein Bulle?«

»Sehe ich wie einer aus?«

»Antworte nur, ja oder nein.«

»Nein. Ich bin kein Bulle. Allerdings wollte ich als Kind Feuerwehrmann werden.« Darüber musste sie lachen.

»Tut mir leid«, sagte sie. »Ich musste danach fragen. Wärst du ein Bulle und würdest es abstreiten, spricht man von Provozieren einer strafbaren Handlung oder so ähnlich.«

»Schön, dass wir das jetzt hinter uns haben.«

Sie lächelte und nahm meinen Arm. Wir schlenderten zu meinem Wagen. Es war jetzt zwei Jahre her, dass ich derlei Anstalten gemacht hatte, und ich war erstaunt, wie locker ich sofort wieder damit umgehen konnte.

»Wie heißt du? Und sag mir nicht, du heißt Sophie.«

»Nenn mich, wie du willst.«

»Das gefällt mir nicht. In meinen Augen verdirbt es das Ganze. Für mich muss etwas Besonderes sein. Ich möchte deinen richtigen Namen wissen.«

»Annabelle.«

»Komm schon, ernsthaft jetzt.«

»Meinst du, ich würde mir einen Namen wie Annabelle ausdenken?«

»Nein, ich denke nicht. Ein schöner Name. Stammt aus einem Gedicht.«

»Ich weiß.«

»Ich glaube, das mit uns lässt sich gut an, findest du nicht auch, Annabelle?«

»Ja, finde ich auch.«

Sie hatte mir sofort gefallen. Eben weil sie nicht aussah wie eine Prostituierte, und offen gesagt, hätte sie nicht den ersten Schritt gemacht, nie und nimmer hätte ich den Mut aufgebracht, sie anzusprechen. Jung, zierlich, mit glattem, braunem Haar, das, in der Mitte gescheitelt, den Rahmen bildete für dunkle Augen; sie trug ein Trägerkleid aus fließendem Stoff und eine gestrickte Wollstola, die sie wie eine Gouvernante um die Schultern gelegt hatte. Der Duft nach Kokosnuss-Räucherstäbchen rundete ihre Erscheinung ab. Ich vermutete, dass sie neu war im Gewerbe, denn sie hatte keinen Preis genannt, bei den anderen normalerweise das Erste, wenn sie in den Wagen steigen.

Ich fuhr zu mir und als ich vor dem Haus hielt, blieb sie einfach sitzen; ihre Art, das Geschäftliche zu regeln.

»Also, wir können alles machen, was du willst«, sagte sie. »Bis auf harte Sachen.«

»Was meinst du mit ›harte Sachen‹?«, fragte ich.

»Du weißt schon, Handschellen, Peitschen, mich fesseln, solche Sachen eben.«

»Sehe ich aus wie der harte Typ?«

»Nein. Du siehst aus wie der nette, sanfte Typ. Sechzig.«

Ich holte meine Brieftasche hervor und gab ihr die sechzig Dollar. Sie lächelte und dabei bildeten sich in ihren Wangen merkwürdig geformte Grübchen, die mich an Cashewnüsse erinnerten. Sie ließ das Geld in ihrer Handtasche verschwinden.

»In den sechzig sind keine Extras drin«, sagte sie und stieg aus.

Voller Neugier sah sie sich überall im Wohnzimmer um, ging dann zum Fenster und blickte hinaus auf die Bucht.

»Eine schöne Aussicht, die du hier hast.«

»Danke.«

»Lebst du allein?«

»Seit gestern.«

Sie trat vom Fenster zurück und sah hinüber zur Schlafzimmertür.

»Kann ich dir etwas zu trinken anbieten?«

»Sicher. Was hast du denn?«

Ich ging in die Küche und kramte in den Schränken. Da stand eine alte Flasche Cognac, verstaubt, das Etikett bereits vergilbt, kaum genug drinnen für einen einzigen Schluck.

»Tut mir leid, ich habe nichts Alkoholisches. Möchtest du vielleicht einen Saft?«

»Nein. Ich habe keinen Durst.«

Sie stand im Wohnzimmer und musterte mich. »Wie sieht's aus, sollten wir nicht mal langsam das machen, weswegen wir hier sind?«, fragte sie.

Ich stieß die Tür zum Schlafzimmer auf. Sie schlenderte hinein und blieb vor dem Bett stehen.

»Für sechzig bekommst du es halb und halb«, sagte sie.

»Halb und halb?«

»Ja. Ein bisschen von beidem.«

»Verstehe. Zwei Hälften bilden ein Ganzes.«

Sie grinste. »Mal sehen.«

Ich saß auf dem Bett, während sie ihre Stola abwarf, sich das Kleid aufknöpfte, es von den Schultern streifte und nach hinten griff, um ihren Büstenhalter zu öffnen. Ihre Nippel starrten mich an wie weit aufgerissene Augen; für eine Frau ihrer Statur hatte sie große Brüste.

»Du bist sehr schön, Annabelle.« Sie lächelte, fing an, mir das Hemd aufzuknöpfen und ich wollte sie auf den Mund küssen, doch sie wandte sich ab. »Nicht auf den Mund«, sagte sie, dann stieß sie mich sanft aufs Bett, öffnete meine Hose und streifte sie mir von den Beinen. Mir fiel auf, dass ihre Kleidung über einem Stuhl neben dem Schrank hing, während ihre Handtasche auf dem Bett, also in Reichweite lag. Sie legte sich neben mich, küsste meine Brust – ihre Lippen waren trocken und fühlten sich an wie Pappe. Sie arbeitete sich meinen Bauch hinunter und erledigte die erste Hälfte unseres »halb und halb«. Ich krallte mich mit steifen, schmerzenden Fingern ins Bettzeug.

»Bist du okay?«, fragte sie.

»Ja. Mir geht's gut.«

»Du kommst mir ein wenig angespannt vor.«

»Das ist die Erregung«, sagte ich. »Du hast echt Talent.«

Annabelle kicherte und bewegte sich hoch zu meinem Gesicht. Ich bemerkte, dass ich ein Kondom trug, obwohl ich überhaupt nicht mitbekommen hatte, wie sie es mir übergestreift hatte.

Sie setzte sich auf mich und führte mich sanft und langsam ein. Wir liebten uns, während Schlepper in den Hafen tuckerten, Wellen sich an scharfen Felsen brachen und Möwen in räuberischem Flug hinabstießen, bis das tiefe Posaunengedröhn eines Nebelhorns das Ende unserer zweiten Hälfte ankündigte.

Ich hielt sie fest umarmt, küsste ihren Hals und versuchte, so lange wie möglich in ihr zu bleiben. Doch sie drückte mich einfach heraus und stand auf, um sich anzuziehen. Ich sah ihr vom Bett aus zu. Es war unheimlich, wie die Stimmung zwischen uns sich verändert hatte, als hätte der Akt Kontrahenten aus uns gemacht.

»Das war fantastisch, Annabelle. Danke.«

»Freut mich, dass es dir gefallen hat.«

»Gefallen trifft es nicht im Ansatz. Ich bin begeistert.«

»Schön.«

Sie knöpfte sich das Kleid zu und ich wurde mir meiner Nacktheit unangenehm bewusst. Ich zog mir die Hosen an.

»Bei deiner Arbeit lernst du sicher eine Menge Leute kennen, nicht wahr?«

»Ja, denke schon.«

»Ist sicherlich interessant.«

»Ja, schon.«

»Kann ich dich etwas fragen?«

»Schieß los.«

»Bist du manchmal einsam?«

Sie sah mich an. »Ja. Manchmal. Jeder ist mal einsam.«

»Ich glaube, manche Menschen sind davon stärker betroffen. Als Kind habe ich es gehasst, allein zu sein. Ich konnte mich nie daran gewöhnen, egal, wie sehr ich mich auch bemüht habe.«

»Tatsächlich?«

»Ja, es war so. Ich glaube, das Gefühl, allein zu sein, jagt einem am meisten Angst ein. Man fühlt sich so ... verlassen. Findest du nicht auch?«

»Kann sein«, sagte sie und legte sich die Stola um die Schultern.

»Wahrscheinlich hältst du mich gleich für schrecklich aufdringlich, aber könntest du heute Nacht bei mir bleiben, Annabelle?«

»Tut mir leid, das geht nicht.«

»Für gewöhnlich presche ich nicht so vor, aber ich spüre, da ist etwas Besonderes zwischen uns. Und es kommt nicht oft vor, dass zwei Menschen auf eine besondere Art miteinander verbunden sind. Siehst du das auch so? Ich glaube, wenn wir beide, du und ich, wenn wir uns eine Chance geben, dann könnten wir sehr glücklich miteinander sein.«

Sie warf mir ein kaltes, grübchenfreies Grinsen zu, schien sich auf eine grausame Art über mich zu amüsieren. »Miteinander glücklich sein?! Du kennst mich doch gar nicht.«

»Ja, genau das meine ich. Ich würde dich gern besser kennenlernen.«

»Entschuldige, aber ich muss gehen.«

»Du müsstest überhaupt nichts machen, dich nur mit mir unterhalten, wir könnten dasitzen, reden, uns bei den Händen halten.«

»Tut mir leid, ich kann nicht.« Sie schlüpfte in ihre Schuhe, Schuhe mit flachen Absätzen. Mich durchlief ein Schaudern, als weit entfernt, noch ganz schwach, die Stimmen zu summen anhoben.

»Ich bezahle dich dafür, wenn du bleibst.«

»Wenn du sechzig die Stunde bezahlen kannst?«

Mit Sicherheit war meinem Gesicht abzulesen, dass ich es nicht konnte. »Ich habe Geld auf der Bank! Wir können sofort hinfahren und was abheben.«

»Nein, es geht wirklich nicht. Ich habe noch andere Verpflichtungen und wenn ich denen nicht nachkomme … «

Sie beendete den Satz nicht, musste es auch nicht. Mir war klar, sie würde nicht bleiben, wie viel Geld ich ihr auch anbieten würde.

»Annabelle, ich bin Modefotograf. Vielleicht kann ich ein paar Model-Fotos von dir machen, für deine Mappe. Ich hol gleich mal meine Kamera – «

»Hör zu«, fiel sie mir ins Wort, »du brauchst mich nicht zurückzufahren. Ich nehme ein Taxi.« Sie schnappte sich ihre Handtasche.

»Das macht mir nichts aus, überhaupt nicht«, sagte ich und die Worte, die aus meinem Mund tröpfelten, meine unsichere Stimme – Ausdruck meiner Verzweiflung –, alles nährte den Eindruck, ein anderer hätte meinen Körper inzwischen in seiner Gewalt, jemand, der nicht sonderlich anziehend war.

Annabelle blickte mich so merkwürdig an; ich verstand das nicht, bis mir eine Träne von der Wange tropfte. Sie schlang die Handtasche über ihre Schulter und ging aus dem Zimmer. Ich sprang vom Bett auf und lief hinterher.

»Annabelle, bitte, geh nicht!« Ich packte ihren Arm und riss sie herum. »Annabelle, bitte! Lass es mich erklären.«

»Da gibt es nichts zu erklären. Ich muss gehen!« Sie riss ihren Arm aus meiner Umklammerung und machte die Tür auf, die ich umgehend mit der flachen Hand wieder zustieß. Annabelle drehte sich um, sah mich an, voller Panik, wie ein in die Ecke gedrängtes Tier. »Lass mich raus! Sofort!«

»Du verstehst es nicht«, rief ich. »Ich will keinen Sex. Ich will nur jemanden zum Reden, jemanden, der bei mir ist. Ich zahl dir das Doppelte, zahl dir, so viel du willst. Aber, bitte, geh nicht!«

»Lass mich raus oder ich schreie! Ich kann ziemlich laut schreien!«

Ich nahm ihre Hand, wollte Annabelle zurück ins Wohnzimmer bringen, da brüllte sie los, aus Leibeskräften. Ich versuchte, ihr den Mund zuzuhalten, aber sie biss mich.

»Au! Schlampe!«

»Genau! Wir sind alle Schlampen!« Mit diesen Worten rammte sie mir ihr Knie zwischen die Beine. Ich ging zu Boden wie ein Stein, ein ungelenkes Etwas aus Gliedmaßen, Sternen und Blitzen. Die Stimmen waren verschwunden und an ihrer Stelle hörte ich das klackende Geräusch von Annabelles Absätzen, die draußen über das Pflaster flitzten.

Eine Weile lag ich reglos da, wartete darauf, dass das Gefühl in meine Beine zurückkehrte und der penetrante Kokosnussduft aus meiner Nase verschwand. Ich kroch zur Couch und lehnte mich dagegen. Verdammt, noch nie hatte man mir so brutal gegen diese Stelle getreten. Weshalb nur hing etwas derart Empfindliches an einer Stelle, wo jeder hintreten konnte? Gott musste weiblich sein!

Ich schloss die Augen und versuchte zu schlafen. Mein Verstand brannte lichterloh, also probierte ich noch mal dieses Yoga-Ding, doch es wollte nicht klappen. Mitunter ist die zweite Nacht die schwerste, wenn ich nur die zweite Nacht durchstehe ...

»James ist ein Baby! James ist ein Baby! James ist ein Baby!«

Sie hielten sich an den Händen und hüpften um die Couch herum, umkreisten mich, wie sie es auf dem Spielplatz getan hatten. Sie trug ihre weißen Lackschuhe mit den goldenen Schnallen, einen grün karierten Rock und eine olivfarbene Bluse mit dem Wappen der Schule auf der Brusttasche.

Nach der Schule hatten wir immer zusammen gespielt. Sie backte im Hinterhof Sandkuchen und ich war ihr Ehemann, der gerade von der Arbeit kam und ihr von seinem Tag in der Fabrik berichtete, Geschichten, die ich von meinem Vater gehört hatte. Sie fütterte unsere Kinder, Plastikpuppen, die sie von Zuhause mitgebracht hatte. Und später, auf dem Spielplatz, stieß ich sie auf der Schaukel an, ihre langen Stocklocken streiften mein Gesicht wie goldene Papierschlangen und ihr Kleid bauschte sich im Wind. Sie liebte die Schaukel.

Aber für sie war alles nur ein Spiel; man machte das damals eben so.

Es begann in der vierten Klasse, als Peter Jensen mir die Krawatte wegriss und mich zwingen wollte, sie zu essen. An diesem Tag weinte ich den ganzen Weg nach Hause, während sie mir folgten, hüpften und sangen, immer und immer wieder, bis es am Ende in der Nachbarschaft zu einer Art Mantra wurde:

»James ist ein Baby. James ist ein Baby. James ist ein Baby.«

Clarette, ich habe dir nie etwas getan. Deshalb war es so schwer zu verstehen. Genau wie die Energie, die du hineingesteckt hast, die Lautstärke, den Enthusiasmus. Manchmal frage ich mich, wo du heute bist. Wie dein Leben so läuft und ob du dich noch an mich erinnerst. Du warst das erste Mädchen, das ich geliebt habe. Doch wenn ich es jetzt so betrachte, kann ich kaum glauben, dass wir Freunde waren.

Ich nahm einen Besen und fegte den Boden, fegte in der Mitte des Zimmers einen Haufen Sand zusammen und nahm ihn mit der Schaufel auf. Die restlichen Sandkörner fegte ich in den Hausflur, wo sie sich mit John Connors Dreck vermischen und untergehen konnten. Ich putzte die Fenster mit warmem Wasser und Essig, benutzte Zeitungspapier anstelle von Lappen. Ich polierte alle Holzoberflächen inklusive Türknäufe, fegte den Boden ein weiteres Mal und versuchte dann, etwas zu lesen, konnte mich aber nicht auf die Worte konzentrieren, also putzte ich alles noch einmal.

V

Die erste Woche ist immer die härteste. Die Nacht zuvor hatte ich die letzten sieben SleepEase geschluckt, dazu einen halben Liter Whiskey. Meine Augen lagen tief in ihren Höhlen und hatten dunkle Ringe, jedes Gelenk meines Körpers schmerzte, aber mein Apartment war sauber wie seit meinem Einzug nicht mehr.

Jeden Tag sah ich die Zeitungen durch, doch bislang wurde nichts an die Küste gespült. Ständig rief Karens Bruder aus Washington an, hinterließ zahllose Mitteilungen für seine Schwester, doch immer wenn er aufgelegt hatte, löschte ich das Band.

Und dann Karen. Es war nur noch das Gefühl einer

vagen Erinnerung von etwas, was Jahre zurücklag, ein halb vergessener Traum. In meinen wirklichen Träumen hingegen war sie sehr lebendig. Sie stand auf der Oberfläche des Ozeans, schwankte in weiter Ferne hin und her. Ich stand an der Küste, einen Teppich unter dem Arm, und hörte sie meinen Namen rufen; ihre Stimme klang wie eine Unheil verkündende Glocke, wie ein chinesischer Gong. Ich wollte aufschreien, doch über meine Lippen kam kein Laut. Als ich wegrennen wollte, steckten meine Füße tief im Sand, eingegraben wie die Wurzeln eines Baumes. Hilflos musste ich zusehen, wie sie im Nebel schwebte. Es war immer der gleiche Traum, der letzte kurz vor dem Aufwachen. Sobald ich jedoch meine Zähne putzte, waren die Bilder verschwunden und sie zog sich zurück, zurück in den Kleiderschrank meines Verstandes.

Dennoch, er war schon verstörend, dieser Traum.

Ich nahm meine Kamera, eine Nikon F4, ein 35-mm-Objektiv und zwei Rollen Plus-X 125 und ging hinaus ans Wasser. Der Sand war sehr körnig und überall lag Müll: alte Autoreifen, ein verrosteter Motorblock, ein eingedrückter Korbstuhl, dem das vierte Bein fehlte, zu einem Ball verhedderte Angelschnur, Flaschen, Bierdosen, Styroporbecher und ausgetrocknete Krebsschalen – die Aschenbecher des Ozeans. Ich machte Aufnahmen von einem Ruderboot aus Holz, das in der Mitte durchgebrochen war und an der Seite den aufgepinselten Schriftzug *Mary O'Day* trug, und von dem Haufen in sich verbogener Sprungfedern daneben.

Als ich meinen Blick aufs Meer wandte, erregte ein leuchtender Farbklecks meine Aufmerksamkeit, weil er so befremdlich wirkte in dieser tristen, von Wolken verschatteten Küstenlandschaft. Rötlich-golden, in der Mitte ein blauer Längsstreifen, das Wasser umspülte die Silhouette, zog sich dann weit zurück. Der Körper hob und senkte sich voller Verzweiflung, kämpfte darum, das kostbare Nass einzufangen, das durch seine offenen, hungrigen Kiemen floss. Ich machte ein paar Schnappschüsse, dann hockte ich mich hin und betrachtete ihn genauer. Es kam mir so vor, als sähe er mich ebenfalls an, ein entsetzter Blick aus einem grünen Auge. Es klingt grotesk, ich weiß, aber dieser Blick war mir bereits begegnet, in einem menschlichen Auge, in meinem Auge! Ich grub meine Hand in den Sand und hob ihn auf, den Fisch; Blut tropfte von meinen Fingerspitzen, die Bauchseite war von einem scharfen Gegenstand aufgerissen worden, vermutlich von einem Angelhaken. Der Ausdruck in beiden Augen war identisch, ein stummer Schrei der Panik. Eine Panik so real wie meine eigene. Ich ging einige Zentimeter tief ins Wasser und übergab das arme Wesen der Meeresströmung. Es zappelte, sprang hoch, versuchte sein Zurück mit der hinausgehenden Welle, am Ende dümpelte es auf der Seite, als der Ozean es zurück an den Strand spuckte.

Weiter oben standen vier Männer am Wasser. Mit ihren ausgebeulten Jeans und verschmutzten Jeansjacken trugen sie die Uniform der Cahill Dry Dock Company, gegründet 1898 von J. Cahill & Sons, so jedenfalls stand es auf dem Schild an der Straßeneinfahrt etwa dreißig Meter östlich. Die Männer hatten sich wie Schachfiguren um ein Objekt ihres Interesses gruppiert, das offenbar an den Strand gespült worden war. Wer auch immer gesagt hatte, die Beichte sei gut für die Seele, er hatte recht, denn ich spürte, wie eine Welle der Erleichterung mich überrollte. Es ist vorbei, endlich, dachte ich.

Ich trat zu den Männern und sagte: »Ich weiß, wer sie ist und bin dafür verantwort– «, doch das Wort blieb mir im Halse stecken. Der Mann neben mir drehte sich um und fragte: »Häh? Haben Sie was gesagt?«

»Nein ... äh ... schockierend!«

Sie war nackt und lag mit dem Gesicht nach unten im Wasser. Zusammen mit einer Welle bewegte sich ihr langes blondes Haar den Rücken entlang. Ihre Haut war glatt und makellos und hatte die reine Farbe echter Perlen. Sie konnte nicht älter als einundzwanzig sein.

Einer der Männer, ein untersetzter alter Seebär mit aufgesprungenen, dunklen Lippen und verschmitztem Gesichtsausdruck, die Mütze eines Zugführers auf dem Kopf, sagte zu seinen Kumpeln: »Ich dreh sie jetzt mal um.«

Die anderen waren dagegen.

»Ich tu ihr schon nicht weh. Will nur sehen, wer sie ist. So was bekommt man nicht alle Tage geboten.«

»Lass es gut sein, Jerry. Es ist die Tochter von jemandem.«

Doch Jerry blickte sich um, hatte plötzlich eine Holzlatte in der Hand und machte einen Schritt ins Wasser. Der Mann neben ihm reagierte wütend: »Hör auf, Jerry, sei kein Arschloch!«

Jerry versenkte die Latte im Sand, etwa in Höhe der Taille, dann ein kurzer, kräftiger Ruck und die Leiche rollte herum. Die Arme bewegten sich steif und fielen dann an den Seiten herunter. In diesem Moment schwappte eine Welle über den Rumpf der Leiche und beim Zurückschwappen entblößte sie einen Bauch voller

Stichwunden, scheußliche Öffnungen, von der See bereits sauber gewaschen. Insgesamt sieben.

»Allmächtiger!«, stieß der Mann neben mir aus und fuhr sich mit den Fingern durch das spröde Silberhaar.

Wasser schwappte über ihr Gesicht und wieder zurück, füllte ihre Nasenlöcher mit Sand. Sie sah aus, als schliefe sie. Um ihre Lippen lag ein ruhiger, selbstbewusster Zug, ihre Wangenknochen waren stark ausgeprägt, die Nase eine stolze, gerade Linie – Gesichtszüge, die eher zu einer Märchenprinzessin passten als zu einem Mordopfer der Neuzeit. Es fuhr mir schmerzhaft in die Seite, ein Anflug von Wiedererkennen, und mir wurde bewusst, dass ich ihr schon mal begegnet war, obwohl mir nicht einfallen wollte, wo. Sicherlich nicht in der Nachbarschaft oder in einem der Einkaufszentren, auch nicht auf dem Campus, da hätte ich zweifelsfrei ein so fein geschnittenes Gesicht nicht vergessen. Vielleicht hatte ich sie als kleiner Junge gesehen, beim Blättern in einem Band mit Porträts der Renaissance oder in einem Museum, als elegante römische Venusstatue.

Sie jetzt so zu sehen, geschändet und entstellt, ging mir ans Herz, als hätte jemand ein außergewöhnliches Kunstwerk zerstört; mich ergriff die tiefe Trauer, die man angesichts eines solchen Verlustes empfindet. Der Wind blies durch mein Hemd und doch bildete sich auf meiner Brust klebriger Schweiß, heiß stieg mir die Wut in den Kopf, die Wut eines Menschen, der um etwas Kostbares, Unwiederbringliches gebracht worden war. Verdammt, was für ein Ungeheuer war zu so etwas imstande?

Ich sah, dass der Mann mit dem Silberhaar die Lippen bewegte, konnte ihn aber wegen der Schreie in meinem Kopf nicht hören.

»Entschuldigung«, sagte ich, als die Stimmen verstummten.

»Ich habe gefragt, ob mit Ihnen alles in Ordnung ist. Sie sehen nicht besonders gut aus.«

»Oh ... doch, mir geht's gut.«

Jerry kicherte: »Manche Leute können so was eben nicht verkraften.«

Auf der Straße hielt ein Wagen, eine Wagentür wurde geöffnet und man vernahm das Krächzen des Polizeifunks. Ich nahm meine Kamera, schoss sieben Bilder ohne durch den Sucher zu schauen, und steckte anschließend den Deckel auf das Objektiv. Zwei Cops kamen ans Wasser, sahen einander an, und dann kam die Frage, ob jemand die Tote kenne.

Der Größere der beiden fragte mich, wer ich sei und was ich hier tue. »Mein Name ist James Gianelli. Ich wohne etwa fünf Minuten entfernt den Strand hinunter. Ich ging gerade spazieren, als ich diese Männer hier sah.«

»Und was soll die Kamera?«

»Ich gebe Kurse in Fotografie, an der Universität, und habe gerade ein paar Aufnahmen von der Küste gemacht, für meinen Kurs.«

Erst musterte er mich, und anschließend den Deckel auf dem Objektiv.

»Kennen Sie diese Frau?«, fragte der Cop.

»Nein. Ich habe sie noch nie gesehen.«

Sein Partner wies alle an, sich ein Stück zu entfernen und nichts zu berühren. Das Herumstehen mit den anderen war mir unangenehm, also drehte ich mich um und setzte mich in Bewegung, blieb dann aber stehen. »Kann ich nach Hause gehen, Officer?«

»Ja. Nein, warten Sie einen Moment.« Er zog ein Notizbuch hervor. »Ich brauche Ihren Namen und Ihre Adresse für den Fall, dass wir noch Fragen haben. Ich brauche die Namen und Adressen von Ihnen allen.«

Jerry murrte, beklagte sich über Zeitverschwendung. Ich gab dem Cop meinen Führerschein, wartete, bis er ihn mir wieder aushändigte. Unterdessen hatte der andere Cop eine Decke über die Tote gebreitet. Als ich mich auf den Weg nach Hause machte, rannten hinter mir Leute an den Strand, riefen ihren Freunden zu, mitzukommen, und machten aus dem Ganzen einen Riesenzirkus.

Ich schloss die Tür ab und lehnte mich dagegen, irgendwie fühlte ich mich schuldig, als hätte ich ein Verbrechen begangen, mir auf diese Weise ihr Bild zu beschaffen. Vielleicht hatte ich das sogar, ich war mir nicht sicher. Meine Finger zitterten, als ich den Film zurückspulte und dann meine Hand darum schloss. Es war noch gut vier Stunden hell, also setzte ich mich ans Fenster und wartete. Aus dieser Entfernung konnte ich die Gestalten, die sich am Strand hin und her bewegten, nur schemenhaft erkennen; in meiner Vorstellung entwickelte sich daraus das Bild, wie sie auf einer Trage weggeschafft und von abgestumpften Technikern der Spurensicherung in einen Kombi geschoben wurde, alles unter den Blicken und begleitet vom Gemurmel einer der morbiden Faszination erlegenen Gruppe Schaulustiger. Jerry und die Holzlatte kamen mir in den Sinn; die Stichverletzungen, die man auseinanderziehen und untersuchen würde, um bestätigen zu können, dass sie die Todesursache waren. Wie tragisch das alles war. Wie mochte ihr Leben wohl ausgesehen haben? Und was hatte zu ihren letzten schicksalhaften Momenten geführt? Hatte es sich um einen Beziehungsstreit gehandelt? Oder um einen simplen Raub? Einen Racheakt? Verdammt, wäre sie mir nur früher begegnet. Ich hätte ihr vielleicht helfen, sie vielleicht sogar retten können! Die verpassten Möglichkeiten schickten sich an, sich für immer in die Membrane meiner fiebrigen Vorstellungskraft zu brennen, das Leben, das wir nie teilen, das Zuhause, das wir uns nie schaffen und die Kinder, die wir nie in die Welt setzen und aufziehen würden, und von diesem Moment an stand für mich fest, dass der Verlust mich für den Rest meines Lebens schmerzen würde. So unglaublich es auch klingt – und ich gebe zu, dass die Absurdität all dessen mir nicht entging –, im Tode hatte sie den wichtigsten, alles bestimmenden Vorzug erlangt, den Vorzug, nach dem ich mein ganzes Leben lang zuallererst gesucht hatte: Sie würde mich niemals verlassen.

Dass mir das jetzt und auf diese Weise bewusst wurde, schrieb ich der grausamen Ironie des Schicksals zu. Wie wundervoll es doch war, am Leben zu sein.

***

Meine Augen gewöhnten sich allmählich an die Dunkelheit. Die Hemden und Hosen über mir berührten mein Haar wie Tentakel. Ich saß dort, steif wie ein Brett, voller Angst, dass jedes Geräusch, jede Bewegung sie noch mehr anziehen könnte. Also verhielt ich mich mucksmäuschenstill, wagte nicht einmal, mir die Tränen wegzuwischen, die in meine empfindlichen Wangen stachen.

Hinter der Tür zu meinem Zimmer waren Schritte zu hören. Die Tür wurde geöffnet, die Schritte kamen näher.

»Er ist so schrecklich ruhig da drinnen. Bist du sicher, dass alles in Ordnung ist mit ihm?«

»Es geht ihm gut. Er will nur Mitleid erregen.«

»James«, rief er, »geht es dir gut?«

Er trat dicht an die Tür und sein Schatten verschluckte den Spalt.

»James, geht es dir gut? Antworte mir.«

»Antworte deinem Vater, bevor du es mit dem Gürtel zu tun bekommst!«

Lass mich bitte nicht sprechen müssen, flehte ich innerlich, bitte, bitte.

Meine Hosen waren nass.

Sie kam ins Zimmer und schlug gegen die Tür. »Antworte deinem Vater, wenn er dir eine Frage stellt. Zwing mich nicht, diese Tür aufzumachen und dafür zu sorgen, dass du antwortest!«

»James, sag irgendwas, damit ich weiß, dass es dir gut geht.«

»Ich möchte jetzt herauskommen«, wimmerte ich. »Es tut mir leid, ich werde es nicht wieder tun.«

»Das ist richtig, das wirst du nicht. Denn das nächste Mal bleibst du einen Monat drin.«

»Was hat er denn angestellt?«

»Er hat ein ganzes Brot hinaus in den Hof geworfen! Hundert Tauben waren da draußen und haben es aufgefressen. Was die für einen Dreck gemacht haben! Und wir haben jetzt kein Brot zum Abendessen!«

»Na schön, in Ordnung. Aber lass ihn bald raus.«

VI

Leidet ein Priester unter Lampenfieber, bevor er die Messe hält? Ist er nervös? Nervös wie ein Schauspieler vor seinem Auftritt? Wenn dem so ist, dann fühlte ich mich wie ein Priester, denn der Prozess der Filmentwicklung, das Ritual, das Celluloid dem Licht auszusetzen und ihm auf diese Weise etwas von körperlichem, materiellem Gehalt zu entlocken, war für mich ebenso heilig wie jedes Sakrament.

Ich stand in dem pechschwarzen Raum, wartete, dass sich meine Augen an die Dunkelheit gewöhnten. An den Fenstern klebte schwarze Pappe, dennoch forschte ich nach Ritzen, damit kein einfallender Lichtstrahl den Film ruinierte. Der folgende Teil des Prozesses musste in absoluter Dunkelheit ausgeführt werden und duldete keine Unachtsamkeit. Ich hatte viele Filme gesehen, verdorben allein wegen der Ungeduld der Studenten in dieser Phase.

Ich hebelte den Deckel der Filmdose mit dem Filmdosenöffner ab und hatte sofort den moschusartigen, beinahe süßlichen Duft der Chemikalie in der Nase. Unter meinen Fingerspitzen spürte ich die Feuchte der Emulsion, als ich damit begann, den Filmstreifen in die Edelstahlspule des Entwicklungstanks einzuhaken. Normalerweise schaffte ich das ohne Probleme innerhalb weniger Sekunden, aber heute zitterten meine Finger und ich bekam sie nicht unter Kontrolle. Ich atmete ein paarmal tief ein, ganz langsam, dieses Yoga-Ding eben.

Nach ein paar Minuten gelang es mir, den Film Bild für Bild aufzuspulen. Ich legte die Spule in den Entwicklertank und verschloss ihn mit dem Deckel. Jetzt konnte ich das Licht einschalten und die erste Flüssigkeit hineingießen, den mit zirka 20 Grad warmem Wasser vermischten Entwickler. Anschließend kippte ich den Tank in regelmäßigen Abständen, insgesamt sieben Minuten lang, goss den Entwickler aus und setzte die nächste Chemikalie ein, das Stoppbad, um die Entwicklung des Films zu beenden. Zehn Sekunden später entfernte ich die Lösung und gab die letzte Chemikalie hinein: den Fixierer, der das lichtempfindliche Silberhalogenid entfernt, damit man den Film bei Licht herausnehmen kann.

Ich musste noch einen weiteren Arbeitsgang durchführen: die Bilder auf Fotopapier entwickeln. Zuvor stellte ich den Entwicklungstank unter fließendes Wasser, um den Film von allen Chemikalien zu reinigen, dann kümmerte ich mich um den Vergrößerer und die drei Entwicklerschalen, die ich in einer Reihe auf dem Tisch aufstellte und anschließend mit einer leicht veränderten Mischung der jeweiligen Chemikalie füllte. Nun holte ich mein Fotopapier aus dem Kühlschrank – 203,2 x 254 mm Hochglanz mit normalem Kontrast –, nahm den Negativfilm aus dem Entwicklungstank, wickelte ihn von der Spule und hielt ihn gegen das Licht, die Bilder waren deutlich und perfekt für Abzüge. Es gab sieben Aufnahmen von ihrem Gesicht, fünf von dem Strandgut an der Küste, drei von dem armen sterbenden Fisch, der Rest des Films war leer. Ich riss alle Aufnahmen bis auf die sieben ab, die ich dann an einen Draht zum Trocknen hängte.

Zu nervös für die Anfertigung von Probestreifen oder gar Kontaktabzügen, kümmerte ich mich sofort um die endgültigen Abzüge, überschlug die Belichtungszeit im Kopf, was ich ganz gut beherrschte.

Im mystischen Licht der Dunkelkammerlampe ließ ich das erste Blatt Papier in den Entwickler gleiten, kippte die Schale vor und zurück, sodass die Flüssigkeit gleichmäßig über das Papier schwappte, bis vierzehn Sekunden später ihr Gesicht wie eine Geistererscheinung auftauchte.

Mit der professionellen Distanz eines Arztes während einer Untersuchung hob ich das Blatt mit einer Zange heraus und ließ es ablaufen. Als es die richtigen Grautöne hatte, überführte ich es in das Stoppbad.

Ich schob das nächste Negativ in den Vergrößerer. Insgesamt machte ich von jeder Aufnahme drei Abzüge, obwohl die Aufnahme allesamt identisch schienen. Ich wollte jeden einzelnen Abzug für sich untersuchen, den Wasserstand um ihr Gesicht, das Haar, all die feinen Unterschiede, die im bernsteinfarbenen Licht der Dunkelkammerlampe nicht auszumachen waren.

Als ich fertig war, goss ich den Fixierer in den Ausguss, ließ kaltes Wasser in die Schale laufen, um die Abzüge zu wässern, und machte anschließend das Licht an.

Vorsichtig hob ich das oberste Bild aus der Schale – ein scharfer, ein vorzüglicher Abzug mit feinem Korn! sattes Schwarz, reines Weiß, dazwischen alle Grautöne – und hielt es ins Licht: eine Nahaufnahme von ihrem Gesicht unter Wasser. Mein Finger fuhr über die kühle, feuchte Oberfläche ihrer Lider, wanderte die Nase hinunter und über ihre Lippen. Ich stellte mir ihre Augen starr vor, grün, mit sanftem Blick. Kaum dass sich diese Vorstellung entwickelt hatte, nahm auch schon ein anderer Gedanke in meinem stark umwölkten Bewusstsein Gestalt an: Ganz allmählich und in aller Deutlichkeit – siebenundsechzig Minuten zu spät – wurde mir zu meiner Überraschung klar, welch jämmerlicher Kerl ich inzwischen war.

Natürlich.

Als Erinnerung wäre sie eines Tages nur mehr ein Traum, würde verblassen, so wie alle Erinnerungen verblassen. Die Zeit würde ihre Gesichtszüge ausradieren; nach und nach würden sie die Abwechslungen, das stets Neue der mannigfaltigen Details des Lebens unter sich begraben, vielleicht würde sie sogar eines Tages ersetzt werden und ich würde sie vergessen. Doch als Fotografie, als etwas, was man berühren, was man besitzen konnte, würde sie Generationen überdauern. Vielleicht für immer leben! Wie die Stummfilmstars seit hundert Jahren, deren Jugend und Schönheit für immer eingefangen waren. Nur dass *ihre* Jugend und Schönheit eine Totenmaske bildeten, eine tagtäglich aufs Neue quälende Mahnung darstellten, wie der leere Platz am Esstisch einer trauernden Familie, ein ständiger Hinweis darauf, was ich nicht hatte und nie haben würde.

Der Hohn bei alldem war mir zu stark, zu offensichtlich und ich vermutete, dass irgendwo im weit entfernten geheimnisvollen Reich der Toten, dort, wo Rod Serling und Alfred Hitchcock miteinander Schach spielten, das Schicksal über meine Tollheit lachte. Ich riss die Negative aus dem Vergrößerer und zerdrückte sie in meiner Hand, warf einen Blick in die Schale und sah ihr lebloses, zweidimensionales Gesicht unter der Wasseroberfläche und musste auch lachen.

***

Der Boden erzitterte. Jemand ging über den Flur. Ich hörte nichts, bis ihre scharfe Altstimme ertönte. »Du wirst es bereuen, wenn du jetzt die Tür aufmachst!«

Er setzte sich auf die andere Seite der Tür. »James«, fragte er, »bist du da drin?«

Ich antwortete nicht, stattdessen glitten meine Finger über den Spalt unter der Tür.

»Warte einen Moment«, sagte er. Ich hörte, wie er zum Schreibtisch in der Ecke ging und eine Schublade aufzog.

»Hier, nimm das in die Hand.« Er hatte sich wieder vor die Tür gesetzt und schob etwas unter den Spalt hindurch. »Hast du's?«, fragte er, aber ich antwortete nicht, nicht, bevor ich es fest in der Hand hielt. Ich tastete mit meinen Fingern und ergriff das Ende des Schnürsenkels, und erst als klar war, dass am anderen Ende gezogen wurde, fiel alle Furcht und Anspannung von mir ab.

»Kannst du mich jetzt spüren?«, fragte er.

»Ja, Ted. Lass nicht los.«

»Mach ich nicht. Halt ihn fest.«

Ich zog an meinem Ende, er an seinem, hin und her, immer unter der Tür durch.

»Hast du es gesehen?«, fragte er.

»Nein, aber mir war so, als wenn es durch die Wände kommt. Rede weiter mit mir, damit es weiß, dass ich nicht allein bin.«

»Diese Tauben haben da draußen einen Heidenspaß. Wenn du es nur sehen könntest! Ma hat versucht, sie mit dem Besen zu verjagen, aber sie sind nur weggetippelt, und kaum war sie im Haus, sind sie wieder zurückgekommen. Es gibt bald Abendessen.«

»Und was?«

»Eintopf. Wahrscheinlich war sie deshalb so sauer wegen des Brotes.«

»Ich habe Angst, Ted.«

»Nun … halt einfach den Schnürsenkel fest.«

Den Trick hatten wir von unserem Vater. Dieser Trick war unser kleines Geheimnis. Ma wusste nichts davon.

»Wo ist Daddy?«

»Er ist zum Laden gegangen. Ma wollte, dass er dich mit dem Gürtel schlägt, aber er wollte nicht. Er ist zu müde, hat er gesagt.«

»Mir wär der Gürtel lieber als das hier, von mir aus auch jeden Tag.«

»Mir auch.«

VII

Am nächsten Morgen lagen die zusammengedrückten Negative auf dem Boden, zerknittert und nicht mehr zu verwenden. Aber die Abzüge waren da. Ich hielt sie ins Licht, es war das erste Mal, dass ich die Sonne auf ihrem Gesicht sehen konnte.

War ich verrückt, weil ich an so etwas glaubte? Sind andere Menschen verrückt, weil sie an einen unsichtbaren Gott im Himmel glauben? Man nehme nur mal die Eucharistie, nichts als eine Oblate! Und doch wird das Symbol des Fleisches und Blutes Christi weltweit von Millionen Menschen andächtig verehrt! Und ich besaß kein künstlerisches Abbild von ihr, so wie sie vor Jahrhunderten ausgesehen haben könnte, nichts Vergleichbares zu den unzähligen Porträts und Skulpturen von Jesus und den Aposteln, jedes einzelne für sich eine einzigartige Interpretation in Sitte und Stil seiner Zeit – ich besaß eine Fotografie, eine exakte Wiedergabe aus dem 20. Jahrhundert! Solange ich dieses uns Verbindende, uns aneinander Bindende besaß ...! Zugegebenermaßen war dafür ein wenig Glauben vonnöten, eine unvoreingenommene, bereitwillige Vorstellungskraft, aber ich wusste, dass es mir gelingen würde, ich wusste es! Soll die Welt doch vor die Hunde gehen, Hauptsache, wir haben einander. Das und mehr erzählte ich ihr im Überschwang, begleitet von dem absoluten Hochgefühl eines zum Glauben Zurückgekehrten. Und den glänzenden, grauen Rasterpunkten, die ihr Gesicht bildeten, entnahm ich, dass sie einer Meinung war mit mir.

Egal wo ich hinsah, sie war allgegenwärtig, in jedem Zimmer, an jeder Wand. Ich sorgte dafür, dass sie alles sah, was wert war, gesehen zu werden.

Ich stellte sie auf das Fensterbrett, damit sie in etwa einen Blick auf ihren Fundort hatte. Zweimal hatte der Wind sie umgeblasen, aber seit ich ihr einen Ziegelstein als Stütze gegeben hatte, fiel sie nicht mehr um.

In dieser Nacht lag ich wach, Tränen des Glücks auf den Wangen. Denn zum ersten Mal in meinem Leben hatte ich jemanden ganz für mich allein. Wirklich und wahrhaftig. Hatte jemanden, der mich niemals verlassen, niemals aufhören würde, mich zu lieben, der niemals Verachtung für mich entwickeln und immer bei mir sein würde.

Ich hatte jemanden, so wie Adam Eva hatte.

Es war ein Gefühl von Geborgenheit, wie ich es nie zuvor empfunden hatte, und es machte mir Angst ... so wie Adam Eva hatte. Das ging mir ständig durch den Kopf, so wie Adam Eva hatte. Bis mir ihre Söhne einfielen, Kain und Abel. Ich schloss die Augen und versuchte zu schlafen.

VIII

Ich fuhr im Bett hoch und sah ihr Bild auf dem Nachttisch, das, wo ihr Haar vom Wasser zurückgestrichen worden war und neun Luftblasen ihre linke Wange bedeckten.

Sie erwartete mich im Badezimmer, an den Spiegel geklebt. Jedes Zimmer strahlte eine Energie aus wie nie zuvor, das Adrenalin einer neuen Liebe. Ich wollte etwas essen. Den Geschmack von Essen genießen. Der Kühlschrank war leer, also musste ich irgendwohin gehen.

Ich nahm eines der Bilder vom Bücherregal, das, wo sie traurig aussah – das Wasser musste ihre Mundwinkel nach unten gedrückt haben – und steckte es in einen selbstklebenden, gelben Umschlag vom Format 22,5 x 32 cm.

Ich verließ das Apartment und lief im Hausflur John Connor in die Arme, der gerade von draußen hereinkam. Der Umschlag fiel mir aus der Hand und landete vor seinen Füßen. Bevor ich reagieren konnte, bückte er sich und hob ihn auf; seine Arbeitsstiefel waren vollkommen sauber genau wie seine Hände und die Kleidung.

»Ein paar Bilder entwickelt?«, fragte er.

»Ja. Nichts Besonderes.« Ich nahm ihm den Umschlag aus der Hand.

»Müssen Nacktfotos sein«, sagte er und grinste.

»Schön wär's.« Ich schob mich an ihm vorbei und verließ das Haus.

Ich ging zu Herb's Diner an der Huguenot Avenue, *dem* Billig-Restaurant der Umgegend, wo sich an Werktagen, angelockt von dem Spezial-Frühstück für $1.99, bestehend aus zwei Eiern, Schinken, Toast und Kaffee,

Matrosen der Handelsmarine und Dockarbeiter aus der Nachbarschaft einfanden, genau wie der eine oder andere hoffnungslose Trinker, der hier auftauchte, die Zeit überbrückte, bis der Schnapsladen öffnete. Ich bestellte zwei Spezial, dazu Kartoffeln und Pfannkuchen und spülte alles mit einem Egg Cream hinunter. Derart viel hatte ich zuvor nicht mal in einer Woche gegessen, geschweige denn im Rahmen einer Mahlzeit. Anschließend war ich fällig für einen Spaziergang.

Vom Gehweg aus konnte ich die Stelle sehen, wo ich sie entdeckt hatte. Es war gerade Ebbe, öliger Schlick bedeckte einen Großteil des Strandes und so gab es nirgendwo einen Hinweis, dass tags zuvor ein Mordopfer angespült worden war. Links von mir, auf den Docks, hob ein riesiger Kran Holzkisten auf einen Frachter. Ich strich mit den Fingern über den Umschlag und setzte meinen Spaziergang fort.

Es tat gut, sich wieder durch die Flure zu bewegen. Der Geruch von Putzmitteln mit Citrusduft und das Quietschen der Sneakers auf dem mit Bohnerwachs bearbeiteten Linoleum, der Anblick von Studenten, die geschäftig von einem Raum zum anderen eilten, um sich für die Sommerkurse einzutragen, all das war eine willkommene Abwechslung nach den letzten acht Tagen.

Ich betrat das Büro des Fachbereiches für darstellende und bildende Künste, schnappte mir einen Stapel Memos und Briefe aus meinem Postfach. Margaret Block, *secretarius mediocris*, eine in die Jahre gekommene Schreiberseele, die hier bereits in der Anfangsphase gewirkt hatte, als das College ein noch nicht anerkanntes Institut gewesen war, winkte mich heran und bedeckte die Sprechmuschel mit der Hand. »Vergessen Sie nicht, Formblatt 1247 auszufüllen«, sagte sie. »Das ist wichtig für Ihren persönlichen Gesundheitsplan.«

»Ich plane, gesund zu bleiben.«

»Tun Sie's, nur für den Fall, dass Ihre Pläne schiefgehen.«

»Zu Befehl!«

»Gehen Sie schon«, sagte sie und wedelte mit der Hand, als wolle sie mich verscheuchen wie eine lästige Fliege.

Ich ging den Flur hinunter, vorbei an einem Pärchen, das Händchen hielt, und betrat mein Büro. Drinnen verschloss ich als Erstes die Tür, nahm anschließend das Foto aus dem Umschlag und betrachtete es einen Moment. Ich fragte mich, ob es zu abgedreht sei, es an die Wand zu hängen. Zwischen den Kursen könnte ich herkommen, sie besuchen, wir könnten gemeinsam zu Mittag essen. Und sollte jemand fragen, könnte ich behaupten, es handele sich um ein Kunstprojekt in Vorbereitung. Ich musste auf der Hut sein. Ich legte sie zurück in den Umschlag und machte mich auf den Weg in meinen Seminarraum.

Mike Thomas saß am Pult und unterschrieb die Anmeldeformulare für einige Studenten, die ihn wie hungrige Vögel umringten. Mike, einer von zwei fest angestellten Dozenten im Fach Fotografie – der andere war Professor Mellet, der im April in Pension ging –, war Exsozialist, ein Überbleibsel der späten 60er, als die Universität die Immatrikulationsquote zu steigern hoffte, indem sie die Idee umsetzte, durch die Anstellung fortschrittlicher Peace-Corps-Veteranen mehr Studenten für die Geisteswissenschaften interessieren zu können. Als sich das als Fehleinschätzung entpuppte, hatte Mike bereits seine Festanstellung in der Tasche. Mit seinem kurzen, verfilzten Haar und dem langen Vollbart – ein Äußeres, das meiner Vermutung nach der Sicherheit einer Festanstellung geschuldet war – ähnelte Mike eher einem russischen Anarchisten als einem Universitätsprofessor, doch er war ein guter Dozent, wenngleich auch ein regelrechter Schleifer, und sein Ruf, schonungslos zu benoten, war berechtigt und brachte ihm gleichzeitig viel Verachtung innerhalb der Studentenschaft ein.

»Hey, James. Was treibt dich hierher?«, fragte er und sah vom Pult auf.

»Hab nur meine Post geholt. Alles für den Sommer vorbereitet?«

»Nicht wirklich. Willst du nicht einspringen?«, fragte er mit einem verschmitzten Grinsen.

»Nein, lass mal. Wir sehen uns erst im September.«

Eine Studentin, eine schlanke Brünette mit Pferdeschwanz, drehte sich um und ich fuhr zusammen: Ihre Augen leuchteten wie strahlende Saphire. »Warum geben Sie im Sommer keine Seminare, Professor?«

Ich ertappte Mike bei einem Grinsen, als ich mich bemühte, sie nicht anzustarren.

»Oh, äh ... nun, wir wechseln uns jeden Sommer ab«, erklärte ich. »Und diesen Sommer ist Professor Thomas an der Reihe. Stimmt doch, oder, Mike?«

Mike nickte und ein Anflug von Enttäuschung stahl sich in ihr Gesicht. »Was hast du im Sommer so vor?«, fragte Mike.

»Nichts Besonderes«, erwiderte ich. »Ausspannen, die Seele baumeln lassen.«

»Du verdammter Glückspilz«, murmelte er und unterschrieb das nächste Anmeldeformular. Ich blieb in der

Tür stehen und sah hinüber zu ihm, wie er so dasaß, umgeben von seinen Studenten, alle mit interessierten, wachen Gesichtern, Organe in ihren Körpern, die das Blut in Umlauf hielten, Lungen, die Sauerstoff aufnahmen, und Gliedmaße, funktionstüchtig durch das Zusammenspiel von Muskeln, Sehnen und Knochen; lebende, atmende Organismen, die sprechen, denken und fühlen konnten! Der Umschlag unter meinem Arm schien einhundertsieben Pfund plus x schwer – ich schleppte wieder einen Teppich mit mir herum, und als das Mädchen mit den spektakulären Augen verstohlen in meine Richtung sah und kurz darauf schüchtern zur Seite blickte, überraschte mich die Erregung, die meinen Verstand befiel, heftig wie ein Regenschauer, und ich stürmte aus dem Raum.

Gedankenverloren spielte ich mit den Schlüsseln zu meinem Büro, bevor ich die Tür aufschloss und hinter mir ins Schloss fallen ließ. Ich war schweißnass. Verdammt! Ich wünschte mir nichts sehnlicher, als dieses Seminar abzuhalten, um Kontakt mit realen Menschen zu bekommen, Kontakt mit ihr! Als Mike mich zum ersten Mal gefragt hatte, halb im Scherz, hätte ich nur sagen müssen: »Klar, Mike, würde ich gerne machen. Ich könnte das Geld gut gebrauchen.« Er hätte die Gelegenheit sofort beim Schopfe gepackt. Es hätte völlig normal ausgesehen, niemand hätte sich etwas dabei gedacht. Aber jetzt?! Jetzt! Jetzt hatte ich den ganzen Sommer, um an sie zu denken. Ihre Augen, so blau wie das Mittelmeer an einem heißen Tag voller Müßiggang.

Ich zog das Bild heraus und hielt es ins Licht. Wie abartig, dachte ich. Wie jämmerlich ich doch bin! Ich riss das Foto in kleine Fetzen und warf es in den Papierkorb, machte dann die Tür auf und setzte mich an meinen Schreibtisch, beobachtete die Karawane der Studenten, die vorbeizog, und hoffte, nein, betete, jemand käme herein und hätte eine Frage; vielleicht das Mädchen mit den blauen Augen, ich könnte sie in ein Gespräch verwickeln, sie vielleicht davon überzeugen, Mikes Seminar aufzugeben und stattdessen mein Seminar im September zu belegen. Man könnte das bei einem Abendessen erörtern.

Um zehn nach vier waren fast alle gegangen. Das Alleinsein zu Hause, wo jedes Geräusch seine eigene, bekannte Stimme hatte und Vertrautheit erzeugte, war das eine, aber es war eine völlig andere Nummer, in einem riesigen Betonblock allein zu sein, wo Geräuschen stets eine fremde Note anhaftete, wo die eigenen Schritte zehn Meter entfernt von den Wänden widerhallten und einem dann folgten.

Ich tat so, als hörte ich sie nicht, stieg die Stufen der Vordertreppe hinunter in der Hoffnung, sie würde aufgeben und weggehen. Doch sie rief mir lauter hinterher, beschleunigte ihren Schritt. Ich drehte mich um und sah, wie Debbie im Laufschritt auf mich zukam, ihre Bücher gegen die Melonen gepresst, die man gemeinhin Brüste nannte, dazu das Klatschen ihrer Schenkel, die wie zwei Schinken aneinanderrieben.

»Professor«, stieß sie keuchend hervor und schob das Drahtgestell ihrer Brille zurecht. »Haben Sie etwas von Karen gehört? Sie wollte mich eigentlich anrufen, bevor sie losfährt, aber bis jetzt hat sie sich nicht gemeldet. Ich selbst konnte sie auch nicht erreichen.«

»Nein, Deb. Ich habe seit einer Woche nichts von ihr gehört.«

»Merkwürdig. Passt gar nicht zu ihr, sich bei niemandem zu melden. Hat sie noch irgendwas gesagt, bevor sie weg ist?«

»Eigentlich nicht. Nur dass sie nach Washington wollte, um mit ihrem Bruder zusammenzuziehen. Mehr weiß ich nicht. Aber ich glaube, sie hat versucht, Sie anzurufen, doch es war besetzt.«

Sie runzelte die Brauen. »Woher wissen Sie das?«

»Nun, kurz bevor sie weggefahren ist, hat sie eine Nummer gewählt und nach wenigen Sekunden wieder aufgelegt. Ich bin davon ausgegangen, dass Sie es waren, die sie anrufen wollte.«

»Wissen Sie, wie ich ihren Bruder erreichen kann?«

»Nicht so richtig. Sie hat keine Nummer dagelassen.«

»Ach ja, natürlich.« Jetzt war ich mir sicher, dass Karen ihr alles über unsere Beziehung erzählt hatte.

»Haben Sie schon mit einem ihrer anderen Freunde gesprochen?«, fragte ich. »Vielleicht hat einer von ihnen was gehört.«

»Sie hätte mich zuerst angerufen, meinen Sie nicht?« Wieder hatten die Brauen ihren Einsatz, dennoch – Debbies herausfordernder Blick kitzelte mich.

»Nun, wie ich bereits sagte, vermutlich hat sie versucht, Sie zu erreichen, und Sie waren nicht da. Was soll ich sagen, Deb? Karen wollte einen Schluss-Strich ziehen, und ich denke, sie ist da jetzt konsequent. Ich wünsche ihr jedenfalls alles Gute. Wahrscheinlich muss sie sich erst einmal einleben. Ich bin überzeugt, sie wird sich bald bei Ihnen melden.«

»Ja, vermutlich haben Sie recht. Nun denn, man sieht sich auf dem Campus!«

»Ich werde erst im Herbst wieder unterrichten und bin nur wegen meiner Post vorbeigekommen.«

»Ach ja? Okay, dann sehen wir uns im September.« Sie rückte wieder ihre Brille zurecht und setzte sich in Bewegung. »Wenn Sie mit Karen sprechen, richten Sie ihr einen Gruß von mir aus«, rief ich ihr hinterher.

Auf dem Nachhauseweg überflog ich die Zeitung. Ganz hinten, versteckt auf der letzten Seite, eine kurze Meldung. Niemand wusste, wer sie war oder woher sie kam. Die Ermittlungen liefen noch. Ich fragte mich, was mit ihr geschähe. Würde sie dort bleiben, bis man sie identifiziert hatte und die Angehörigen sich ihrer annahmen? Oder würde man sie in einem anonymen Armengrab beisetzen?

Ich stieg die sieben Stufen vor meinem Haus nach oben und betrat den Hausflur. Mir ging das Mädchen mit den spektakulären Augen nicht aus dem Kopf.

Als Erstes sah ich ihr Gesicht am anderen Ende des Wohnzimmers. Ich war nicht nur ein Idiot, ich war ein leichtsinniger Idiot. Sofern meine Tür geöffnet war, konnte jeder, der durch den Hausflur ging – John Connor zum Beispiel –, einen Blick auf das Foto der toten Frau erhaschen, das an meiner Wand hing. Das würde ein paar Fragen aufwerfen, oder?

Ich entfernte alle Bilder und legte sie auf den Küchentisch; dann ging ich ins Wohnzimmer, um den Boden zu fegen.

***

Ich war gerade dabei, mir die Krawatte zu binden, als sie ins Zimmer kam. Sie trug ihren Morgenmantel mit dem Sonnenblumenmuster und die an den Zehen offenen Pantoffel.

»James, ich habe schlechte Nachrichten«, sagte sie. »Maureen hat gerade angerufen und gemeint, dass sie dich nicht begleiten kann. Sieht so aus, als liege sie mit heftigem Fieber im Bett.«

»*Sie* hat dich gerade angerufen?«

»Ich habe mit ihrer Mutter gesprochen. Sie hat sich entschuldigt, weil sie so spät angerufen hat, aber, nun, es tut mir leid. Du bist sicher ziemlich enttäuscht.«

Ich saß auf dem Bett und ließ die Krawatte lose hängen.

»Du kannst immer noch allein hingehen.«

Meine Augen sagten ihr, wie absurd dieser Vorschlag sei.

»Wie auch immer ... ich denke, sie hatte nicht vor, krank zu werden.«

»Sie ist nicht krank, Ma.«

Sie sah mich neugierig an. »Eddie Pendleton ist gestern nach Hause gekommen«, fuhr ich fort. »Sie will mit ihm gehen.«

»Ach, das ist doch lächerlich! Wieso sollte sie mit ihm hingehen, wenn sie einverstanden war, dich zu begleiten? Abgesehen davon siehst du viel besser aus als er.«

»Glaub mir, sie wird mit Eddie dort sein.«

»Wieso bist du dir da so sicher?«

»Weil mich gestern eine ihrer Freundinnen gefragt hat, ob ich etwas dagegen hätte, wenn Maureen mit Eddie zum Ball geht. Maureen wollte mich nicht selber fragen.«

»Aber das ist doch seit Monaten abgemacht!«

»Eddie sollte auch für Monate weg sein. Keine Ahnung, warum er jetzt schon zurück ist.«

»Ich kann das kaum glauben.«

»Ich schon. Ich halte das in meinem Fall für normal.«

Sie setzte sich neben mich aufs Bett. Keiner von uns

sagte ein Wort, bis ich bemerkte, dass ihre Lippen sich bewegten.

»Wie bitte?«, fragte ich, bemüht, sie zu verstehen.

»Ich habe gesagt, du bist nicht der erste Mensch auf der Welt, dem das passiert. Warte ab, bis ich ihre Mutter in der Kirche treffe. Ich werde ihr gehörig meine Meinung sagen. Derart zu lügen. Das muss man sich mal vorstellen.«

»Sprich sie nicht darauf an, Ma. Ich hatte sowieso keine richtige Lust hinzugehen.«

»Weißt du«, sagte sie und steckte die Hände in die Taschen ihres Morgenrocks, »ärger dich nicht ihretwegen. Sie hat ein Problem, nicht du. Du hast dich verhalten wie ein Gentleman, und es gibt eine Menge netter Mädchen, die einen Gentleman zu schätzen wissen. Du wirst schon sehen.« Sie strich eine Falte in der Bettdecke glatt und stand auf, um das Zimmer zu verlassen. Ich blickte hinunter auf meine Füße und entdeckte eine Spinne. Ich zerdrückte sie unter meinem Schuh.

IX

Gegen Mitternacht bekam ich Schüttelfrost wie ein Junkie auf Entzug. Das Stöhnen der Stimmen in meinen Ohren bescherte mir einen nicht enden wollenden Kubrick'schen Albtraum und Partien von mir hatten sich geöffnet, bereit, die Einsamkeit hineinfließen zu lassen. Ich stürzte in die Küche und riss sämtliche Fotos vom Tisch. Die Magie, oder welcher Zauber auch immer ihnen innegewohnt hatte, war verflogen. Ich breitete die Bilder auf dem Küchentresen aus, wollte sie wieder zu neuem Leben erwecken. Nichts.

Ich ließ meinen Gedanken freien Lauf, dachte an alte Filme, an Bücher, die ich kürzlich gelesen hatte; ein Artikel über Absinth und Halluzinationen und über die Frage, weshalb van Gogh sich das Ohr abgeschnitten hatte, kam mir in den Sinn. Ich zählte die Dielen auf dem Fußboden, teilte ihre Zahl durch die Anzahl der Steckdosen in der Wand: 37,4. Ich kippte einen Viertelliter Wodka und übergab mich im Spülbecken. Ich fing an, auf der Stelle zu laufen und mir auf die Schenkel zu schlagen, bearbeitete meine Brust mit den Fäusten, doch nichts gebot der flatternden Angst in meinem Innern Einhalt. Ich hielt mir Kissen gegen die Ohren, nahm eine Gabel und drückte die Zinken in meine Stirn. Dann probierte ich es mit Singen, alte Pfadfinderlieder, *A Hundred Bottles of Beer on the Wall,* so laut ich konnte, mit Inbrunst, bis meine Stimmbänder rau wurden, und alles nur, um diesem Trauma für eine Minute entrinnen zu können. Zahlen drehten sich in meinem Kopf, windmühlenartig, Plus- und Minuszeichen, mathematische Gleichungen und Problemstellungen, die ich eigentlich nicht hätte wissen dürfen oder können, wirbelten durcheinander, der reinste arithmetische Überlauf. Mein Kopf fühlte sich schwerer und schwerer an, kippte einfach zur Seite, auf meine Schulter, als hätte jemand Quecksilber in alle Ecken und Winkel meines Hirns gepumpt. Der Gesang der Stimmen ging über in ein übersteuertes Rasseln, bis meine Schädelnähte Stück für Stück aufplatzten. Farbblitze blendeten meine Augen und in den gezackten Linien sah ich die Gesichter der Frauen, die ich gekannt hatte, Frauen, die ich in all den Jahren geliebt hatte. Ein Kaleidoskop des Versagens und der Zurückweisung im Lichte eines Stroboskops.

Carol: James, du verstehst es nicht –
Liz: Das habe ich so nicht gesagt –
Nicole: Ich mag dich als Freund –
Gloria: Ich glaube, das hast du falsch verstanden –
Kathy: Kann ich meinen besten Freund mitbringen ? –
Janet: Tut mir leid, aber ich kann nicht mit dir gehen –
Lili: Er ist mein Freund, hast du das nicht gewusst? –
Sharon: Ich habe mich in jemand anderen verliebt, du kennst ihn –
Lori: Ich habe mich verändert, ich bin nicht mehr die, die ich mal war –
Dee Dee: Lieber nicht. Ich würde lieber nicht –
Marion: Es ist vorbei. Vergiss es –
Cynthia: Warum wirst du nicht erwachsen, James –
Marion: Ich halt das nicht mehr aus, du machst mich –
Susan: Warum hältst du nicht die Klappe, verdammt noch mal! –
– Weil ich nicht das Gleiche empfinde! –
– Du verstehst nie etwas! –
– Bitte, ich möchte nicht –
– Ich habe dir bereits gesagt –
– Es ist zu viel –
– Nein, ich kann nicht –
– Ich will nicht –
– Hör auf! –
– Nein! –

Schneller und schneller platzierte sich ein Gesicht neben dem anderen, bis ich sie nicht mehr voneinander unterscheiden konnte. Ich stolperte durch den Raum, hielt mir die Augen zu und stieß überall an. Die Tischlampe zerbrach und die Splitter verwandelten sich in einen Schwarm winziger, tollwütiger Fliegen, die um meinen Kopf summten. Als dann noch eine Wolke aus rotem Dunst den gesamten Raum in Wahnsinn hüllte, entrang sich mir ein grausames Lachen, bevor ich mit dem Gesicht voran zu Boden ging.

Ich erwachte auf dem Boden, neben der Couch. Es war fast drei Uhr morgens, also war ich für zwei Stunden weggetreten. Abgesehen von meinem Atmen und dem Rauschen des Meeres herrschte Totenstille im Zimmer. Ich lehnte mich gegen die Couch und sah mich um. Der Schreibtisch war von der Wand gerückt worden, auf dem Boden verstreut lagen Papiere, der Stuhl war in Stücke gehauen und alles war voller Glassplitter – es war die Atmosphäre einer Bar, in der es zu einer Schlägerei gekommen war. Mein völlig zerfetztes Hemd und die langen, tiefen Kratzer auf meiner Brust standen nicht im Widerspruch zu dieser Atmosphäre. Etwas tat sich in der Küche, vielleicht der Wind, und als ich vorsichtig aufstand, um nachzuschauen, knackte es in meinen Knien, als hätte ich wochenlang im Bett gelegen.

Sie stand im Türrahmen, regungslos, ein Tuch aus weißer Seide um den Körper drapiert wie eine Toga; ihre Augen waren geheimnisvolle schwarze Löcher und ihre Haut hatte den Schimmer, den man von Glasskulpturen kennt. Voller Ehrfurcht betrachtete ich das Oval ihres Gesichts und die Statue erwachte zum Leben. Ich streckte gerade meine Hand aus, um ihre Wange zu berühren, als ihre Augen aufsprangen. Ich erschrak: Sie waren ... wie zwei strahlende Saphire! Im Spiegel dieser Augen sah ich mich. Und ich machte keinen fitten Eindruck.

Sie blickte sich im Zimmer um, betrachtete verwirrt die Couch, die Stühle und den Schreibtisch. In der Ferne ertönten die Heulbojen, als riefen sie zu einer Beerdigung. Das erregte ihre Aufmerksamkeit und mit zaghaften Schritten, als würde sie von einer unsichtbaren Schnur gezogen, bewegte sie sich zum Fenster. Ich stellte mich neben sie.

»Nichts, wovor man sich fürchten muss«, sagte ich. »Das kommt vom Hafen.«

»Ich fürchte mich nicht«, erwiderte sie; für eine Frau hatte sie eine tiefe Stimme, einen rauchigen, melodischen Alt, der irgendwie vertraut klang.

Ich tastete meinen Kopf nach Platzwunden oder Beulen ab – vielleicht hatte ich mich verletzt, als ich zu Boden gegangen war, aber es schien alles in Ordnung zu sein.

»Jetzt bin ich völlig wahnsinnig geworden, nicht wahr? Bin völlig durchgedreht.«

Sie starrte aus dem Fenster, auf den Mond, der tief am Firmament hing, ein himmlisches Gehirn aus marmoriertem Glas, darunter die glitzernden Teile meines eigenen auf der Wasseroberfläche.

»Um ehrlich zu sein, in gewisser Weise ist es schon eine Erleichterung. Nur habe ich gedacht, es würde auf einen besonderen Höhepunkt zutreiben, käme ein wenig metaphysischer daher. Aber im Grunde fühlt man sich im Wahnsinn nicht wesentlich anders.«

Sie blinzelte und vor ihr wurde es für einen Moment dunkler. Ihre Nasenflügel weiteten sich in der kühlen Brise, die vom Meer hereinwehte, sacht bewegte sich das seidene Tuch und warf in Höhe ihrer Schenkel Falten. Wie kleine Perlen zeigte sich Gänsehaut auf ihren Schultern. Ich berührte ihren Arm und er fühlte sich kühl an, kalkig wie Ton.

»Und nun ... wie geht es weiter?«

Unsere Blicke begegneten sich. »Wie möchtest du denn, dass es weitergeht?«

Das war fürs Erste eine gute Frage, über die ich einen Moment lang nachdenken musste.

»Ich möchte gern, dass du bei mir bleibst. Wenn es auch nur in meiner Vorstellung ist, möchte ich dennoch, dass du bleibst. Als ich dich gestern am Strand gesehen habe, so brutal erstochen, ermordet, habe ich mich sofort in dich verliebt. Als hätte man einen Schlüssel in mein Herz gesteckt, es aufgeschlossen und etwas tief drinnen in mir befreit, etwas Lebendiges, Geheimnisvolles. In diesem Moment wusste ich, dass ich mein ganzes Leben lang auf der Suche nach dir war. Ohne zu wissen, ob es dich gibt oder nicht, habe ich nach dir gesucht, in jedem Gesicht, in jeder Beziehung, habe gehofft, dich eines Tages zu finden. Dabei bin ich nie davon ausgegangen, dass du tot sein könntest, wenn ich dich finde. Verstehst du, was ich sagen will?«

»Möchtest du, dass ich es verstehe?«

»Ja. Und ich will, dass du bei mir bleibst. Ich will mich um dich kümmern. Ich weiß, wenn wir uns eine Chance geben, dann könnten wir sehr glücklich miteinander sein.«

»Miteinander glücklich sein?!«, sagte sie und ihre Verwirrung war buchstäblich mit Händen zu greifen. »Du kennst mich doch gar nicht.«

»Das ist nicht wahr! Wenn du nur eine Vorstellung von mir bist, meiner Phantasie entsprungen, bist du dann nicht ein Teil von mir? Wie ein Herz oder eine Lunge? Oder eine Narbe? Du existiert nur durch mich. Du kannst mich niemals verlassen, du wirst keine Geheimnisse vor mir haben. Du wirst mich nicht enttäuschen.

Deine Liebe zu mir wird nie altern und sterben so wie die anderen. Verstehst du? Auf diese Weise ist es vollkommen. Es ist, als hätte Gott mir eine Rippe entnommen und dich daraus erschaffen. Also kenne ich dich. Ich kenne dich, wie man eine Frau nur kennen kann. Ich kenne dich, so wie ich mich kenne!«

Sie sah mich von der Seite an; ihre Augen flackerten in einem grellen leuchtenden Blau. »Wie heiße ich denn?«

Eine Spinne hatte sich in der nordöstlichen Ecke der Decke eingenistet. Sie hing dort völlig reglos, beobachtete mich, während ich in einer unbequem verdrehten Haltung am Fuße der Couch lag. Ich musste in mich zusammengefallen sein wie ein Stapel Bücher. Es war kurz vor Sonnenaufgang und ich war allein. Der Wind blies durch das Apartment und die Vorhänge flappten, es hörte sich an wie Hundegebell. Ich war gerade im Begriff, aufzustehen, als ich neben mir einen Windzug spürte. Sie kniete auf dem Boden, obwohl ich sie nicht hatte hereinkommen hören. Ihre Augen waren matt, welche Flamme in ihnen auch gebrannt haben mochte, sie war jetzt erloschen, und irgendwie fühlte ich mich dafür verantwortlich.

»Entschuldige«, sagte ich, »scheint, als wäre ich nicht ganz bei mir gewesen.«

»So läuft das mitunter, niemand macht es mit Absicht.«

»Aber das entschuldigt es nicht, oder? Ich muss gerade daran denken, als ich siebzehn war, hatte ich eine Freundin auf der Highschool, Laurie Martino. Wir waren sehr verliebt, zumindest glaubten wir das. Nach dem Schulabschluss wollten wir heiraten. Aber eines Abends, auf einer Party, erwischte ich Laurie dabei, wie sie einen guten Freund von mir küsste. Ich habe sie nicht direkt gesehen, nur ihre Silhouette hinter der Fliegengittertür. Aber ich wusste, dass sie es war. Laurie hatte einen kleinen Höcker auf der Nase und einen Überbiss, also ein unverwechselbares Profil. Doch als ich ihr unter Tränen erzählte, dass ich sie mit Bobby Islo gesehen hätte, bestritt sie es, sah mir direkt in die Augen und schwor, dass es nicht wahr sei, dass ich nicht sie gesehen hätte, dass sie es nicht gewesen sein konnte, und fügte hinzu, selbst wenn sie es gewesen sein sollte, hätte ich die Situation falsch interpretiert. Sie hatte so sanfte braune Augen, dass man sich selbst für verrückt erklärt hätte, hätte man an ihren Worten gezweifelt. Selbstverständlich glaubte ich ihr, redete mir ein, nicht das gesehen zu haben, was ich gesehen hatte. Ein paar Tage später fiel mir auf, dass bestimmte Mitschüler in den Gängen der Schule eine gewisse Doo-Wop-Nummer sangen, wenn ich in der Nähe war: *Silhouette* von den Diamonds. Eine merkwürdige Entscheidung, schließlich hörte seinerzeit jeder AC/DC und Led Zeppelin. Im letzten Schuljahr dann wurde Laurie schwanger, obwohl wir nie Sex miteinander gehabt hatten, und das war auch das Ende meines Selbstbetrugs. Obwohl sie am Ende Ted Lindsey heiratete und nicht Bobby Islo. Wenn ich das jetzt so höre, kann ich nicht glauben, was für ein Idiot ich war, doch Fakt ist, ich habe mich damals entschieden, ihre Geschichte zu glauben, weil ich sie glauben musste. Ich musste sie unbedingt glauben. Und es gab genügend Details, die es mir erlaubten, eine Komfortzone für mich zu schaffen, damit ich es glauben konnte. Die Details machen den Unterschied, ob man glaubt oder skeptisch ist, findest du nicht? Verstehst du, was ich sagen will?«

»Du möchtest, dass ich Bobby Islo küsse?«

»Nein! Ich möchte, dass du versuchst, dich zu erinnern. An deine eigenen Details. Wer bist du gewesen? Woher kommst du? Was ist dir zugestoßen? Statt nur eine bloße Einbildung von mir zu sein, hättest du deine eigene Realität. Ich möchte nachts nicht mit Geistern reden. Mir ist klar, dass du nicht wirklich hier bist, aber wenn ich an dich glauben kann, wenn ich die Details kenne, dann bist du ein wenig realer für mich. Bitte. Versuchst du es? Fang mit deinem Namen an.«

Ihr Blick wanderte zum Fenster und eine schier endlose Minute lang fühlte ich mich total einsam. Sie bewegte nicht einen Muskel und ich begriff, dass in ihr genauso wenig Leben war wie in einer Vase.

»Und?«, fragte ich. Sie sah hinunter auf ihre Knie.

»Ist schon okay«, sagte ich. »Du kannst nichts dafür. Rechne stets mit dem Schlimmsten, dann wirst du nicht enttäuscht. Pflegte mein Onkel George immer zu sagen. Einen passionierteren Pessimisten gab es nicht und wird es nie geben. Dabei lag er meistens richtig und nur selten falsch. Inzwischen ist er gestorben, aber vielleicht kennst du ihn. George Anderson?«

»Er hat dich immer in die Wangen gekniffen, bis du geweint hast.«

»Richtig. Er hat sich eingebildet, dass er mich hart macht für das Leben in der wirklichen Welt. Dabei hat er nur erreicht, dass mir die Wangen wehgetan haben. Wie kannst du etwas über meinen Onkel wissen, wenn du nicht einmal deinen Namen kennst?«

»Keine Ahnung.«

»Was geht mir gerade durch den Kopf? Sag es mir.«

Sie sah mich unsicher an.

»Bei dir geht es nur um Tricks und Bluffs, nicht wahr? Taschenspielertricks, Hokuspokus, fauler Zauber. Wie eine Jahrmarktsattraktion. Treten Sie näher, meine Damen und Herren! Sehen Sie die sprechende Puppe und gleich daneben Walter, den Jungen mit dem Dackelblick!«

»Tut mir leid«, sagte sie ehrlich betroffen, was mein Herz zum ersten Mal seit Monaten vor Freude hüpfen ließ. Sie erhob sich langsam und ging Richtung Küche, ohne mich eines Blickes zu würdigen. Ihre nackten Füße machten kein Geräusch, nicht auf dem zerbrochenen Glas, nicht auf dem Holzfußboden. Als ich sah, wie sie wegging, vielleicht für immer wegging, packten mich die Klauen der Panik und schüttelten mich durch wie einen Ast.

»Warte!«, rief ich und mühte mich unsicher auf die Füße. »Es tut mir leid. Ich habe das nicht so gemeint. Ich ... ich will nicht, dass du gehst. Ich möchte, dass du bleibst. Bitte. Ich habe eine Idee. Was, wenn ich es selbst herausfinde? Deinen Namen, woher du gekommen bist, wie du gelebt hast, all die Details, alles, was dich ausgemacht hat. Das würde die Sache ändern, nicht wahr? Wenn ich dir diese Dinge zurückgebe ... wärst du in gewisser Weise wieder du selbst, richtig? Du wärst wieder lebendig.«

»Möchtest du, dass ich lebendig bin?«

»Ich würde alles dafür geben. Und meinen Onkel George habe ich sowieso nie richtig gemocht.«

X

Ich hatte über zehn Stunden geschlafen und kam kaum aus dem Bett hoch. Ein metallener Stachel bohrte sich in meinen Hinterkopf und ich schluckte fünf Aspirin, ging dann in die Küche, wo ich die Fotos von der Arbeitsplatte nahm und im Schrank unter der Spüle verschwinden ließ.

In der Nachmittagszeitung wurde ihre Leiche mit keiner Silbe erwähnt. Um ganz sicherzugehen, blätterte ich die Zeitung siebenmal durch.

»Ich verstehe das nicht. Inzwischen müssten die längst etwas bringen. Vielleicht ermittelt die Polizei gar nicht mehr.«

»Warum ist das so wichtig?«, fragte sie. Sie saß neben mir, noch immer in das weiße Seidentuch gehüllt.

»Weil ich vielleicht ...? Sieh mal, es ist ihr Job. Zu ermitteln. Man sollte meinen, dass es nicht so schwer sein kann, eine Leiche zu identifizieren.«

»Du kannst mich nennen, wie du willst. Was immer du dir auch ausdenkst.«

»Ja, daran habe ich auch gedacht. Aber ich möchte mir keinen Namen ausdenken. Was, wenn ich auf deinen richtigen Namen stoße? Das macht es dann vielleicht kompliziert. Ich weiß, es klingt merkwürdig, aber vertrau mir. Es ist besser so. Ich werde ihnen einfach noch ein paar Tage Zeit geben.«

Ich ging noch einmal die Todesanzeigen durch und faltete die Zeitung zu einem perfekten Quadrat zusammen.

»Hast du Hunger?«, fragte ich. »Isst du überhaupt etwas?«

»Möchtest du, dass ich etwas esse?«

»Kommt drauf an. Was magst du denn?«

»Was soll ich denn mögen?«

»Es geht nicht darum, was du sollst, sondern was du möchtest. Also, was?«

Sie versuchte, sich zu erinnern, und schüttelte den Kopf. »Ich weiß es wirklich nicht.«

»Okay. Wie wär's mit Steak? Blutig. Zubereitet auf dem Hot Plate mit einem Klacks Halbfettbutter obendrauf. Ich nehme an, dass du das magst.«

»Ja, das stimmt. Das mag ich wirklich.«

»Und Kartoffelbrei, selbst gemacht, nicht das Zeug aus der Tüte, und dazu gedünsteten Brokkoli mit Zitronensaft und frisch gemahlenem Pfeffer.«

»Ja, das stimmt. Das mag ich auch.«

»Und als Dessert Schokoladeneis oder ab und an ein Stück Zitronenbaisertorte.«

»Ja, das stimmt.«

»Und Rotwein, einen guten Cabernet Sauvignon, einen trockenen Merlot. Natürlich magst du Pasta. Engelhaar-Spaghetti und Ravioli, gefüllt mit Spinat und Ricotta. Und Kalbfleisch Parmigiana in dünnen Scheiben mit würziger Tomatensauce. Caesar Salad mit hausgemachten Knoblauchcroutons, aber ohne Zwiebeln. Sämtliche Gemüsesorten außer Spargel. Und du isst gern bei Kerzenlicht.«

»Ich erinnere mich jetzt wieder.«

Wie durch ein Wunder fiel ihr alles sofort ein, egal, was ich aufzählte, als wäre sie aus einer langen Amnesie erwacht. Ich sagte ihr, welche Musik sie mochte, klassischen Rock 'n' Roll und Folk, ein wenig Jazz, aber nicht das moderne Zeug. Ich erzählte ihr alles übers Fotografieren und von den Fotos, die ich am Strand von ihr geschossen hatte.

»Möchtest du sie mal sehen? Sie sind in der Küche.«

»Möchtest du, dass ich sie mir ansehe?«

»Aber was möchtest du?!«, fragte ich und wurde etwas lauter. »Hast du selbst gar keine Wünsche? Wenn es eine Sache gäbe, die du jetzt sofort machen könntest, was wäre das?«

»Was möchtest du denn, das ich tun soll?«

»Du verstehst nicht, worum es geht. Okay, warte. Wie wär es ... Wenn ich einmal gesagt habe, was du magst, kann ich es noch ändern? Zum Beispiel magst du eigentlich kein Schokoladeneis. Vanille ist dir viel lieber.«

Sie dachte darüber nach, dann schüttelte sie den Kopf.

»Okay, gut zu wissen«, sagte ich. »Ich muss vorsichtig sein.« Ich nahm Stift und Papier vom Schreibtisch und legte eine Liste all der Dinge an, die sie bisher gemocht hatte.

Den Rest des Tages verbrachte sie am Fenster, wie hypnotisiert vom Auf und Ab der See. Ich ging zu ihr und wollte wissen, was sie beobachte, doch sie gab mir keine Antwort. Ich schlang meinen Arm um ihre Taille und spürte durch den Seidenstoff hindurch die tiefen Schnitte in ihrer Haut.

»Kann ich sie sehen?«, bat ich und sie zog den Stoff auseinander, als wäre er Zuckerwatte. Ich glitt mit den Fingern in die Schnittwunden und spürte das kühle Seewasser an den Fingerspitzen.

»Hat es wehgetan?«

Sie schüttelte den Kopf, was bedeutete, dass sie es nicht wusste, und legte den Stoff übereinander, der sich sofort wieder zu einem Ganzen zusammenfand.

Die Sonne war hinter der Bucht verschwunden und hatte einem blaugefleckten, mondlosen Himmel Platz gemacht.

Ich beschloss, etwas zu probieren.

»Möchtest du, dass ich es tue?«

»Ja.«

Ich machte die Tür auf und linste ins Treppenhaus. Weit und breit kein John Connor. Ich wartete ab, wollte sehen, wie sie sich verhielte, doch sie machte keine Anstalten, sich zu bewegen, bevor ich mich bewegt hatte. Gemeinsam verließen wir das Apartment, gingen hinter das Haus und schlenderten am Strand entlang. Mir fiel auf, dass es nur ein Paar Fußspuren gab, meine eigenen.

»Hörst du das?«, fragte ich und sie sah hinaus aufs Meer, wo sich Nebelbänke bildeten.

»Möchtest du, dass ich etwas höre?«

»Du musst entscheiden, ob du etwas hörst. Es sind die Heulbojen, sie sind wirklich vorhanden. Und entweder du hörst sie oder du hörst sie nicht. Letzte Nacht hast du sie gehört.«

»Ja. Ich höre sie.«

»In der Dunkelheit klingen sie so einsam. Manchmal klingen sie fast menschlich, als ob sie nach jemandem rufen und ihn bitten, ihnen Gesellschaft zu leisten. Jede hat ihren eigenen Klang. Es gibt nicht zwei, die gleich klingen, hör mal,« ich zeigte nach rechts, auf die mit dem tiefsten Ton, während die beiden links von uns höher klangen. Alto, contralto profondo, tenore. »Weißt du, warum das so ist?«

»Erzähl es mir, bitte.«

»Auf diese Weise können die Schiffe im Dunkeln herausfinden, wie nahe sie den Piers sind. Je höher der Klang der Heulbojen, desto näher sind die Piers.«

Wir gingen weiter, bis wir die besagte Stelle erreichten und stehen blieben. Der Wind heulte, die Wellen brachen sich an den Felsen und weiße Gischt sprühte über unsere Köpfe hinweg. »Weißt du, wo wir hier sind?«, fragte ich.

»Möchtest du, dass ich es weiß?«

»Hier habe ich dich zum ersten Mal gesehen. Wenn du dich unbehaglich fühlst, können wir gehen.«

»Möchtest du, dass ich mich unbehaglich fühle?«

»Heiliger Bimbam!«, entfuhr es mir ärgerlich. Nach einem Tag voller Fragen war ich mit meiner Geduld am Ende. »Weshalb beantwortest du jede Frage mit einer Gegenfrage?! Hör auf, mich zu fragen, wie du sein sollst. Versuche, dich daran zu erinnern, wie du warst, als du noch gelebt hast. Denk nach! Sei du selbst. Es muss Dinge geben, die du von dir aus magst oder nicht magst.«

Sie wandte sich ab, sah aufs Meer und schwieg.

»Schon gut, es tut mir leid. Ich wollte nicht laut werden. Du sollst nur wissen, dass du eine eigene Meinung haben kannst. Du musst nicht mein Klon sein.«

Sie drehte sich nicht um.

»Komm schon, ich habe gesagt, dass es mir leid tut. Ich habe nur kurz die Beherrschung verloren. Verzeih mir, bitte.«

»Rechne stets mit dem Schlimmsten, dann wirst du nicht enttäuscht, erinnerst du dich?«

»Ich weiß. Du hast recht. Ich habe es nur vergessen.« Ich legte von hinten meine Arme um sie und atmete den salzigen Duft ihres Haares ein, das immer feucht war, selbst wenn es trocken war. »Du bist ein sehr nachsichtiger Mensch, weißt du das?«

»Bin ich das?« Sie wandte sich um und sah mich an, zutiefst erstaunt.

»Ja, hoffnungslos nachsichtig.«

Ich rieb ihren Oberarm.

»Du bist ja ganz kalt«, sagte ich. »Vielleicht sollten wir zurückgehen. Frierst du?«

»Möchtest du, dass ich friere?«

XI

In meinem Kopf steckte ein wütendes Eichhörnchen, das versuchte, sich den Weg nach draußen frei zu knabbern. Dreimal am Tag warf ich eine Handvoll Aspirin ein, doch es linderte die Schmerzen nur für kurze Zeit. War ich mit ihr zusammen, verspürte ich keinen Schmerz, doch wenn ich sie nicht sah, litt ich Höllenqualen.

Sie ging jeden Abend mit mir zu Bett und wir liebten uns über Stunden. Danach hielt ich sie im Arm, bis ich eingeschlafen war.

Wenn ich nachmittags erwachte, war sie verschwunden und die Kopfschmerzen hatten sich wieder eingestellt. Doch es war ein geringer Preis, den ich zu zahlen hatte, denn in ihrer Gegenwart war ich so glücklich, fühlte mich so geborgen, wie ich es niemals für möglich gehalten hätte. Wären wir nur nicht immer einer Meinung gewesen – der einzige Makel des Ganzen. Egal, was ich sagte, sie stimmte mir zu. Wenn es regnete und ich sagte, es sei sonnig, sagte sie, es sei sonnig, und wenn ich ihr dann eröffnete, dass ich gelogen hatte, erwiderte sie, auch sie habe gelogen!

Zum Essen legte ich stets zwei Gedecke auf und sie aß gemeinsam mit mir. Ich sah, wie sie das Essen in den Mund schob, sie schien es auch zu kauen und hinunterzuschlucken, aber am anderen Tag fand ich den Teller an Ort und Stelle vor und das Essen war unberührt.

Sie stand am Fenster, als das Telefon klingelte. Der Anrufbeantworter war nicht angeschaltet, und als es immer weiter klingelte, drehte sie sich um, als ob sie abnehmen wollte, rührte sich aber nicht vom Fleck. Beim zwölften Klingeln nahm ich den Hörer ab.

»Hallo«, sagte ein Mann am anderen Ende. Ich antwortete nicht, versuchte nur, mich zu erinnern, woher ich die Stimme kannte.

»Hallo? James?«

»Ja?«

»Oh, hallo, James, hier ist Norman Stetson vom Fachbereich für darstellende und bildende Künste.«

»Dekan Stetson?«, fragte ich, nicht im Ansatz bemüht, meine Überraschung zu verbergen.

»Ja, ich hoffe, ich störe nicht.«

»Nein, keineswegs«, log ich. »Was kann ich für Sie tun?«

»Nun, James, wir haben da ein Problem mit Mike Thomas. Er hat eine Blinddarmentzündung und kann das Fotoseminar nicht abhalten. Ich habe gehofft, dass Sie vielleicht einspringen könnten.«

Ich wusste nicht, was ich sagen sollte. Nach einem gefühlt endlosen Schweigen fragte er: »Sind Sie noch dran?«

»Ja, ich bin noch dran, Herr Dekan. Sie möchten also, dass ich das Seminar übernehme?«

»Wir stecken wirklich in der Klemme, James. Mir ist klar, das kommt ein wenig plötzlich, aber ich wüsste nicht, wen ich sonst bitten könnte. Es wäre mir überaus unangenehm, das Seminar zu streichen, nachdem es quasi begonnen hat. Wir müssten allen Studenten Ersatz anbieten, andere Seminare umlegen, es wäre ein Riesentheater.«

»Nun, es kommt wirklich etwas unverhofft, Herr Dekan, und ich würde gern ... «

»Hören Sie, James. Ich weiß, dass Sie als Nachfolger im Gespräch sind, wenn Professor Mellet nächstes Frühjahr in den Ruhestand geht, und wenn Sie uns jetzt unterstützen, wirft das ein gutes Licht auf Sie, wenn Ihre Bewerbung einer Prüfung unterzogen wird.«

In Gedanken sprang ich zum nächsten Semester, wenn der wissenschaftliche Beirat über meine Festanstellung befinden würde, sah Dekan Stetson, wie er wichtigtuerisch am Kopf des Konferenztisches thronte, das Gesicht angewidert verzogen, als wäre er soeben auf ein totes Stinktier getreten –

»Sicher, Herr Dekan, es wäre mir eine große Freude.«

»Danke, James, Sie tun mir damit einen riesigen Gefallen.«

»Jederzeit gern«, murmelte ich.

»Melden Sie sich morgen früh bei Margaret, sie gibt Ihnen dann die Teilnehmerliste.« Das Gespräch war beendet, die Leitung tot, kein Wort der Verabschiedung. Ich drehte mich um zum Fenster. »Verdammt! Das verdirbt alles! Das grenzt ja an Erpressung! Mist, verd– «

»Aber es sind doch nur drei Nachmittage in der Woche«, sagte sie.

»Darum geht es nicht – und woher weißt du das überhaupt?«

»Und wenn du dieses Jahr keine Festanstellung bekommst, müssen sie dich gehen lassen. Die vier Jahre sind dann schließlich um.«

Ich starrte sie an, fühlte, wie mir das Blut ins Gesicht schoss. Das waren die ersten Worte gewesen, die sie völlig eigenständig, ohne mein Zutun und ganz gewiss ohne eine bewusste Überlegung meinerseits ausgesprochen hatte, und die, was Logik, Argumentation und Schlussfolgerung betraf, nicht zu widerlegen waren.

»Alles in Ordnung?«

»Ja. Alles bestens.«

»Du siehst so merkwürdig aus.«

»Ich bin merkwürdig. Ich mache mich jetzt ans Abendessen.«

»Okay.«

Ich fuhr hoch; fast zu Tode erschrocken, schnappte ich nach Luft: Der Wecker schrillte mit voller Lautstärke. Normalerweise hatte ich ihn immer auf leise gestellt, doch jetzt stand er auf laut.

Im Badezimmer schluckte ich die letzten neun Aspirin. Beim Zuklappen des Arzneischranks sah ich, dass meine Zahnbürste in der Halterung nach Osten zeigte. Ich richtete sie stets nach Westen aus. Als Karen mitbekommen hatte, dass mir derlei wichtig war, richtete sie meine Zahnbürste immer nach Norden aus. Ich bekam es mit der Angst zu tun und sah Richtung Süden, ins Wohnzimmer, doch da war niemand.

Als ich den Seminarraum betrat, strahlten die Gesichter der Studenten vor diebischer Freude. »Freut euch nicht zu früh«, nahm ich ihnen den Wind aus den Segeln und fühlte mich plötzlich in meine Vergangenheit zurückversetzt, in die siebente Klasse und zu unserem Vertretungslehrer Mr. Calabria, bei dem wir tun und lassen konnten, was wir wollten, solange es kein Schwerverbrechen war.

»Ich hatte mir für den Sommer etwas anderes vorgenommen«, setzte ich meine Ansprache fort. »Die Aufgaben sind die gleichen wie bei Professor Thomas – «, ein kollektives Stöhnen hob an, » – aber wir werden unseren Spaß dabei haben, okay? Also los, lasst uns anfangen.«

Einer nach dem anderen verschwand hinter dem Vorhang zur Dunkelkammer. Ich betrat sie als Letzter, direkt hinter der Brünetten mit den Saphiraugen, die im Lichte eines neuen Tages betrachtet einfach nur blau waren und überhaupt nicht mehr spektakulär. Ich galoppierte durch den Stoff, als stünde mein Hemd in Flammen, erklärte die Gerätschaften, berührte nur kurz den Ablauf der Entwicklung und entließ die Studenten siebenundvierzig Minuten vor Ende – niemand beschwerte sich, nicht im Sommer – und dann war ich zur Tür hinaus, bevor mir jemand womöglich noch eine Frage stellte.

Der Apotheker warf mir einen seltsamen Blick zu, als er den Preis sechs großer Flaschen Aspirin in die Kasse tippte. An der Ecke besorgte ich mir eine Zeitung und überflog sie auf dem Weg nach Hause.

Die zerfetzte Zeitung in den Händen, knallte ich die Tür hinter mir zu.

»Dominique!«, rief ich. »Dominique.«

Sie kam aus dem Schlafzimmer. »Ja, ich weiß.«

Ich nahm sie bei der Hand und brachte sie zur Couch.

»Schau mal, hier steht es«, sagte ich und zeigte ihr den Artikel auf der letzten Seite, der nur eine Spalte umfasste. »Du heißt Dominique Sanders, bist 23 Jahre alt. Du hast eine Mutter, einen Vater und eine Schwester. Es heißt, die Polizei hat in deinem Mordfall bisher nur wenig zusammentragen können, aber die Ermittlungen gehen weiter. Morgen und übermorgen wird es Trauergottesdienste geben und am Freitag ist die Beisetzung. Stell dir vor, du bist Protestantin.«

Ich schnappte mir die Kamera und fing an, sie zu fotografieren. Sie posierte mit der Hand auf der Hüfte und einem Schmollmund, äffte die hohlköpfigen Models nach, über die Karen sich stets echauffiert hatte. Ich verschoss einen kompletten 36er Tri-X und bediente mich bei allen Anweisungen ihres Namens: Dominique.

Später am Abend gingen wir am Strand spazieren. Die Flut kitzelte meine nackten Füße.

»Denkst du eigentlich darüber nach, wie es war, als du noch am Leben warst? Glaubst du, dass du glücklich gewesen bist? Verliebt? Hast du noch irgendeinen gefühlsmäßigen Bezug dazu?«

»Hm! In letzter Zeit zeichnet sich flüchtig etwas ab. Ein vages Gefühl von etwas, was ich nicht greifen kann. Es ist seltsam, wie ein unscharfes Foto, da ist was, aber es gelingt mir nicht ... es dauert nur ein paar Sekunden, dann ist es weg. Ich kann es auch nicht zurückholen. Um deine Frage zu beantworten, ob ich glaube, glücklich gewesen zu sein ... Ich sehe nicht, wie ich es hätte sein können. Diese kurzen Eindrücke belasten mich und es ängstigt mich, mir vorzustellen, wie gemein ich gewesen sein muss.«

»Nein. Das kann nicht sein, Dominique. Ich will so etwas nicht hören. Du bist ein wunderbarer Mensch. Ich bin der, der gemein war. Wenn ich daran denke, was ich getan habe, was für ein Ungeheuer ich gewesen bin ... ich schäme mich aufrichtig.«

Wir kamen an die Stelle. In der Ferne zeichnete sich das gespenstische Bild eines einsamen Frachters ab. Im Licht des in Wolken gehüllten grauen Mondes sahen seine Masten aus wie Kreuze. Sanft schwappten die Wellen an den Strand, dort, wo vor einer Woche ihre Leiche gefunden worden war.

»Dominique, da ist etwas, was ich dir sagen sollte. In gewisser Hinsicht bin ich nicht besser als der, der dich auf dem Gewissen hat. Ich habe die letzten Tage viel darüber nachgedacht. Und ich glaube, wir sind aus dem gleichen Holz geschnitzt, diese Person und ich. Ich habe etwas getan, was ich noch immer nicht begreifen kann. Etwa eine Woche, bevor ich dir begegnet – «

»Ich bin im Bilde«, fiel sie mir ins Wort.

»Da bin ich mir nicht sicher.«

»Es war von Anfang an in deinem Kopf. Ich weiß auch, dass es so etwas wie mildernde Umstände gegeben hat. Du hast unter extremem Druck und großer Anspannung gestanden und bist einfach ausgerastet. Obwohl das keine Entschuldigung sein kann, erklärt es das Ganze zumindest.«

Sie blieb stehen, hob eine Muschel auf und hielt sie sich ans Ohr. »Ich weiß nicht, was das Schicksal in dem großen Weltenlauf für uns vorsieht, James. Und ich denke, das spielt auch keine Rolle, wie immer man es auch sieht. Wir leben nach verschiedenen Regeln, welche es auch sein mögen. Aber ich weiß, dass ich hier bin, weil du es so willst, weil du mich liebst und egal was in der Vergangenheit passiert ist, wenn Karen die Verbindung ist, über die wir uns treffen sollten, dann ist das Vergangene ein Teil der natürlichen Entwicklung unserer gemeinsamen Zeit, meinst du nicht auch? Und jetzt will ich nichts mehr über Ungeheuer hören.«

Ich wusste nicht, was ich sagen sollte, und war ziemlich perplex ob ihrer Sichtweise. Sie legte die Muschel vorsichtig neben ihre Füße und wir liebten uns im Sand.

Am nächsten Morgen wachte ich auf, als eiskaltes Wasser meine Knie umspülte. Ich lag am Strand, allein; eine

Gänsehaut, die Erhebungen dick wie die Perlen eines Rosenkranzes, überzog meine Haut. Ich stand auf und wollte nach Hause gehen, als mein Blick auf die Holzlatte fiel, womit Jerry sie umgedreht hatte. Ich hob sie auf und nahm sie mit.

XII

Es klopfte an der Tür. Ein beharrliches Klopfen. Die ausdauernden Handknöchel eines Fremden. Ich schlüpfte in meine Jeans, warf mir ein Hemd über und ging zur Tür, mit einem Schädel, der sich anfühlte, als wäre drinnen eine Kolbenstange am Werke.

Ein korpulenter, grauhaariger Mann in dunklem Anzug, mit einem Bauch, der wie ein prall gefülltes Kissen über seinem Gürtel hing, fragte mich mit tiefer Stimme: »Mr. Gianelli? James Gianelli?«

»Ja?«

Er zeigte mir seine Dienstmarke. »Ich bin Detective Webster vom 231sten. Ich würde Ihnen gerne ein paar Fragen stellen. Darf ich reinkommen?«

»Oh, ja, sicher. Treten Sie näher«, sagte ich und widerstand dem Impuls, ihm die Tür vor der Nase zuzuschlagen, meine Sachen zu packen und nach Mexiko zu fliehen.

»Ich bin gerade erst wach geworden, Detective, also entschuldigen Sie bitte meinen Aufzug.«

Er folgte mir und blickte sich sofort mit großem Interesse im Wohnzimmer um. Seine Wangen, eine wahre Kraterlandschaft alter Aknenarben, waren aschfahl und seine Hängebacken erinnerten mich an Lederlappen.

»Möchten Sie sich setzen?«, fragte ich und deutete mit

der Hand auf die Couch. Er setzte sich und mein Blick fiel auf die weißen Streifen seiner Socken zwischen dem Schwarz seiner Schuhe und dem Grau seiner Hose: Es stimmt, was man sich so über Cops erzählt. Um zu zeigen, dass ich nichts zu verbergen hatte, gab ich mich betont locker, zog lässig einen Stuhl heran und setzte mich dem Detective gegenüber. Er musterte mein Gesicht, dann kam es:

»Kennen Sie eine Karen Phillips, Mr. Gianelli?«

»Nun, selbstverständlich, ja. Wir haben eine Zeit lang zusammengelebt. Aber vor ein paar Wochen ist sie ausgezogen und nach Washington gegangen.«

»Ja, sehen Sie, dort ist sie nie angekommen. Ihr Bruder hat sie als vermisst gemeldet und wir gehen der Sache nach. Er glaubt, dass ihr vielleicht etwas zugestoßen sein könnte.«

»Du meine Güte! Das kann ich nicht glauben. Karen gehört nicht zu denen, die so mir nichts, dir nichts verschwinden, ohne etwas zu sagen. Das sieht ihr ganz und gar nicht ähnlich.«

– Nicht vergessen: Benutze das Präsens. Immer!

»Es sieht so aus, als wenn Sie der Letzte gewesen sind, der sie gesehen hat, und deshalb habe ich ein paar Fragen an Sie. Haben Sie eine Idee, wo sie sich aufhalten könnte?«

»Nein. Beim besten Willen nicht. Ich habe sie zuletzt am Tag ihrer Abreise gesehen. Ich habe ihr noch geholfen, ihre Sachen im Auto zu verstauen, das war am ... Moment ... am siebenten Juni. Ja, es war Dienstag, der siebente Juni. Am Abend dann fuhr sie los, so gegen neun Uhr.«

»Verstehe. Haben Sie was dagegen, wenn ich rauche?«, fragte er, während er eine Packung Camel ohne

Filter hervorholte und eine Zigarette herausschüttelte.

»Oh, nein, nein, rauchen Sie nur.« Ich stand auf und machte mich auf die Suche nach einem Aschenbecher. Seit Jahren hatte niemand mehr in diesem Apartment geraucht, nicht einmal Karens Freunden war dieses Privileg zuteilgeworden. Ganz hinten im Küchenschrank fand ich einen und wischte den Staub mit einem Küchenhandtuch weg. Als ich ins Wohnzimmer kam, war die Zigarette bereits zur Hälfte geraucht und ihre Asche hing gefährlich über dem Tisch. Ich stellte den Aschenbecher darunter und nahm wieder meinen Platz gegenüber von Webster ein. In meiner Brust hatte sich eine Flamme entzündet.

»Okay, Sie haben gesagt, dass sie am siebenten Juni, einem Dienstag wegfuhr, um neun Uhr.«

»Ja, das stimmt.«

»Um neun Uhr abends?«

»Ja.«

»Warum ist sie am Abend losgefahren? Weshalb nicht am Morgen?«

»Ursprünglich wollte sie das«, antwortete ich, ohne aus dem Konzept zu geraten. »Aber sie brauchte eine Verteilerkappe für ihren Wagen und es wurde spät, bis die eingebaut war. Ich habe ihr gesagt, sie soll doch bis zum Morgen warten, aber sie wollte so schnell wie möglich los.«

Er notierte sich alles, was ich sagte. Ich hüstelte höflich, um die Stille zu überbrücken.

»Wo ließ sie den Wagen reparieren?«, fragte er.

»Nirgends. Sie hat die Reparatur selbst vorgenommen. Wenn es um Autos geht, ist sie eine richtige Mechanikerin.«

»Kennen Sie eine Frau namens Deborah McDermott?«

Ich ließ mir einen Moment Zeit – dann: »Oh, ja. Debbie. Sie ist eine Bekannte von Karen. Ich kenne sie nicht sonderlich gut, aber ich weiß, wer sie ist.«

»Sie scheint davon überzeugt zu sein, dass ein Verbrechen vorliegt.«

»Oh, mein Gott, das will ich doch nicht hoffen! Karen ist ein so wunderbarer Mensch, ich kann mir nicht vorstellen, dass ihr irgendjemand etwas antut.«

»Derzeit gibt es keinerlei Hinweise für eine derartige Annahme. Wir behandeln das Ganze momentan als Vermisstenfall. Aber wenn Sie sich an irgendwas erinnern können, irgendein Detail, das uns helfen könnte, sie zu finden ... «

»Hm!«, sagte ich und schüttelte den Kopf. »Nein. Nur das, was ich Ihnen bereits erzählt habe.«

»Könnte Sie unterwegs irgendwo einen Stopp eingelegt haben? Um Freunde zu besuchen, zum Beispiel? Fällt Ihnen da jemand ein?«

»Nein. Tut mir leid. Da fällt mir niemand ein. Sie hat auch nichts erwähnt.«

Er klappte sein Notizbuch zu und steckte den Stift in die Innentasche seines Jacketts. »Nur für alle Fälle, sollten Sie sich doch noch an irgendwas erinnern, würden Sie mich bitte unter dieser Nummer anrufen?« Seine Visitenkarte war geknickt und hatte einen Tintenfleck.

»Natürlich, Detective.«

Er stand auf, ließ den qualmenden Stummel im Aschenbecher zurück und ging zur Tür, nicht ohne sich zuvor noch einmal im Zimmer umgeschaut zu haben.

»Danke, dass Sie sich die Zeit genommen haben, und entschuldigen Sie, dass ich Sie aus dem Bett geholt habe.«

»Kein Problem, Detective. Ich hoffe nur, dass sich alles

aufklärt.« Als ich ihn an der Tür verabschiedete, bemerkte ich, dass John Connor oben auf der Treppe stand und uns beobachtete. Nachdem ich die Tür hinter mir geschlossen hatte, drückte ich sofort den qualmenden Stummel aus, spülte ihn in der Toilette hinunter und versprühte Lysol mit Lavendelduft im Zimmer.

»Dominique«, sagte ich leise. Sie tauchte nicht auf und ich rannte ins Badezimmer, schluckte sieben Aspirin mit zwei Schluck Wasser. Ich kniff die Augen zusammen und rief: »Dominique!«

»Entspann dich.« Sie stand plötzlich hinter mir. »Vor allem, sprich nicht so laut, es könnte dich jemand hören.«

»Hast du gesehen, wer gerade da war?!«

»Ja, ich habe alles mitbekommen.«

»Sie werden mich wegen Mordes verhaften.«

»Nein. Denk mal einen Augenblick nach. Sie haben keine Spur, bislang wird sie nur vermisst. Weißt du, wie schwierig es ist, einen Mord nachzuweisen, wenn die Leiche fehlt?« Ihre Stimme war ruhig und beruhigend zugleich.

»Und John Connor?«, fragte ich.

»Was soll mit ihm sein?«

»Ich trau ihm nicht über den Weg.«

»Du selbst hast gesagt, dass er ein Idiot ist. Die Cops befassen sich mit dem Fall, weil sie dafür bezahlt werden. Nichts wird passieren, man wird sie niemals finden. Jetzt ruh dich ein wenig aus, sonst drehst du noch durch.«

Wie recht sie hatte! Ich war erschöpft und ziemlich paranoid. Auf dem Weg ins Schlafzimmer drehte ich mich um, wollte sie bitten mitzukommen, doch sie war verschwunden.

Die Sonne ging gerade unter und das Fenster stand

weit offen, obwohl ich hätte schwören können, es zugemacht zu haben, bevor ich mich hingelegt hatte. Ich richtete mich im Bett auf, als mit einem Male Messer durch meinen Kopf sausten. Ich setzte zwölf Aspirin gegen sie ein und machte mich daran, meinen Anzug zu bügeln.

Mein Blick galt immer wieder dem Rückspiegel, ich wollte sehen, ob man mir folgte. Für alle Fälle fuhr ich einen Umweg über die Seitenstraßen. Dominique liegt völlig richtig, dachte ich. Die Cops haben keinerlei Anhaltspunkte und ohne Leiche keinen Mord.

Bevor man am Südende der Küste das High-Tower-Einkaufszentrum auf einer Landaufschüttung aus Medizinabfällen hochgezogen hatte, stand die West Fremont Street in dem Ruf, die belebteste Geschäftsstraße der Stadt zu sein. Inzwischen ist sie öde und menschenleer, nachdem fast alle kleinen Läden und von Familien betriebenen Geschäfte dichtgemacht oder sich woanders angesiedelt und mit Brettern vernagelte Ladenfronten und mit Unkraut überwucherte Grundstücke zurückgelassen hatten. Und so erschien es nur logisch, dass sich an der Ecke, direkt neben der ausgebrannten Ruine von Julian's Plant World, Duggans Beerdigungsinstitut befand, eine Gebäudeschachtel, verkleidet mit falschem Marmor, die – entweder dem Zufall geschuldet oder dem bizarren Humor des Architekten – sehr stark einem Sarg ähnelte.

Ich fuhr auf den Parkplatz hinter dem Gebäude und blieb im Wagen sitzen. Nervosität und Unbehagen stellten sich ein, inzwischen kam mir nämlich das Ganze ziemlich abgedreht vor. Eine gute Idee sah irgendwie anders aus.

Offenbar fanden mehrere Totenwachen gleichzeitig

statt. Doch der stattlichen Anzahl junger Leute nach zu urteilen, die sich im Eingangsbereich drängten, musste sie ziemlich beliebt gewesen sein. Weiter hinten entdeckte ich das Schild mit ihrem Namen: Dominique Sanders. Ich betrat den Raum und war verblüfft, acht Reihen Klappstühle vorzufinden, die Stühle allesamt unbesetzt. In der ersten Reihe saßen die einzigen Anwesenden, ein großer Mann und zwei Frauen. Vor ihnen stand der Sarg, sein Deckel halb geöffnet, damit man Gesicht und Oberkörper sehen konnte. Rechts und links des Sarges standen jeweils zwei Blumenarrangements. Ich warf einen Blick zurück in die Halle hinter mir, wo an den Eingängen zu den anderen Räumen ein reges Kommen und Gehen herrschte, doch niemand schien sich in diesen Raum zu verirren.

Langsam ging ich nach vorn, kniete vor dem Sarg nieder und bekreuzigte mich. Es stimmte mich froh, zu sehen, dass man den mit weißem Satin ausgeschlagenen Innendeckel mit in Bögen angeordneten Perlen eines Rosenkranzes versehen hatte. Sie trug ein schlichtes blaues Kleid und eine Perlenkette. An ihren Wangen haftete rosa Puder und ihre Lippen waren pinkfarben geschminkt; hier, im Sarg, sah sie lebendiger aus als zu Hause. Ich hoffte, sie würde nicht die Augen öffnen und mich zu Tode erschrecken. Ich beugte mich nach vorn und berührte ihr Gesicht. Es fühlte sich kalt an, leblos. Wie ein Stück Fleisch.

Ich stand auf und drehte mich um zu ihrer Familie. Ihre Mutter war die Einzige mit Tränen in den Augen; sie hatte Dominiques Lippen, nur sahen sie spröde aus und fest. Vertrocknet. Der Vater saß rechts neben ihr, ein ernst dreinblickender Mann mit kleinen, schwarzen Augen, der, die Arme fest verschränkt, starr geradeaus blickte und in dessen Brusttasche eine Pfeife steckte. Links von der Mutter saß Dominiques Schwester, eine jüngere Ausgabe von Dominique, nur waren ihre Gesichtszüge nicht so regelmäßig, eher unscharf, als wäre die Entwicklung noch nicht abgeschlossen. Sie mochte achtzehn oder neunzehn sein und schien alles in allem nicht sonderlich erschüttert.

Die drei starrten mich misstrauisch an, als ich vor ihnen stand, um mein Beileid auszusprechen. Ich ergriff eine schlaffe, feuchte Hand nach der anderen, murmelte, wie leid es mir tue, setzte mich wieder in Bewegung und nahm in der hinteren Reihe Platz. Es wollte mir beim besten Willen nicht in den Kopf: Wo nur waren ihre Freunde? Immer wieder linste ich zur Tür, meinte, sie müssten jeden Moment in den Raum schwärmen, wartete auf das dem Höhepunkt zustrebende Ende eines Frank-Capra-Films. Doch was ich bekam, war Antonioni.

Die Schwester stand auf und verließ den Raum. Ich folgte ihr eine mit Teppich ausgelegte Treppe hinunter zur Raucher-Lounge, wo sie sich auf eine Couch setzte, eine Zigarette aus ihrer Handtasche nahm und sie anzündete. Sie sah mich und sah sofort wieder weg. Ich ging zum Wasserspender, tat so, als ob ich trinken würde, und setzte mich dann ans andere Ende der Couch. Die Schwester bedachte mich nicht mit einem einzigen Blick.

»Das mit Ihrer Schwester tut mir wirklich leid«, sagte ich.

»Ja, das geht uns allen so«, erwiderte sie.

»Ich kannte sie nicht näher, aber ich hielt sie für einen ganz besonderen Menschen.«

Sie starrte mich voller Zorn an. »Ja, darauf könnte ich wetten, dass sie was ganz Besonderes war. Wir hatten nicht die Gelegenheit, viele ihrer Kunden kennenzulernen.«

Ich begriff nicht, was sie damit sagen wollte, bis es mir langsam dämmerte. Die Bestürzung musste sich lebhaft in meinem Gesicht gezeigt haben, denn der feindselige Gesichtsausdruck verschwand, als hätte man ihr eine Maske abgenommen.

»O mein Gott! Sie waren keiner von denen, nicht wahr?«

»Meine Güte!«, stieß ich barsch hervor. »Sind denn hier alle verrückt geworden?«

»Bitte, entschuldigen Sie. So etwas Schreckliches hätte ich niemals sagen dürfen ... « Sie wischte sich mit dem Handrücken über die Wangen und ich hielt ihr mein Taschentuch hin.

»Hier, bitte nehmen Sie. Es tut mir leid. Es ist keine leichte Zeit für Sie und ich hätte nicht gleich laut zu werden brauchen. Aber ich begreife nicht ... «

Sie fuhr sich über die Augen und sagte: »Ja, es ist nicht einfach, zu ... woher kannten Sie Dominique?«

»Sie, äh, war in einem meiner Seminare an der Uni. Ich gebe Seminare in Fotografie und eines Tages tauchte sie auf und fragte, ob sie teilnehmen kann. Ich hatte nichts dagegen und so haben wir uns kennengelernt.«

»Das hat sie gemacht?«

»Ja.«

»Sie hat die Schule gehasst und nicht mal einen Abschluss an der Highschool hingelegt.«

»Ich weiß, sie hat es mir erzählt. Aber in meinem Seminar geht es nicht zu wie in der Schule. Abgesehen davon, sie hatte wirklich etwas übrig für die Fotografie.«

»Sie wollte immer Model werden.«

»Sie war sehr beliebt unter den Studenten, jeder hat sie gemocht. Es ist mir schleierhaft, dass keiner ihrer Freunde hier ist, um sich von ihr zu verabschieden.«

»Sie hatte keine ... Für Sie ist das nicht nachvollziehbar, Sie kannten sie nicht so, wie wir sie kannten. Für uns ist das kein Schock, es war absehbar, nur eine Frage der Zeit. Uns hat sie nichts als Ärger gemacht.«

»Ärger? Was für Ärger?«

»Alles Mögliche!« Sie schrie es fast heraus. »Was immer Sie wollen. Stehlen, Lügen. Tagelang verschwinden. Wir wussten nie, ob sie tot war oder noch lebte. Nachts bekamen wir Anrufe, mein Vater musste los, zusehen, dass er sie auf Kaution frei bekam. Zweimal musste er sie ins Krankenhaus fahren, damit man ihr den Magen auspumpte. Wenn ich nur daran denke, was meine Mutter ihretwegen durchgemacht hat ... «

Sie hielt inne, verzog den Mund und schluckte. »Das hört sich jetzt sicherlich nicht besonders nett an, aber Dominique war ein egoistischer, rücksichtsloser Mensch. Sie kümmerte sich um nichts und niemanden, nur um sich selbst.«

»Nein ... das ist nicht die Frau, die ich kenne. Das ist nicht Ihre Schwester. Sie ... sie war ein guter Mensch, ein warmherziger Mensch, mitfühlend. Sie war etwas Besonderes! Und natürlich hat sie Fehler gemacht in ihrem Leben, wer hat das nicht? Ich glaube, sie wollte sich ändern, ihr Leben ändern, und das ist nicht so leicht, wissen Sie.«

Sie starrte vor sich hin, die Zigarette zwischen den Fingern, die allmählich zu einem langen Stück Asche verglomm, das gleich zu Boden fallen drohte.

»Ich weiß, was Sie so zornig macht. Sie fühlen sich

betrogen. Sie hatten nicht die Gelegenheit, Ihre Schwester so zu sehen, wie sie wirklich war. Den mitfühlenden, zärtlichen Menschen in ihr. Und jetzt ist es zu spät. Sie konnten sich nicht einmal von ihr verabschieden. Und das ist derart schmerzlich, dass ich nicht darüber nachzudenken wage. Aber stellen Sie sich etwas vor ... versuchen Sie es ... stellen Sie sich vor, dass Ihre Schwester jetzt an einem besseren Ort ist, dass sie ihren Frieden gefunden hat. Ihre Probleme können ihr jetzt nichts mehr anhaben. Und wo immer sie auch sein mag, ich bin sicher, sie weiß um Ihre Gefühle für sie, weiß, dass Sie sich um sie sorgten. Und dass Sie sie sehr geliebt haben. Und Liebe, die man für einen anderen empfindet, ist niemals sinnlos. Sie ist das wertvollste Geschenk auf Erden. Meinen Sie nicht auch?«

Sie schluchzte heftig und für mich völlig überraschend. Ich legte einen Arm um sie, damit sie sich an meiner Schulter ausweinen konnte, und sagte ihr, dass Weinen gesund sei, jedenfalls hätte ich das in einer Zeitschrift gelesen. Sie wischte sich das Gesicht ab und putzte sich geräuschvoll die Nase. »Entschuldigen Sie«, sagte sie und zwang sich zu einem Lächeln, »jetzt habe ich Ihr Taschentuch schmutzig gemacht.«

»Macht nichts, dafür sind die Dinger doch da. Wie heißen Sie eigentlich?«

Sie sah mich an und sagte, ihr Name sei Susan. Ich nannte ihr meinen, setzte mich gerade hin und knöpfte mein Jackett zu. »Ich muss gehen, Susan, aber ich möchte, dass Sie eins bedenken: Womöglich geschieht nichts einfach nur so, womöglich hat sich das Schicksal im großen Weltenlauf für jeden von uns einen Plan zurechtgelegt. Was uns heute wie eine Tragödie erscheint, kann uns schon morgen seinen höheren Zweck offenbaren. Ich weiß, momentan sind das nur Worte, aber eines Tages werden Sie ihnen vielleicht mehr sagen. Wie auch immer, es tut mir aufrichtig leid. Passen Sie gut auf sich auf, okay?«

»Ich danke Ihnen, James«, sagte sie und schniefte. »Auf Wiedersehen.«

Auf der Fahrt nach Hause dachte ich überhaupt nicht mehr an den Detective oder an John Connor. Ich wälzte Probleme ganz anderer Natur. Was für ein Mensch mochte Dominique gewesen sein? Wie sollte es Ähnlichkeiten geben zwischen der Frau, die ich zu Hause liebte, und der heute Abend beschriebenen Person? Die Unterstellung, dass ich ein Kunde sei – das konnte nur eines bedeuten und ich weigerte mich, das zu glauben. Es musste sich um ein tragisches Missverständnis handeln, ähnlich einem Gerücht, das aufkommt. Wie damals in der sechsten Klasse auf der Junior High, als Evelyn Carranante Tommy Bennett beim Winterball hinter der Tribüne geküsst hatte – als die Geschichte die Runde gemacht hatte, war Evelyn am Ende schwanger und Tommy hatte sich nach Detroit abgesetzt. Gerüchte entstellen die Wahrheit, jenseits aller Vernunft. So musste es auch in Dominiques Falle sein.

Als ich das Apartment betrat, war es drinnen zehn Grad kälter als draußen. »Dominique«, rief ich. Sie lehnte im Rahmen der Küchentür, die Arme verschränkt und mit finsterem Gesichtsausdruck. »Was willst du?«, fragte sie.

XIII

Ich ging am nächsten Abend nicht zu Duggans Beerdigungsinstitut und auch nicht zur Beisetzung am folgenden Morgen. Stattdessen beobachtete ich Dominique, die wie ein eingesperrter Fuchs umherging und immer wieder aus dem Fenster blickte, auf den Fundort ihrer Leiche, wie besessen davon, in diese Richtung zu sehen. Ich kaufte einen tragbaren Kassettenrekorder und legte eine Kassette von George Winston ein; die arpeggierten Akkorde und ruhigen Harmonien konnten mich als Einziges von meiner Angst ablenken.

»Du machst mich nervös«, sagte ich. »Komm doch her und setz dich zu mir.«

Sie ging weiter auf und ab, als ob sie mich nicht gehört hätte.

»Würdest du gern spazieren gehen?«

»Ja, klar. Lass uns an den Strand gehen, in Erinnerungen an meinen Mord schwelgen. Was für ein großartiger Zeitvertreib!«

»Entschuldige, ich wusste nicht, dass du so empfindest.«

Sie sah mich an, mit einer Mischung aus Verachtung und Ungeduld. Es war der Blick, dem ich in all meinen Beziehungen begegnet war, der Blick einer Frau, die nicht begreifen konnte, wie sie sich mit einem solchen Mann hatte einlassen können, der Blick einer Frau, die meiner inzwischen überdrüssig war.

»Dominique, bitte, was immer dich auch bedrückt, lass uns darüber reden. Hör bitte auf, umherzuwandern, wenigstens für eine Minute. Lass uns gemeinsam Musik hören.«

»Das nennst du Musik? Ich mag Disco!«

»Nein, magst du nicht!«

»Erzähl mir nicht, was ich mag und was ich nicht mag, Opa. Langsam merkt man dir dein Alter an.«

»Und dir merkt man deine Einfältigkeit an!«

Dominique fuhr schwungvoll herum, dabei wirbelte der seidene Stoff wie ein Kreisel. Sie blieb kurz am Fenster stehen und nahm dann ihre Wanderung wieder auf.

An der Universität entwickelte ich die Fotos, die ich von ihr geschossen hatte an dem Tag, als ich erfahren hatte, wie sie hieß. Wie vorauszusehen war, gab es nicht ein einziges Bild mit ihr. Einer meiner Studenten wollte wissen, weshalb ich die Möbel in meiner Wohnung fotografiert hatte. Es sei für die Versicherung, erklärte ich ihm, doch er kaufte es mir nicht ab, so viel war sicher.

Die Tage zogen ins Land und es gab nichts, womit ich sie erfreuen konnte. Sie ging unablässig auf und ab, verwendete all ihre Zeit darauf und entfernte sich vom Fenster nie mehr als etwa einen Meter, als wäre es die Quelle ihrer Lebenskraft. Sie wollte sich nicht unterhalten, wollte keinen Strandspaziergang, wollte nichts unternehmen von dem, was ich ihr vorschlug. Ich gab mir alle Mühe, sie wieder zu dem zu machen, was sie einmal gewesen war, wenigstens zum Teil, doch das stellte sich als unmöglich heraus.

Oft ertappte ich mich dabei, wie ich über den Abend ihrer Totenwache nachsann. Über Susan. Warum hatte sie sich so äußern müssen? Dennoch, ich konnte ihr keinen Vorwurf daraus machen, nicht, wenn sie die Wahrheit gesagt hatte. Selbst wenn Dominique es mitbekam, dass ich an ihre Schwester dachte, sie erwähnte es nie. Vielleicht juckte es sie nicht.

»Du fragst mich doch immer, was ich tun möchte, nicht wahr?«, begann sie. »Du willst, dass ich ganz ich selbst bin, korrekt? Erinnerst du dich, dass du das gesagt hast?«

»Ja, ich erinnere mich.«

»Nun, ich möchte gern rausgehen. Aber nicht für so einen Trauermarsch am Strand. Ich möchte unter Leuten sein, unter Leuten, die wissen, wie man sich amüsiert.«

»Warum?!«, rief ich aus. »Sie können dich nicht sehen. Für die existierst du nicht.«

»Weil ich es will! Ist das zu viel verlangt? Wenn du mich so sehr liebst, wie du immer behauptest, würdest du mir diesen Wunsch erfüllen. Oder bringt es dich etwa um, mir Dinge zu ermöglichen, an denen ich Spaß habe?«

Es war kein unvernünftiges Ansinnen, und so stimmte ich nach kurzer Überlegung zu.

»Gut! Es muss doch hier einen Laden geben, wo man Party machen kann. Obwohl ... ich kann wohl kaum erwarten, dass du so etwas weißt.«

»Hey, kein Grund mich zu beleidigen.«

»Du hast recht. Tut mir leid.« Sie lächelte, ein Lächeln voller Wärme, und als ich Anstalten machte, ihr Gesicht zu küssen, drehte sie sich weg. »Nicht auf den Mund.«

Wir spazierten durch die Gegend an der Knockout Alley, vorbei an Kneipen, die die ganze Nacht geöffnet hatten, und an den anrüchigen Nachtclubs. Vielleicht hat sie hier ihre Zeit verbracht, als sie noch gelebt hat, dachte ich. An der Ecke trieben sich einige Frauen herum und als wir an ihnen vorbeigingen, beobachtete ich Dominique, wollte sehen, ob sie auf eine von ihnen reagierte, vielleicht eine alte Freundin oder Bekannte entdeckte. Doch sie stolzierte gleichgültig vorbei, schwang ihre Hüften, als wären sie von einem perfekt eingestellten Motor angetrieben. Hätte sie eine Handtasche dabeigehabt, sie hätte sie mit den Fingerspitzen gehalten und sanft rotieren lassen. Zwischen zwei Häusern sah man die Bucht. »Wenn wir schon mal hier sind«, sagte Dominique über ihre Schulter hinweg, »möchtest du da nicht Karen einen Besuch abstatten?«

»Sei still, Dominique! Das ist nicht witzig!«

Sie lachte lauthals auf und blieb vor einem kleinen Club stehen, stellte sich auf die Zehenspitzen, um durch das Fenster linsen zu können. Der weiße Stoff rutschte hoch und entblößte ein wenig ihren Hintern, den und ihre festen, wohlgeformten Oberschenkel. Ich wartete am Bordstein, hoffte, dass niemand von der Universität vorbeifahren und mich sehen würde. Dominique drehte sich um. »Lass uns hier reingehen«, sagte sie, »sieht richtig wild aus.«

Richtig wild, dachte ich, scheint ja genau das Richtige zu sein. Ich machte die Tür auf und eine Mischung aus lauter Musik und dem Geruch nach schalem Bier traf mich wie ein Fausthieb. Eine lange Bar aus Eichenholz zog sich längs durch den gesamten Raum, dahinter, auf einer kleinen Plattform, bewegten sich zwei Oben-ohne-Tänzerinnen, vor sich die Stammgäste: Kriminelle, Perverse, Außenseiter und mittendrin ich. Ich bestellte ein Bier, während Dominique den Laden in Augenschein nahm. Neben einem Tisch an der hinteren Wand blinkten und blitzten diverse Flipperautomaten durchaus verführerisch, woran ihre pornographischen Motive sicher ihren Anteil hatten. Spiegelkugeln an der Decke warfen farbige Prismen auf den Boden und in den Ecken hingen Lautsprecherboxen, die rücksichtslos und ohne Unterlass dröhnenden, seelenlosen Techno in meine Ohren sandten. Zum ersten Mal in all den Wochen sah Dominique entspannt aus.

»In diesem Schuppen könnte ich ’ne Menge Geld machen«, sagte sie mit Blick auf die Geschäftsleute.

»Das also gefällt dir?«, fragte ich verärgert und empfand es als eine Art schwachen Trost, dass mich der lauten Musik wegen niemand hier verstehen konnte.

»Ist jedenfalls besser, als die ganze Zeit zu Hause rumzuhängen«, erwiderte sie und begutachtete die beiden Tänzerinnen für meinen Geschmack mit etwas zu viel Interesse. Eine Blondine und eine Rothaarige, beide Ende dreißig und für diese Form von Arbeit längst über ihren Zenit hinaus, hopsten lustlos zu dem simplen, monotonen Rhythmus. Selbst ihre String-Tangas sahen schlaff aus.

Rechts und links von mir hielten geifernde Männer gefaltete Dollarscheine zwischen Zeige- und Mittelfinger. Die Blonde verließ die Plattform, nahm ihre Brüste in beide Hände und ließ sich die Scheine dazwischen stecken, gestattete dabei ein flüchtiges Fummeln an ihren Brustwarzen, bevor sie jeden Schein unter ihren String-Tanga schob.

Sie arbeitete sich die Bar entlang und suchte den Blickkontakt mit mir, doch ich sah in die andere Richtung.

»Versuch doch einfach mal, dich zu amüsieren«, nörgelte Dominique.

»Das entspricht nun mal nicht meiner Vorstellung von Amüsement!« Ein alter Seebär neben mir bedachte mich mit einem scheelen Blick, und ich sah weg.

»Würde es dir gefallen, mich da oben zu sehen? Den beiden Vogelscheuchen könnte ich noch einiges beibringen.«

Meine Augen bettelten förmlich, sie möge es unterlassen, aber sie grinste verschlagen und stellte sich hinter meinen Hocker. Als ich mich umdrehte, war sie verschwunden. Mir stieg etwas die Kehle hoch, mir wurde übel von dem Bier. Oben auf der Bar tanzte Dominique, wackelte mit den Hüften, schüttelte ihre Brüste, hob den weißen Stoff hoch und schwenkte ihn wie ein Torero seine *capote*. Hitze stieg mir in den Kopf und durch meine Adern schien eine ätzende Flüssigkeit zu strömen. Dominique warf sich in Pose und ließ dabei ihre Hände über den Körper der Rothaarigen wandern, dann blickte sie zu mir, um sich zu vergewissern, dass ich auch hinsah. Verhalten meldeten sich die Stimmen im Hintergrund. Meine Stirn war im Nu schweißnass. Innerlich bat ich Dominique, es nicht zu tun, aber sie entblößte ihre Brüste und zwinkerte mir zu. Nicht lange, und der Wahnsinn hatte die Musik eingeholt. Meine Hand, die die Bierflasche hielt, fing stark zu zittern an, das Bier schäumte über den Flaschenhals und landete auf meinem Ärmel. Ich registrierte, dass mich der Typ hinter der Bar misstrauisch beäugte und die Rothaarige ihre Kollegin nervös auf mich hinwies. Ich blickte in die Gesichter um mich herum, grotesk verzerrte Gesichter, wie durch ein Weitwinkelobjektiv aufgenommen. Dominique berührte sich im Schritt und lachte verächtlich, dann trat sie nach vorn, riss sich den Stoff herunter und er landete zu ihren Füßen, breitete sich aus wie eine Lache Milch. Sie war jetzt völlig nackt, doch ich sah nur die Schnittverletzungen, klaffende, feuchte Wunden, aus denen Wasser troff, das ihre Hüften hinunterrann. Sie war eine Missgeburt, ein Monster und ich hasste sie dafür.

»Du verdammte Nutte!«, schrie ich, schnellte von meinem Hocker und schleuderte die Flasche gegen die Wand, direkt über Dominiques Kopf. Sie zersprang in tausend Stücke und ein Regen aus Glassplittern ging auf die Bar nieder, doch bevor mich jemand packen konnte, war ich zur Tür hinaus. Zwei Männer jagten mir hinterher, stießen Drohungen aus, warnten mich davor, mich je wieder blicken zu lassen. Aber einige Blocks weiter gaben sie auf. Ich rannte, bis ich außer Atem und das Geschrei in meinem Kopf verstummt war, wechselte in den normalen Schritt, ging und ging, wusste aber nicht, wohin, strich wie ein Obdachloser ziellos durch die Straßen.

Irgendwie gelangte ich schließlich in meine Straße und näherte mich dem Haus. Aber als ich vor der Tür stand und den Schlüssel in die Hand nahm, verspürte ich zum ersten Mal in meinem Leben das Bedürfnis, allein zu sein. Ich ging zur Rückseite des Hauses und den Strand entlang, vorbei an Strandgut, das verstreut dalag wie Monster aus meinem Kleiderschrank, und steuerte die Stelle an, wo alles begonnen hatte.

Ich setzte mich in den Sand, wo das Wasser meine Sneakers umspülte, und lauschte dem nächtlichen Rufen der Heulbojen. Ich betrachtete den Halbmond und fragte mich, ob Gott auf seinem himmlischen Thron sitze und all das beobachte, ob er sich all dessen bewusst sei oder ob es sich lediglich um eine Frage von Wahrscheinlichkeit und Zufall handele, wie Atheisten meinen.

Dominique kniete neben mir im Sand. Sie sah mich nicht an. Ein zorniger Wind riss an ihrem Seidenstoff und wehte ihn hoch über ihre Schenkel. Sie drückte den Stoff mit beiden Händen nach unten.

»Tut mir leid«, sagte sie.

»Was?«

»Alles.«

»Du hast mir nichts getan, Dominique. Ich habe es mir selbst angetan. Die Schuld liegt allein bei mir.«

»Willst du, dass ich gehe?«

»Ich weiß nicht mehr, was ich will. Vielleicht sind es zwei verschiedene Dinge ... das, was ich will, und das, was ich verdiene.«

»Ich kann dir nicht versprechen, dass es nie wieder vorkommt, James. Ich komme nicht dagegen an, ich bin, wie ich bin. Leider.«

»Ich weiß. Und du gibst dir wirklich Mühe.«

In gut dreißig Meter Entfernung türmten sich die Wellen auf und stürzten ins Vergessen. Ich drehte mich um und sie war verschwunden.

XIV

Am nächsten Morgen riss mich ein ohrenbetäubendes Gebrüll aus dem Schlaf. Ich sprang auf und das Gebrüll in meinem Kopf wurde zum Klingeln des Telefons. Der Anrufbeantworter sprang an und nach dem Piepton hörte ich: »James, hier ist deine Mutter. Es gab einen Notfall. Mit deinem Vater. Bitte ruf mich zurück, wenn du nach Hause kommst. Es ist dringend und – «

»Was ist passiert, Ma?«

»Ach, James, Gott sei Dank bist du da. Dein Vater! Er ist im Krankenhaus. Er hatte letzte Nacht einen Anfall, sie denken, es könnte ein Schlaganfall gewesen sein. Er ist in keiner guten Verfassung.«

»Wo bist du jetzt?«

»Ich bin im Krankenhaus. Sie machen eine Reihe von

Untersuchungen, um herauszufinden, was es ist.«

»In Ordnung. Ich nehme den nächsten Flieger. In welchem Krankenhaus liegt er?«

»Wie ... im Saint Francis natürlich.«

»Wir sehen uns nachher. Brauchst du irgendwas? Kann ich dir irgendetwas mitbringen?«

»Nein. Ich weiß nicht. Ich mache mir solche Sorgen um ihn. Er hat nicht gut ausgesehen, als sie ihn eingeliefert haben. Oh mein Gott.«

»Mach dir nicht so viele Gedanken, Ma. Ich komme, so schnell ich kann. Alles wird gut.«

»Bitte, James, beeil dich.« Klick.

»Dominique«, rief ich. Sie kam aus dem Schlafzimmer, müde und abgespannt. »Möchtest du, dass ich mitkomme?«

»Keine Ahnung. Ja, doch.« Ich buchte einen Flug für zwei Uhr, dann ging ich ins Schlafzimmer und packte ein paar Sachen zusammen. Ich rief beim Fachbereich an, erklärte, dass es sich um einen Notfall handele und ich für mindestens eine Woche nicht da sei.

Ich nahm die letzten sieben Aspirin, bevor ich das Apartment verließ. Auf dem Weg zum Flughafen würde ich noch ein paar Flaschen kaufen müssen.

XV

»Oh, James, Gott sei Dank bist du endlich da«, sagte sie, als ich den Aufenthaltsraum betrat.

»Ich bin so schnell gekommen wie möglich. Wie geht es ihm?«

»Ich warte immer noch auf die Untersuchungsergebnisse.«

»Hast du ihn schon gesehen?«

»Gleich nach unserem Telefonat haben sie mich für ein paar Minuten zu ihm gelassen. Er war ansprechbar, hatte aber überall Schläuche, im Mund und in der Nase, er konnte nicht sprechen.«

»Was genau ist denn passiert?«

»Tja, als er von der Arbeit nach Hause kam, hat er so blass ausgesehen, und ich habe ihn gefragt, ob es ihm gut geht. Er hat gemeint ja, er sei nur ein bisschen müde. Beim Abendessen dann hat er nichts runterbekommen, ich dachte, er hätte sich eine Magengrippe eingefangen, die ging hier nämlich letztens um. Ich habe ihm geholfen, ins Bett zu gehen, und bin in die Kirche, und als ich zurückgekommen bin, hat er dagelegen, bewusstlos. Die Zunge hing ihm aus dem Mund und er war weiß wie ein Laken. Als ich ihn so habe daliegen sehen, dachte ich, er würde sterben. Ich rief den Krankenwagen und bin dann mit ihm hierher. Lieber Gott, ich hoffe, dass mit ihm alles in Ordnung ist.«

»Warum hast du mich nicht gleich in der Nacht angerufen?«

»Das habe ich! Ich habe eine Nachricht auf diesem Anrufbeantworter hinterlassen, dass du mich zurückrufen sollst. Hast du die nicht bekommen?«

»Nein. Das passiert bei diesem Ding immer wieder mal.«

»Ich hasse es, auf diese Dinger zu sprechen. Ich hätte es weiter versucht, wirklich, James. Aber glaub mir, ich hatte keine Gelegenheit mehr. Ich bin hin und her, von der Notaufnahme zur Kardiologie, dann zur Intensivstation, habe Formulare ausgefüllt, Fragen beantwortet. Die ganze Nacht habe ich kein Auge zugetan.«

»Versuch doch jetzt, ein wenig zu schlafen. Ich wecke dich, sobald es Neuigkeiten gibt.«

»Das kann ich nicht. Ich bin zu aufgeregt. Hattest du Probleme, dir frei zu nehmen?«

»Nein. Ich hab ihnen gesagt, dass ich mindestens eine Woche weg bin.«

»Oh, das ist wunderbar. Ich würde das hier nur sehr ungern allein durchstehen müssen.«

Ein großer dunkelhäutiger Mann in weißem Kittel kam herein. Er hatte weiche Gesichtszüge und sein Haar saß perfekt. Noch bevor er etwas sagen konnte, überschüttete ihn meine Mutter mit Fragen. Als er antwortete, sprach er mit minimalem indischem Akzent. »Also, Mrs. Gianelli, die Untersuchungsergebnisse weisen auf einen leichten Schlaganfall hin. Momentan haben wir motorische Funktionsstörungen der rechten Seite. Wir können noch nicht sagen, ob sie von Dauer sein werden, aber mithilfe entsprechender Rehabilitationsmaßnahmen besteht die Aussicht, dass Ihr Mann seine motorischen Fähigkeiten zu hundert Prozent zurückerlangen wird. Er ist jetzt bei Bewusstsein. Wir werden ihn eine Weile hierbehalten, um seine Werte zu beobachten und sicherzustellen, dass er stabil ist. Sie können jetzt zu ihm.«

»Aber wird er denn wieder gesund, Doktor?«, fragte sie mit Nachdruck.

»Ich bin zuversichtlich, dass er sich wieder erholt. Er hat das Schlimmste überstanden.«

»Oh, ich danke Gott im Himmel.« Bei diesen Worten bekreuzigte sie sich. »Ach, Doktor, darf ich Sie mit meinem Sohn bekannt machen? James, das ist Doktor Prassad.«

»Hallo, Doktor«, sagte ich und schüttelte ihm die Hand.

»Das ist also der Collegeprofessor?«

»Ja«, sagte ich, peinlich berührt.

»Ihre Mutter ist ziemlich stolz auf Sie.«

»Oh.«

»Hallo, Dad. Wie fühlst du dich?«

»Müde. Wie geht's dir?«

»Mir geht's gut.«

Meine Mutter hielt seine Hand und wiederholte so in etwa, was Doktor Prassad gesagt hatte. Mein Vater sah schwach aus und alt; sein Teint war gelblich blass und er konnte nur seitlich aus dem Mund sprechen.

»James bleibt eine Woche bei uns. Er hat sich frei genommen.«

»Das ist nicht der Rede wert, Dad, schließlich wollte ich unbedingt herkommen.«

»Ich bin froh, dass du da bist«, sagte er.

Meine Mutter schüttelte die Kissen auf und ich beobachtete die Monitore, die über dem Kopf meines Vaters hingen; dabei bemerkte ich das Kruzifix direkt über dem Betthaupt. Meine Mutter bemerkte es ebenfalls und bat mich, es gerade auszurichten, denn es hing ein wenig nach links.

Auf der Fahrt nach Hause hatte ich Mühe, die alte Gegend wiederzuerkennen. Die Felder, auf denen wir Ball gespielt, die Sümpfe, wo wir Frösche gefangen hatten, die Gewässer, wo man hatte angeln können, Wälder und Freiflächen, alles war verschwunden. Stattdessen überall Wohnblöcke, Einkaufszentren, Reihenhäuser.

Als meine Mutter die Straße zu unserem Haus entlangfuhr, vorbei an den kleinen Einfamilienhäusern, die allesamt eines neuen Anstriches bedurft hätten oder der Reparatur, stellte ich fest, dass unser Haus sich seit meinem letzten Besuch nicht viel verändert hatte, und der lag immerhin fast vier Jahre zurück.

Meine Mutter verschwand in der Küche und ich stellte meinen Koffer im Wohnzimmer ab. Sie hatten die Möbel umgestellt: Der Polstersessel stand jetzt am Fenster, das Bücherregal in der Ecke. Gegenüber der Couch ragte eine massive, grau lackierte Schrankwand bis hoch zur Decke, in der Mitte ein Farbfernseher der Marke Zenith mit achtzig Zentimeter Bildschirmdiagonale – mein Vater kaufte stets nur amerikanische Produkte. Anderes war gleich geblieben: der zehn Zentimeter lange Kratzer am Couchtisch, Folge eines Zusammenstoßes mit meinem Fahrrad, als ich neun Jahre alt gewesen war; die Dellen in den Wänden, vom Fangenspielen; die von Sprüngen gezeichneten Tischlampen, Opfer eines Hockeyschlägers. Ich nahm ein Kissen von der Couch und sah zwanzig Jahre alte Flecken, die von einem Sandwich herrührten.

In der Küche wurde der Kühlschrank geschlossen und sie kam herein mit einem großen Glas Eistee in der Hand. Sie setzte sich an den Esstisch und ich setzte mich zu ihr. Erst jetzt fiel mir auf, wie sehr sie gealtert war. Ihr Haar war vollkommen grau und rund um ihre Augen, wie Kerben in Holz, zeigten sich scharfe Linien; ihre Lippen waren trocken und aufgeplatzt, selbst Speichel, in welcher Menge auch immer, konnte da nichts mehr ausrichten. Sie kam mir kleiner und zerbrechlicher vor als in meiner Erinnerung. Es erschien mir nahezu rätselhaft, dass ich vor dieser Frau einst so viel Angst gehabt hatte.

»Du lieber Gott, was man alles so durchmachen muss«, sagte sie.

»Er wird wieder gesund, Ma. Er hat gut ausgesehen.«

»So Gott will«, sagte sie. »Wie geht es dir? Alles in Ordnung?«

»Ja, alles in Ordnung.«

»Du hast lange nicht angerufen. Ich frage mich immer, was du wohl so machst.«

»Ich hatte viel zu tun in letzter Zeit ... « Ich sprach nicht weiter.

»Bist du immer noch mit diesem Mädchen zusammen? Wie hieß sie gleich noch mal? Die, mit der du zusammenlebst?«

»Nein. Wir haben uns getrennt.«

»Ach, das ist aber schade.«

»Ja, es hat einfach nicht funktioniert.«

»Und ... gibt es da jemand anderen?«

»Nein, eigentlich nicht. Mir fehlt die Zeit dafür.«

»Dafür solltest du dir aber die Zeit nehmen. Im Herbst wirst du fünfunddreißig. Du solltest langsam daran denken, dich im Leben einzurichten, eine eigene Familie zu gründen. Du bist, weiß Gott, ein gut aussehender Mann und brauchst nur deine Wahl zu treffen.«

»Das ist leichter gesagt, als getan, Ma.«

»Ach Unsinn! Du willst einfach nur deine Freiheit. Warum solltest du die ganze Kuh kaufen, wenn du nur ein Glas Milch trinken willst?«

»Das ist eine interessante Betrachtungsweise.«

»Es ist ein alter Ausdruck, aber ich denke, in diesem Fall trifft er zu.«

Ich trank meinen Eistee aus und stellte das Glas ab.

»Du musst müde sein«, sagte sie. »Bring doch deine Sachen in dein Zimmer und mach dich zur Nacht fertig.«

Sie sagte: dein Zimmer, und ich erschrak. Dass ich

daran nicht gedacht hatte ...

»Weißt du, Ma, ich habe mir überlegt, ich könnte doch hier auf der Couch schlafen. Als Kind habe ich das geliebt, es war wie draußen zelten.«

»Ach Unsinn! Du bist kein Kind mehr und dein Zimmer ist vorbereitet. Ich habe das Bett frisch bezogen und alles. Geh schon, nimm deinen Koffer und pack ihn aus.«

Ich nahm langsam meinen Koffer hoch, und unter ihrem Blick ging ich den Flur entlang zur letzten Tür.

Seine Sachen waren alle noch da. Sein Schreibtisch stand in der Ecke, obendrauf lag die Pirates-Kappe und über seinem Bett hing das gerahmte Bild von Babe Ruth. Ich wusste, die Schubladen waren voll mit seiner Kleidung, weil sie nichts davon je weggeworfen oder weggeben hatte. Hier hatte sich nichts verändert. Das hier war ihr Schrein.

Ich ließ mich aufs Bett fallen und versuchte, mich der Zeiten zu erinnern, die wir in diesem Zimmer gemeinsam verbracht hatten; an die Abende, als wir wach gelegen und komische Geräusche gemacht hatten, bis Dad aufgetaucht war und damit drohte, uns mit dem Gürtel zu schlagen. Doch die Bilder wollten sich nur schwer einstellen. Die Einzelheiten gerieten undeutlich, schemenhaft, als bewegten sie sich durch trübes Wasser.

Ted war nunmehr ein Phantom für mich. Jemand, den ich aus einem anderen Leben kannte; jemand, den ich vor zu langer Zeit verloren hatte, um mich an ihn erinnern zu können. Ich packte meine Sachen aus und ging schlafen.

»Hey, James, komm her, sieh mal, was ich gefunden habe.« Er rief mich zu sich herüber, an sein Bett. Eine bleistiftdünne Ringelnatter, die er bei Miller's Field eingefangen hatte, wand sich durch seine Finger hindurch.

»Ich werde sie in die Speisekammer schmuggeln. Sie wird Ma einen mordsmäßigen Schrecken einjagen.«

»Besser nicht«, warnte ich ihn. »Du bekommst nur Ärger.«

»Nein, bekomm ich nicht. Ich sage einfach, sie ist von allein reingekrochen. Aber nicht, dass du mich verrätst.

»Ich bin keine Petze, Ted.«

»Also los, machen wir's.«

»Okay.«

»Komm schon, sie mag dich.« Er ließ nicht locker.

»Woher willst du das wissen?«

»Lorraine hat es mir erzählt. Na los, wir machen alle mit. Ich zeig dir, wie's geht.«

Wir saßen auf der Einfahrt, hinten, an der Garage. Bis auf das Licht des Scheinwerfers über der Garagentür war es dunkel; Motten tanzten wie Schneeflocken um sein blaues Leuchten. Wir waren zu viert: ich, Ted, Lorraine und Clarette. Die Romano-Schwestern sahen aus wie Zwillinge, obwohl Lorraine ein Jahr älter war. Mit ihren himmelblauen Augen und dem langen blonden Haar waren sie unbestritten die hübschesten Mädchen der Nachbarschaft.

Lorraine gab Ted die leere Colaflasche und er zeichnete mit dem Flaschenhals einen Kreis in den Kies. Dann legte er sie in die Mitte und versetzte sie in Drehung. Sie zeigte auf mich und Lorraine fing an zu kichern.

»Auf ein Neues!«, sagte Ted und drehte die Flasche ein weiteres Mal. Diesmal zeigte sie auf Clarette und Lorraine kicherte wieder.

»Das zählt auch nicht«, sagte er. »Sie ist aus dem Kreis gerollt.« Er drehte die Flasche und jetzt zeigte sie auf Lorraine, die lächelte und Ted ansah. Ich verlagerte mein Gewicht auf den kalten, harten Steinen. Dieses Spiel gefiel mir ganz und gar nicht. Ich war mir nicht sicher, ob ich dafür bereit war. Ted beugte sich vor und küsste Lorraine einige Sekunden lang auf den Mund, dann setzte er sich gerade hin.

»Das ist alles«, sagte er und reichte mir die Flasche. Seit wir mit dem Spiel begonnen hatten, war Clarette verstummt. Falls sie wusste, was ihre Schwester und Ted sich für uns ausgedacht hatten, dann hatte sie offenbar nichts dagegen einzuwenden.

»Komm schon, James, hab keine Angst«, sagte er. »Es macht Spaß.«

»Ich habe keine Angst.«

»Na los, dann mach«, sagte Lorraine. »Clarette beißt nicht.«

Clarette blickte verlegen zur Seite. Schließlich nahm Ted die Flasche und legte sie in den Kreis.

»Jetzt dreh sie einfach«, forderte er mich auf.

Ich streckte meine Hand langsam aus, berührte die geschwungene, harte Kontur und versetzte die Flasche in Drehung. Ich hoffte, sie würde nie aufhören, sich zu drehen. Doch sie tat es und zeigte gleich beim ersten Mal auf Clarette. Ted und Lorraine waren begeistert, denn es lief genau so, wie sie es sich vorgestellt hatten.

Clarette saß ganz still da und sah durch mich hindurch. Ebenso gut hätte ich unsichtbar sein können.

Ted stieß mich mit dem Ellbogen an. »Na los, James«, sagte er.

Ich schwitzte, mein T-Shirt war bereits klatschnass. Ich

sah mich um, wir saßen wie auf dem Präsentierteller, jeder, der jetzt aus dem Fenster linste, würde uns sehen.

»Also was jetzt?«, fragte Ted. »Wir tun doch nichts Schlimmes.«

»Eben«, sagte Lorraine. »Benimm dich nicht wie ein Baby, James.«

Ted schlug eine Alternative vor. »Geht doch hinter die Garage. Da sieht euch niemand.«

Ich sah hinüber und es war pechschwarz. »Mach schon, Clarette«, drängelte Lorraine. Wir standen auf und gingen los. Der Kies knirschte unter unseren Füßen. Ich spuckte eine Mücke aus. Als wir hinter der Garage waren, sah ich Clarette an. Ich konnte lediglich die Umrisse ihres Kopfes erkennen. Ich rührte mich nicht, sann krampfhaft über einen Ausweg nach. Vielleicht empfand sie ja ebenso. Ich wollte sie gerade fragen, als ganz in der Nähe das Knirschen von Kies zu hören war. »Ted, ich weiß genau, dass du da bist, also lass das.«

»Was dauert da so lange?«

»Nichts. Geh zurück zur Einfahrt.«

Die Schritte entfernten sich und ich sah Clarette an. Mir war klar, wenn ich es jetzt nicht täte, würde es mir ewig anhängen. Ich trat so dicht an sie heran, dass ich sie atmen hören konnte, und dann sah ich aus dem Augenwinkel, wie Ted und Lorraine uns von der Ecke der Garage aus beobachteten. Ich beugte mich vor, gab Clarette einen flüchtigen Kuss auf die Wange und zog mich blitzschnell wieder zurück, genau in dem Moment, als die anderen beiden herbeigerannt kamen.

»Und? Hat doch gar nicht wehgetan, oder?«, fragte Lorraine spitz.

»Nein.« Doch ich war erleichtert, dass ich es hinter mir

hatte. Lorraine wandte sich an ihre Schwester und fragte: »Wohin hat er dich geküsst?«

»Genau hier«, sagte sie und zeigte auf den Punkt auf ihrer Wange.

»Ach, James!«, rief Lorraine. »Die Wange zählt nicht. Das ist ein Babykuss! Dann kannst du gleich deine Großmutter küssen!«

»Unsere Großmutter ist tot! Und überhaupt ... keiner hat mir gesagt, wohin ich sie küssen soll.«

»Die Wange zählt nicht!«

Ich spürte, wie sich innerlich alles verkrampfte, bis Ted mir beisprang. »Doch, die Wange zählt. Er hat es getan.«

Er legte mir seinen Arm um die Schulter und wir gingen zur Vorderseite des Hauses. »Siehst du? So schlimm war's gar nicht«, sagte er. »Jetzt ist es aus der Welt und du bist wie alle anderen.«

Wir saßen auf der Veranda, aßen Eis und sprachen über unsere Klassenkameraden. Die ganze Zeit warf ich Clarette verstohlene Blicke zu, doch sie wich ihnen ständig aus. Ich hatte das Gefühl, sie irgendwie um etwas betrogen zu haben und ebenso mich. Ted hatte recht, es war überhaupt nicht schlimm gewesen ... um ehrlich zu sein, es war genau das Gegenteil gewesen.

Nach diesem Abend gestattete mir Clarette nie wieder, sie zu küssen. Und ich konnte es ihr nicht verdenken.

»Das reicht! Du machst das Kind noch verrückt!«

»Er muss lernen, was Disziplin bedeutet!«, blaffte sie.

»Es gibt bessere Methoden, das zu erreichen. Herrgott noch mal! Er hat doch Todesangst!«

»In diesem Hause wird nicht geflucht!«

»Ich sage dir, ich will ihn oder seinen Bruder nie wie-

der da drin sehen. Ist das klar ... Dorothy?«
Schweigen. Dann gab sie nach.

»Er kann nicht jede Nacht bei uns schlafen«, sagte sie. »Das ist nicht normal. So wird er niemals erwachsen.«
»Ich weiß, aber er braucht jetzt jede Unterstützung. Wir sind nicht die Einzigen, die leiden. Versuche, dich hineinzuversetzen, was er durchmacht.«
»Ich meine es nur gut mit ihm.«
»Ich weiß, du hast recht. Aber ich ertrage es nicht, ihn so weinen zu hören. Können wir nicht wenigstens ein paar Sachen wegpacken, dann ist es nicht ganz so schmerzhaft für ihn.«
»Nein. Alles bleibt an seinem Platz.«
»Dorothy ... «
»Es ist noch zu früh, ihn aus unser aller Leben zu lassen, John! Zu früh. Ich will das nicht. Dazu bin ich noch nicht in der Lage. Noch nicht.«
»Dann sollte er wenigstens da drinnen nicht allein sein. Das ist irgendwie nicht richtig.«
Sie dachte kurz darüber nach. »Also gut. Aber nur für heute Nacht.«

»Setz dich«, sagte der Stuhl und ich setzte mich auf das Bett.
»Aua! Sei vorsichtig«, sagte das Bett. »Nicht so heftig!«
»Hach, das Baby weint!«, schrie das Kissen.
»Wen bezeichnest du hier als Baby?!«, antwortete das Bett. »Dich nimmt er ja nicht so Maß, so wie er sich hineinplumpsen lässt.«
»Hey, leg dich gefälligst mit jemandem an, der dir gewachsen ist«, rief der Schreibtisch von der anderen

Seite des Zimmers.

»Erzähl du mir nicht, wie ich mit meinem Freund reden soll«, gab das Bett zurück.

»Ach ja? Du hast doch gar keine Freunde«, sagte der Schreibtisch. »Dich kann doch keiner leiden. Nicht einmal die Sprungfedern.«

»Immerhin kann James mich leiden. Dich benutzt er nie. Aus gutem Grunde. Du fängst ja schon an, dich zu verziehen.«

»Was du nicht sagst! Deine Sprungfedern sind verrostet. Deswegen quietscht du immer, wenn er sich bewegt. Außerdem riechst du nach Pipi!«

»Das ist eine Lüge! Ich bin seit Jahren nicht nass gewesen. Sag's ihm, James. Sag es ihm!«

»Es stimmt«, sagte ich. »Ihr geht euch ganz schön auf die Nerven, weil ihr zu lange aufeinanderhockt.«

»Ich möchte ein Spiel spielen«, sagte der Pittsburgh-Pirates-Wimpel. »Lasst uns ein Spiel spielen.«

»Was sollen wir denn spielen?«, fragte der Fänger im Roggen, der neben Shakespeare stand.

»Baseball!«, rief der Wimpel, und alle fingen an zu lachen. »Was ist daran so komisch?«, fragte er mit ernstem Gesicht. »Warum lachen mich alle aus?«

»Wie sollen wir Baseball spielen?«, fragte ich den Wimpel. »Wir haben überhaupt keine Spieler.«

»Natürlich haben wir Spieler«, widersprach der Wimpel mit einem Blick auf das Foto meiner Little-League-Mannschaft an der Wand. »Oder etwa nicht? Wir haben einen Werfer!«, und alles lachte von Neuem schallend los. Mit Blick auf das Bücherbord, sagte er: »Und wir haben einen Fänger!« Alles grölte, der Schreibtisch hielt sich den Tintenlöscher, so sehr musste er lachen.

»Was ist daran so komisch?«, fragte der Wimpel wieder und alle explodierten vor Lachen.

Ich liebte den Wimpel, er war mein Liebling, und am meisten liebte ich ihn, wenn er die lächerlichsten Sachen von sich gab.

»James, ich habe dir das alles nur erzählt, damit du dich benimmst. Ich war mir nicht darüber im Klaren, wie sehr du es für bare Münze genommen hast, und es tut mir leid.«

Ich hatte noch nie eine Entschuldigung von ihr gehört. Niemals. Jetzt, dachte ich, nach all den Jahren.

»Und mir fiel nichts anderes ein, womit ich dich hätte bestrafen können, wenn du etwas Unrechtes getan hattest. Du warst zu groß für Schläge, womöglich hättest du mich zurückgeschlagen«, sagte sie, ehrlich bemüht, es zu erklären.

Wir saßen auf dem Bett. Ich konnte hören, wie der Grill in der Küche ansprang. Offenbar hatte sie gute Laune. Ich wusste, wenn es einen Zeitpunkt gab, die Sache zur Sprache zu bringen, dann jetzt.

»Ma, ich möchte etwas mit dir bereden.«

»Wie läuft es in der Gruppe?«, fragte sie und lenkte vom Thema ab. »Der Arzt meint, du machst gute Fortschritte.«

Ihre Augen waren spitze Punkte, hart und undurchdringlich.

»Ich führe keine Selbstgespräche mehr, wenn du das meinst.«

Sie gab mir einen Kuss auf die Stirn und stand auf. »Du wirst wieder gesund«, sagte sie und ging in die Küche, um sich um das Abendessen zu kümmern.

XVI

Am nächsten Vormittag saßen wir bei meinem Vater im Zimmer und sahen fern. Wir aßen gemeinsam zu Mittag und hörten meiner Mutter zu, die mir Ratschläge erteilte, wie ich meinem Leben die richtige Richtung geben könnte, jetzt, da ich langsam in die Jahre käme und noch immer nichts in Sachen Familie und Freunde aufzuweisen hätte.

Zum Abendessen fuhren meine Mutter und ich nach Hause. Sie ging später zum Beten in die Kirche, derweil ich auf der Couch im Wohnzimmer saß.

»Wieso hast du mir nie erzählt, dass du einen Bruder hattest?«, fragte sie. Es waren die ersten Worte aus ihrem Mund.

»Ich bin davon ausgegangen, dass du es weißt.«

»Woher denn? Seit ich aufgetaucht bin, hast du ihn aus deinem Bewusstsein verbannt. Warum? Konntest du ihn nicht leiden?«

»Ich möchte eigentlich nicht darüber reden. Können wir nicht einfach nur zusammen sein?«

»Wie du willst«, erwiderte sie und warf ihr Haar zurück. »Doch normalerweise bekomme ich für einen solchen Ausflug mit einem Mann tausend Dollar.«

»Ich bin nicht einer von deinen Männern!«

»Ist mir schon klar. Du bist ein Junge.«

Ich lehnte mich zurück und beobachtete sie. Sie hatte ihre Wanderung wieder aufgenommen, auf und ab, vor dem Fenster, wie zu Hause hielt sie auch hier nicht einen Moment inne.

Um sieben Uhr kam meine Mutter zurück. Dominique war verschwunden, und wir fuhren wieder ins Krankenhaus, blieben dort, bis um viertel nach acht die Besuchszeit vorbei war.

XVII

»Setz dich.«

Sie setzte sich neben mich aufs Bett. »Entschuldige, dass ich dir nichts von meinem Bruder erzählt habe. Es gibt Gründe, warum ich nicht an ihn denke, Gründe, die nichts mit dir zu tun haben. Du hast mich gefragt, ob ich ihn nicht leiden konnte. Nun ... nichts könnte der Wahrheit weniger entsprechen.«

Sie hatte wieder diesen merkwürdigen leeren Blick, einen Blick, den ich seit ihrer Totenwache vor fünf Wochen ncht mehr an ihr wahrgenommen hatte.

»Er war drei Jahre älter als ich. Und ich bin mir sicher, du hättest ihn gemocht, denn genau wie du war er immer gut für irgendeinen Ärger.«

Sie lächelte.

»Und welche Dummheiten er auch anstellte, die Liebe meiner Mutter zu ihm war nicht in Worte zu fassen. Er hatte so eine Art an sich, ein Lächeln, einen Blick – jeder vergötterte ihn, auch ich. Und er war ein guter Bruder.«

»Irgendwann, ich war sechs, er neun, stießen wir im Keller auf diesen Raum. Eine Abstellkammer, voll mit alten Kartons, die sich bis zur Decke stapelten. Im Grunde Müll, doch für Ted und mich war es ein vergrabener Schatz, den wir entdeckt hatten. Wir fanden alte Armeeuniformen und Bowlingpins, verstaubte Baseballpokale, Golfschläger, verschmiertes schweres Handwerkszeug und weiß der Teufel was sonst noch. Als wir da rauskamen, unsere Sachen dreckig und unsere Hände voller Staub und Ruß, bekam meine Mutter regelrechte Zustände.

Eines Sonntagvormittags, nach der Kirche, zogen wir uns um, Ted und ich, und schlichen uns hinunter, um dort zu spielen. Meine Mutter erwischte uns, zog uns am Kragen die Treppe hoch und wir mussten uns an den Küchentisch setzen. Und während sie für die sonntägliche Bratensoße Zwiebeln schnitt und Knoblauch zerdrückte, erzählte sie uns, weshalb sie nicht wollte, dass wir dort unten spielten. Bis ins kleinste Detail beschrieb sie uns die Kreatur, die dort unten hauste, seine schleimigen grünen Tentakel, die rot glühenden Augen und die Zähne, scharf wie Rasiermesser, die einen in zwei Hälften zerbeißen konnten. ›Das Kleiderschrankmonster!‹, rief sie aus und dabei riss sie die Augen auf wie ein Schurke im Stummfilm.«

Dominique grinste.

»Ich weiß. Aber als Kind macht einem so etwas eine Heidenangst und wir hatten keine Veranlassung, ihr nicht zu glauben, so ernst, wie sie es vorgebracht hatte.

»Später, nachdem ich mich bei meinem Vater erkundigt hatte, kam es zwischen ihm und meiner Mutter zu einem heftigen Streit. Er erklärte uns dann, sie habe nur Spaß gemacht und dass es überhaupt keine Monster gebe. Aber die Lüge meiner Mutter war weitaus überzeugender als seine, in unseren Augen zweifelhafte Wahrheit. Als er jedoch sah, wie verängstigt wir waren, erklärte er uns, dass das Monster nie sein grauenvolles Antlitz zeigen würde, solange wir, Ted und ich, zusammenhielten. Dass Brüder zusammenhalten, war für meinen Vater von großer Bedeutung.

»Wie auch immer, in den folgenden Jahren hatte sie

uns richtig im Griff mit diesem Monster. Ted und ich ersannen Plan um Plan, nur um nicht allein im Haus zu sein. Wir trugen Fotos von einander in unseren Hosentaschen, sprachen mit den Gegenständen in unserem Zimmer und hatten Kodewörter. Nachts stapelten wir Konservenbüchsen vor dem Kleiderschrank. Nach und nach nahm uns die Angst nicht mehr so in Beschlag, Ted verlor sie völlig, aber ich blieb wachsam.

»Als ich zehn war, waren wir eines Nachmittags zu Hause, weil es regnete. Meine Mutter war in der Kirche und mein Vater auf der Arbeit, also schlug Ted vor, auf die Jagd zu gehen. ›Los, wir durchstöbern alles, was dort unten versteckt ist‹, sagte er mit diesem Ausdruck von Leichtsinn in den Augen.

»Ich war der Meinung, wir sollten es lassen, doch er feixte nur und sagte: ›Jetzt hör aber auf! Du glaubst doch nicht etwa immer noch an diese Geschichte vom Kleiderschrankmonster? Das ist ja so, als ob man an den Weihnachtsmann glaubt.«

›Aber wir bekommen Ärger.‹

›Nein, tun wir nicht. Wir waschen uns, bevor sie nach Hause kommt, sie kriegt nichts mit. Na los, das wird lustig und wir sind die ganze Zeit zusammen. Was soll schon passieren?‹

»Ich folgte ihm hinunter, und dann fingen wir an, uns durch die Kartons zu wühlen. Ich blieb immer in seiner Nähe, für alle Fälle. Nachdem sich so zehn Minuten nichts gezeigt hatte, vergaß ich die beutehungrige Kreatur völlig. In einer hübschen Schachtel fand ich Mutters Hochzeitskleid. In einer Seitentasche steckten sogar noch ehemals weiße, kandierte Mandeln, die im Laufe der Jahre braun geworden waren. Ted entdeckte ein Football-Spiel aus Blech; wenn man es aufzog, fing es an zu vibrieren und die kleinen Spieler aus Kunststoff wackelten über das Feld. Ich fand eine alte Gitarre, der drei Saiten fehlten. Während Ted sich einen Teil des Raums vornahm, wühlte ich mich durch den anderen und stieß auf eine längliche Ledertasche. Ich zog den Reißverschluss auf, öffnete die Lederriemen und sah ein Gewehr – das Metall angelaufen, der Holzgriff verrottet, es sah aus, als hätte man es hundert Jahre nicht in der Hand gehabt. ›Hey, Ted, komm mal her!‹, rief ich. ›Das musst du dir ansehen!‹ Aber ich bekam keine Antwort. Plötzlich fiel mir auf, wie still es geworden war. Ich drehte mich um, sah mich allein im Raum und die Tür gut zwei Meter von mir entfernt. Ich wisperte seinen Namen, sagte, er soll hervorkommen und dass ich das nicht lustig finden würde. Nur die Regentropfen draußen gaben mir eine Antwort. Ich fing an, zu den Gegenständen in meiner Nähe zu sprechen, einer Bowlingkugel und einigen Angelruten, hoffte, die von meiner Mutter erdachte Kreatur davon zu überzeugen, dass ich nicht allein war, als plötzlich hinter einem Stapel Kartons ein tiefes Grollen zu hören war.

»›Ted!‹, schrie ich, ›ich weiß, dass du das bist. Hör auf! Das ist nicht komisch!‹ Ich fing an zu zittern und das Zittern pflanzte sich als Erschütterung fort bis in meinen Kopf, wo es zu einem wütenden Donnergrollen wurde. Ich machte einen Schritt auf die Tür zu, als mir plötzlich etwas in den Weg sprang, eine Kreatur mit grünem Kopf und Klauen. Ich riss am Abzug, meiner Kehle entrang sich ein Schrei, so gellend, dass das Gewehr scheinbar lautlos sein Mündungsfeuer ausspuckte. Die Waffe schnellte mir aus der Hand und durch eine Rauchfahne hindurch sah ich, wie ein Armeehelm durch den Raum hüpfte. Zuerst glaubte ich, Ted mache Spaß, bis mir auffiel, dass sein Hemd sich rot verfärbte. Als er mich ansah, waren seine Augen starr, reglos wie die eines Fisches – nie zuvor hatte ich jemanden gesehen, der so blind war vor Angst. Er sank zu Boden, als würde er im Wasser untergehen, und binnen Sekunden war sein Hemd blutdurchtränkt. Er griff sich an die Brust, wohl um die Blutung zu stoppen, doch noch mehr Blut quoll durch seine Finger hindurch. Blut quoll ihm auch aus dem Mund, dann machte er noch ein paar gurgelnde Geräusche und regte sich nicht mehr.

»Eine Stunde später fanden sie mich neben seiner Leiche. Begleitet von meinen Eltern brachte man mich mit einem Krankenwagen in ein Krankenhaus. Später hatte ich keinerlei Erinnerungen mehr daran, wie und weshalb wir dorthin gefahren waren.

»Ich ging weder zur Totenwache noch zur Beerdigung – ein Arzt hatte davon abgeraten – und ich war lange Zeit in Therapie. Nie hatte auch nur eine Menschenseele gesagt, dass es meine Schuld gewesen sei, zumindest nicht mit Worten. Aber weißt du, Dominique, es hat auch nie jemand das Gegenteil gesagt. Es war ein Thema, worüber wir nicht sprachen. Niemals.

»Kurz danach fielen mir kleine Veränderungen zu Hause auf. Zum Beispiel aß meine Mutter nicht mehr gemeinsam mit uns am Tisch, es schien immer einen Grund zu geben, der sie davon abhielt. Sie und ich waren niemals mehr allein, allenfalls, wenn wir einander im Flur oder in der Küche begegneten. Waren wir zusammen in einem Raum, gab es immer etwas, weshalb sie ihn verlassen musste. An Geburtstagen oder in den Ferien, also bei den seltenen Anlässen, die sie zwangen, eine gewisse Zeit mit mir zusammen zu sein, konnte sie mir nicht mehr in die Augen sehen. Hinter ihren Äußerungen mir gegenüber, wie freundlich oder harmlos sie auch gewesen sein mochten, lauerte stets die bittere Kälte des Winters.

»Als ich älter wurde, versuchte ich stets, es ihr recht zu machen. Ich bildete mir ein, wenn ich gut wäre – ein richtig guter Mensch –, dass sie mir dann vergeben müsse. Also gehörte ich in der Schule zu den Besten, ging jeden Morgen vor dem Unterricht in die Kirche und betete, bis meine Knie wund waren. Ich las in der Bibel, wurde Messdiener, erledigte alle meine Aufgaben ohne Widerrede. Nie vergriff ich mich ihr gegenüber im Ton oder benahm mich daneben – ich versuchte in jeglicher Hinsicht perfekt zu sein. Doch je mehr ich mich bemühte, so zumindest der Anschein, desto mehr entfernte sie sich von mir, bis ich irgendwann begriff, dass ich ihr etwas Kostbares genommen hatte, wofür es keinen Ersatz gab. Es gibt eben Dinge, die werden einem nicht vergeben, so sehr man sich auch darum bemüht.«

Ich beugte mich hinunter und schnürte meine Sneakers auf, streifte sie ab und stellte sie akkurat nebeneinander halb unter das Bett, dann lehnte ich mich wieder zurück, stützte mich auf meinen Ellbogen ab und lauschte dem Gezänk der Grillen im Hof.

»Weißt du, ich habe gedacht, es wäre schlimmer, hier zu sein. Früher war es immer anstrengend, das Hiersein. Aber jetzt ... ich glaube, die Zeit heilt alle Wunden, denn ich habe kein schlechtes Gefühl mehr dabei. Und was Ted betrifft, ich fühle mich seinetwegen nicht einmal mehr schuldig.«

Dominique stand auf, ging zum Bücherbord und nahm das Foto seiner Mannschaft aus der Little League in die Hand.

»Der Dritte von rechts, oberste Reihe«, sagte ich, ohne auf das Foto blicken zu müssen.

»Er ist niedlich«, sagte sie. »Man sieht da bereits, dass aus ihm ein attraktiver Mann geworden wäre.«

Ich lag auf dem Bett, die Hände hinter dem Kopf, als es erst leise klopfte und dann meine Mutter den Kopf zur Tür hineinsteckte.

»James? Mir kam es so vor, als würdest du mit jemand reden.«

Dominique stand mitten im Zimmer, genau zwischen meiner Mutter und mir.

»Nein. Ich habe nur laut nachgedacht«, sagte ich.

»Du solltest wirklich versuchen, etwas zu schlafen. Du siehst müde aus.«

»Mach ich.«

XVIII

»Ich werde morgen abreisen, Ma.«

»Ach, James, kannst du nicht ein paar Tage länger bleiben?«

»Nein, es geht nicht. Ich möchte das Seminar keine weitere Woche aussetzen, das Semester ist bald vorbei. Dad wird wieder gesund, er macht von Tag zu Tag mehr Fortschritte. Morgen Nachmittag um drei geht ein Flug. Ich habe bereits gebucht.«

Sie sah enttäuscht zur Seite, unternahm aber keinen weiteren Versuch, mich umzustimmen. Wir saßen auf der Veranda und blickten in den trostlosen, nackten Himmel

– die Straßenbeleuchtung hatte das Licht der Sterne schier verschlungen. Als unsere kleine Unterhaltung beendet war, gab es nichts mehr, was wir einander hätten sagen können, also saßen wir schweigend da, jeder versunken in den eigenen Gedanken, wie zwei Fremde an einer Bushaltestelle. Grillen zirpten im Unkraut neben den Stufen. Aus dem Gras erhoben sich die Mücken wie auferstandene Seelen. Ein verbeulter weißer Kombi rumpelte vorbei, die Scheinwerfer ausgeschaltet. Meine Mutter beobachtete die Abgaswolke, die er hinter sich herzog. Ich betrachtete das Gesicht meiner Mutter, die vollen Augenbrauen, ihre Adlernase, die grünen Augen, die auf einen weit entfernten, sinistren Ort gerichtet waren, und ich fragte mich, woran sie denke, ob sie immer noch an ihn denke. In mir begann es zu rumoren, meine lebenslangen Fragen machten sich bemerkbar, und vielleicht, so ging es mir durch den Kopf, können wir heute Abend darüber sprechen wie zwei Erwachsene, die inzwischen eine große Distanz zueinander entwickelt hatten. Meine Kehle wurde trocken und ich fing an zu schwitzen, suchte nach den passenden Worten für den Einstieg, denn wäre der Anfang gemacht, sprudelte der Rest von allein. Doch dieser erste Satz, diese schwer zu formulierenden Worte, lagen wie mühsam zu formender Ton auf meiner Zunge. Ich konnte unseren stillschweigend geschlossenen Pakt nicht aufkündigen. Also saß ich da, fühlte mich hohl und unbedeutend. Die Luft begann zu flirren wie auf einem Highway in der Wüste und aus dem Dunkel schälte sich ein Bild von mir, mein Alter Ego. Es stand vor ihr, war nicht nervös oder schwitzte so wie ich, war selbstbewusst und entschlossen, nahm keine Notiz von mir, betrachtete mich als nicht existent. Dann begann es zu sprechen:

»Ma, es gibt ein paar Fragen, die ich dir stellen möchte. Ich weiß, du würdest sie lieber nicht hören, aber es sind Fragen, die mich schon lange umtreiben. Und ich werde diese Fragen stellen, ob du willst oder nicht.« Meine Mutter wischte eine Mücke von ihrem Arm, sich seiner Gegenwart nicht bewusst, mein Alter Ego aber wandte den Blick nicht von ihr. Ich saß da wie gebannt.

»Ma, ich frage mich, warum du uns solche Angst einjagen musstest? Hast du wirklich geglaubt, das wäre die richtige Methode, uns zu erziehen? Ich frage mich, ob du ihn jemals – vielleicht auch nur indirekt – bereut hast, diesen Terror, den du inszeniert hast und der zu alldem geführt hat. Ich habe auch Fragen, was dieses Zimmer betrifft! Warum hast du mich gezwungen, so zu leben, in diesem Reliquienschrein!? Um seine Sachen zu sehen, egal wohin ich blickte, und ständig daran erinnert zu werden? Als könnte ich es jemals vergessen. War dir nicht klar, was es mit mir gemacht hat? War es dir egal? Ich frage mich, ob du mir noch immer die Schuld gibst. Ich muss es wissen. Es würde nichts ändern, aber ich muss es wissen. Und wenn du mir nicht die Schuld gibst, warum das alles? Warum war es nicht möglich, darüber zu sprechen?! Warum diese Kluft zwischen uns?! Warum, Ma?! Sag es mir. Jetzt! In mir hat sich zu viel angestaut, zu viel, um es länger zu verdrängen. Viel zu verlieren habe ich nicht, denn nie habe ich mich weniger als dein Sohn gefühlt als heute Abend. Wenn ich es doch nur verstehen könnte.« Dieser letzte Satz war nur mehr noch ein Flüstern und mein Alter Ego wich zurück, Tränen in den Augen und Bestürzung im Gesicht und es waren meine Tränen, meine Bestürzung, so viel erkannte ich. Dann war es verschwunden. Wie Rauch.

»Ma?« Sie sah die Straße hinunter. Doch als sich unsere Blicke trafen, nahm ich es wahr, nahm wahr, dass dieser Ausdruck unbeugsamer Strenge in den geröteten Augen, der Ausdruck störrischer Entschlossenheit, die diese Frau zusammenhielt wie ein stählernes Band, den müden, gebrochenen Blick eines Menschen verbargen, der noch immer trauerte. Und die Worte, die ich sagen wollte, waren weg, hinweggespült von meinen Lippen in einer Welle der Frustration. Meine Mutter sah mich an, wartete darauf, dass ich fortfuhr.

»Ich denke, ich gehe jetzt ins Bett. Bis morgen und schlaf gut.«

»Gute Nacht, James.«

Oben, im Zimmer, sah ich vom Fenster aus in den Hof. Selbst im Dunkeln konnte ich erkennen, wie sehr das Gras von Unkraut überwuchert war, wie stark der Geräteschuppen sich zur Seite neigte. Ich fragte mich, ob ihr Monster jetzt darin hause, nachdem ich mein Zimmer von ihm gereinigt hatte. Mir fiel wieder ein, wie ich als Junge im Hof gestanden hatte, mit abgeschnittenen Jeans und Baseballkappe, den Blick nach oben, zu diesem Fenster gerichtet, neben mir mein Vater mit den Angelruten in der Hand. Wir waren gerade vom Fischen zurückgekommen, vom Willow River Pond, wo wir zwei Welse und einen Aal gefangen hatten, waren im Begriff, ins Haus zu gehen, als ich sie in meinem Zimmer mit jemand sprechen hörte. Sie klang fröhlich und munter, lachte auf eine Art, wie ich sie nicht mehr lachen gehört hatte, seit ... »Mit wem spricht sie?«, fragte ich meinen Vater, doch er schüttelte nur den Kopf, legte mir die Hand auf die Schulter und gemeinsam betraten wir das

Haus von der anderen Seite.

Ich riss mich vom Fenster los, mein Magen hüpfte in Erwartung dessen, was eventuell möglich war. Ich ging zur Kommode und nahm sein Football-Trikot heraus, Nummer 15. Die Grasflecken am Ellbogen war immer noch zu erkennen. Ich hielt es in den Händen und roch daran, atmete den muffigen Geruch ein, der sich mit dem Zitronenduft des Waschmittels vermischt hatte. Warum es mir nicht früher in den Sinn gekommen war, vermochte ich nicht zu sagen. Auf einmal erschien es so plausibel, wie ein Gen, das man in der Familie weitergab. Ich sah hinüber zu seinem Bett, stellte mir vor, er säße dort. Wie an dem Tag, als er mir nach Rückkehr von der Notaufnahme die sieben Stiche präsentiert hatte, die er einer zerbrochenen 7-UP-Flasche zu verdanken hatte, die jemand auf das Kickballfeld geworfen hatte. Oder er am Schreibtisch, dabei, die Seiten eines 57er Chevys aus Plastik mit Abziehbildern von Rennsymbolen zu verschönern.

Leise rief ich seinen Namen. »Ted? Bist du hier? Erscheinst du ihr? Als ihre ganz eigene Dominique? Wenn es so ist, dann komm heraus. Bitte, Ted. Ich muss es wissen, Ted.«

»Reiß dich am Riemen!«, fuhr sie mich an. Sie stand am Fenster und ihre Worte prasselten auf mich wie eine Ladung spitzer Steine. »Du hast doch schon mit mir genug.«

»Ich weiß«, sagte ich niedergeschlagen. »Ich habe nur gedacht – «

»Ja, sicher doch!«

Ich legte das Trikot zurück und schloss die Schublade. Sie stolzierte durchs Zimmer und schmollte. Ihre Augen blitzten mich an, sie hatte wieder eine ihrer Launen.

»Mir ist langweilig. Lass uns was unternehmen. Irgendwohin gehen.«

»Es ist spät. Ich möchte schlafen.«

»Na los! Oder ist das hier ein Altersheim? Die Nacht ist noch jung. Als ich noch am Leben war, ging die Party bei mir nicht vor zwei Uhr morgens ab.«

»Bitte, Dominique! Warum benimmst du dich so?«

»Weil ich es gründlich satt habe, in der Danny Thomas Show zu leben!«

»Du warst nicht mal auf der Welt, als diese Show im Fernsehen gezeigt wurde.«

»Man sollte Gott gerade für die kleinen Dinge dankbar sein«, murmelte sie. Sie kniff die Augen zusammen. »Weißt du, ich wünschte, es würde dir gelingen, ihn herbeizuzitieren, deinen Bruder. Mit ihm hätte man sicherlich an einem Abend mehr Spaß als mit dir im ganzen Leben. Ich würde ihm schon zeigen, wie man sich amüsiert.«

»Sei still, Dominique. Er gehört meiner Mutter.«

»Die Psychose liegt also in der Familie?!«

»Sei still!«

»Wer erscheint denn deinem Vater, Humphrey Bogart?!«

»Sei verdammt noch mal endlich still!« Ich fuhr herum, mit erhobener Faust. In Dominiques Augen funkelte die Empörung, sie reckte das Kinn nach vorn, wollte mich offenkundig provozieren, sie zu schlagen. Mein Magen zog sich zusammen, als wäre er voller Klebstoff; mir wurde übel und ich war mir nicht sicher, was ich tun sollte oder wozu ich möglicherweise fähig war.

Ich zog mich aus, legte meine Kleidung säuberlich auf

den Stuhl und schlüpfte unter die Bettdecke, schloss die Augen und hörte, wie sie auf und ab ging.

Nach einer Weile lag ich noch immer wach. Sie stand mit dem Rücken zum Fenster, an die Fensterbank gelehnt, die Arme schlaff an den Seiten. Ein Windstoß blähte die dünnen, weißen Vorhänge auf und es sah aus, als verleihe er ihr so ein Paar Flügel. Es war still. Die einzigen Geräusche drangen vom Hof herauf, Insekten und raschelndes totes Laub.

Dominique starrte hinunter auf ihre Füße, wirkte abwesend und auch sehr traurig.

»Dominique, war es falsch, dich zu erschaffen? Bedauerst du, dass ich dich ins Leben zurückgeholt habe?«

Sie rührte sich nicht, nur ihr Brustkorb hob und senkte sich.

»Ich muss es wissen. War es ein Fehler? Leidest du darunter? Sag es mir.«

Sie sah mich an. Der Glanz ihrer Augen war erloschen, nie zuvor hatte ich sie derart melancholisch erlebt.

»Ich weiß es nicht«, ihre Stimme war kaum mehr als ein Wispern, »ich weiß gar nichts mehr, James. Weiß nicht, was ich bin und was ich fühle. Ich bin leer. Einfach nur leer. Ob ich leide? Keine Ahnung, was das ist. Ich jedenfalls bin nichts. Nur ein Gespenst. Etwas, was du erschaffen hast, damit es dir Gesellschaft leistet, damit du nicht allein bist. Von daher ist es wirklich amüsant, wenn du mich fragst, wie ich mich fühle. Wie soll ich mich denn fühlen?«

»Ich möchte, dass du glücklich bist.«

»Wie könnte ich glücklich sein?«

»Ich habe versucht, dich glücklich zu machen. Ich habe meinen ganzen Willen eingesetzt, damit du es bist.«

»Aber du selbst weißt nicht einmal, was es heißt, glücklich zu sein. Wann warst du jemals glücklich?«

»Jetzt bin ich glücklich, Dominique! Ich bin nie glücklicher gewesen.«

Um ihre Lippen spielte ein schwaches Lächeln. »Schlaf jetzt, James. Du bist müde.« Sie drehte sich um und blickte hinaus auf den Hof, als die Vorhänge sich erneut blähten und sie völlig verschluckten. Als sie in ihre alte Position zurückgefunden hatten, war Dominique verschwunden. An ihre Stelle war das Hämmern in meinem Kopf getreten. Ich schloss die Augen.

XIX

Ich wusste es in dem Moment, als ich das Schlafzimmer betrat.

Die Kleiderbügel waren nach rechts verschoben. Man hatte auch die Kleidungsstücke in den Schubladen angefasst und anschließend nicht richtig zusammengelegt! Ich inspizierte die anderen Räume, wollte sehen, ob etwas fehlte. Es schien alles vorhanden zu sein, nur standen die Gegenstände nicht mehr exakt an Ort und Stelle. Selbst im Arzneischrank wiesen drei Flaschen mit ihrem Etikett nach Norden. Die Wohnung kam mir plötzlich schmutzig vor, geschändet: Jemand hatte ihr Gewalt angetan.

Ich ging ins Wohnzimmer und nahm das Bücherregal in Augenschein. Vielleicht war es besser, nichts anzufassen. Vielleicht konnte ich Fingerabdrücke sicherstellen. Verdammt! Ich hatte bereits das meiste berührt. Ich holte das Aspirin aus meinem Koffer und warf eine Handvoll ein. Als ich Schritte über meinem Kopf hörte, war es, als läutete eine Glocke in meinen Ohren Sturm.

Ich rief nach Dominique.

Oben wanderten Connors Schritte von einem Teil der Wohnung in den anderen, hin und her, hin und her. Ich hastete zur Wohnungstür – womöglich hatte sich jemand am Schloss zu schaffen gemacht. Nichts. Die Sicherheitsschlösser an den Fenstern waren allesamt verriegelt. Also besaß er einen Schlüssel! Mein Blick ging an die Decke, meine Augen folgten seinen Schritten, vom Holzboden zum Teppich, vom Holzboden zum Teppich ... was nur konnte er gefunden haben? Hier gab es nichts, was mich belasten könnte.

»Dominique!«

Ich stürzte in die Küche und durchsuchte den Schrank unter der Spüle. Sie lagen noch dort, unberührt, auf dem obersten hatte sich ein wenig Staub abgesetzt. Ich wischte ihn mit einem trockenen Tuch ab, legte die Fotos zurück und ging ins Wohnzimmer. Ich musste nachdenken. Was hatte er gehofft, hier zu finden? Hatte ich etwas vergessen? Vielleicht hatten die Bullen ihn gebeten, herumzuschnüffeln, weil sie keinen Durchsuchungsbefehl bekommen konnten. Die Luft in meinen Lungen wurde dünn, meine Kehle schnürte sich zu und ich fing an, unkontrolliert zu zittern.

»Schon gut, entspann dich«, sagte sie hinter mir und der Knoten in meinem Magen lockerte sich. »Lass uns kurz nachdenken. Es ist nichts verschwunden, stimmt's?«

»Soweit ich es beurteilen kann, nein.«

»Gut, damit sind Einbrecher schon mal außen vor.«

»Einbrecher?! Er war es! Ganz bestimmt.«

»Immer langsam! Ich will nur nichts übersehen. Hier ist doch nichts, was er hätte finden können, oder?«

»Nein. Sie hat alles mitgenommen.«

Dominique stand da und nagte an ihrem Daumen. Ich setzte mich auf die Couch und hörte, wie er über mir auf und ab ging. Ganz allmählich entwickelte sich die Flamme der Demütigung in meinem Innern zu einem lodernden Brand der Raserei: Ich wollte ihn verletzen. Nein, ich wollte ihn töten.

»Einen Moment«, sagte sie und löschte das Feuer.

»Bevor du dich selbst völlig verrückt machst – frag dich erst mal, weshalb du so überzeugt davon bist, dass er es war.«

»Die Art, wie er mich anschaut. Das ist nicht normal. Er hat irgendeinen Verdacht.«

»Das Pulver hat er nicht gerade erfunden.«

»Und was war an dem Tag, als der Detective hier gewesen ist? John Connor hat oben auf dem Treppenabsatz gestanden und uns beobachtet.«

»Immerhin wohnt er hier.«

»Ich sage dir, er war's.«

»Ich will nur verhindern, dass du etwas Blödes machst.«

»Hey, und das aus deinem Munde, nicht schlecht.«

»Nur zu«, fuhr sie mich an. »Aber von mir aus erstick an deiner Paranoia.«

Über mir ging John Connor Richtung Wohnungstür. Ich sprintete zu meiner und lauschte, wie er die Stufen hinunterstapfte, ging zum Fenster und linste vorsichtig durch die Gardine. Wie zufällig kam er unter meinem Fenster vorbei, die Lippen gespitzt, als würde er vor sich hin pfeifen.

»Er hat gerade das Haus verlassen«, rief ich ins Schlafzimmer, aber niemand antwortete mir.

Ich ging hinaus auf die Vordertreppe und blickte die Straße hinunter. Nirgends eine Spur von John Connor.

Ich stand vor seiner Wohnungstür und spähte durchs Schlüsselloch, doch ich sah nur Staub. Ich versuchte, das Schloss mit einem Schraubenzieher zu knacken, aber er brach mir ab. Die Tür eintreten, so wie ich es in unzähligen Krimis gesehen hatte, erschien mir für den Anlass durchaus angemessen. Doch nachdem ich mich von der Stärke des Holzes überzeugt hatte, entschied ich mich dagegen.

Ich eilte hinunter zu meinem Wagen und holte ein Brecheisen. Ein Mann verfolgte interessiert, wie sein Hund das Bein an einem Hydranten hob, also tat ich so, als überprüfe ich meinen Hinterreifen, bis der Typ endlich von dannen schlenderte.

Wieder oben im ersten Stock, schob ich das Brecheisen in den Spalt zwischen Schloss und Türrahmen, bewegte es hin und her, mit aller Kraft, bis das Holz nachgab, knackte und die Tür aufsprang.

Siebenunddreißig Sekunden verharrte ich reglos, lauschte auf die Stille draußen vor dem Haus. Womöglich ein Trick, also rannte ich die Treppe hinunter und stellte mich auf die Stufen vor dem Haus, so, als würde ich ganz nebenbei ein wenig Luft schnappen. Die Straße war menschenleer und ich ging wieder hinein.

Vorsichtig betrat ich die Wohnung. Anders als in meinem Apartment waren hier Küche und Wohnzimmer miteinander verbunden. Es roch penetrant nach altem Fett. Auf dem Herd stand eine Pfanne, darin eine Anzahl vergammelter Pommes frites mit Grünstich. In der Spüle stapelte sich schmutziges Geschirr. Das Rätsel um die Kakerlaken im Treppenhaus war somit ganz nebenbei gelöst. Die Schubladen quollen über von Papier, Briefumschlägen, darunter Vertragsformulare, blanko und versehen mit seinem Namen: John Connor, Bauunternehmer.

Im Schlafzimmer dann durchsuchte ich die Schubladen der Kommode, stieß in der obersten auf die Unterwäsche seiner Frau. Sie schien die Vorliebe für pastellfarbene Wäsche aus Baumwolle mit Karen zu teilen. In den beiden Schubladen darunter befanden sich karierte Arbeitshemden aus Flanell, mehr als nachlässig zusammengelegt, Socken, die nicht zueinander passten und ohne erkennbare Ordnung kreuz und quer lagen, und zwei Paar zerknitterter Jeans. Ich warf einen Blick unter das Bett, auf mehrere verschnürte Packen Playboy-Hefte. Im Schrank hingen diverse alte Anzüge, unten standen drei Paar brauner Lederschuhe der Marke Florsheim. Ich klopfte die Wände ab, hoffte auf irgendwelche Geheimverstecke. Zurück im Wohnzimmer, sann ich darüber nach, wo ich als Nächstes suchen könne, als mir ein durchdringendes Trillern, das wie das Gezwitscher eines exotischen afrikanischen Vogels klang, durch Mark und Bein ging und mich vor Schreck fast ins Koma schickte. Das Telefon stand in der Küche, auf einer niedrigen Säule. Ich war schon versucht, die Flucht zu ergreifen, diesen ganzen Irrsinn hinter mir zu lassen und Zuflucht in den heiligen Hallen meiner Wohnung zu suchen, als die Neugier Oberhand gewann. Nach dem siebenten schmerzhaften Läuten hob ich den Hörer an mein Ohr.

»Hallo, John? ... Hallo, John? Bist du da?«

Ich erkannte die Stimme seiner Frau Camille. Ich drückte auf die Gabel und ließ den Hörer neben dem Apparat liegen. Mein Blick irrlichterte umher, ich hatte keine Ahnung, wo ich noch suchen sollte.

Im Arzneischrank im Badezimmer präsentierte sich mir

ein buntes Durcheinander aus Flaschen, Tuben, Dosen, einiges lag sogar auf der Seite; niemals würde er bemerken, wenn jemand sie berührt hätte. Ich wagte einen Blick hinter den Duschvorhang und war schockiert, in der Wanne sieben Holzlatten, eine Kreissäge und eine Schachtel Nägel vorzufinden. Wie nur badete dieser Mensch?

Ich nahm das Brecheisen vom Tisch und war im Begriff zu gehen, als unten die Haustür geöffnet wurde. Ich stellte mich hinter die Tür, das Brecheisen fest in der Hand. Er hatte den ersten Treppenabsatz erreicht und blieb stehen. Ein dünnes Rinnsal Schweiß kitzelte meine Wange. Wusste er, dass ich da war? Konnte er meine Anwesenheit spüren? Er ging weiter, Stufe für Stufe, sein Schritt war unregelmäßig, stockend, als hätte er ein lahmes Bein. Wieder blieb er stehen, hatte vermutlich seinen Treppenabsatz erreicht und musste inzwischen die Beschädigung an der Tür entdeckt haben. Ich hielt den Atem an, wünschte, ich könnte mich unsichtbar machen, wünschte, ich wäre überall, nur nicht hier. Vielleicht sollte ich ihm erzählen, dass ich ein Geräusch gehört hätte und nach oben gegangen sei, um nachzusehen? Der Türknauf drehte sich, die Tür schwang auf und John Connor streckte den Kopf hinein.

Ich rannte hinunter in die Wohnung, schlug die Tür hinter mir zu. Das Hemd klebte mir am Körper, ich japste, war völlig außer Atem und rief ihren Namen.

Noch mal, nur lauter jetzt.

»Was?«, schrie sie zurück. Sie stand am Fenster.

»Was soll ich bloß machen?«

»Hast du ihn umgebracht?«

»Keine Ahnung. Ich habe versucht, nicht zu hart zuzuschlagen.« Dominique warf einen skeptischen Blick auf das Brecheisen in meiner Hand.

»Was soll ich tun?«

»Aha, jetzt also willst du meinen Rat? Vorhin hast du nichts drauf gegeben.«

»Entschuldige, ich habe vorhin etwas neben mir gestanden.«

»Verstehe ... und wo stehst du jetzt?«

Über uns regte sich etwas. Der Boden knarrte, John Connor hatte sich offenbar hochgerafft, denn er ging jetzt durch die Wohnung.

»Gott sei Dank«, seufzte ich erleichtert.

»Der Schuss hätte nach hinten losgehen können. Und du hast in seiner Wohnung nicht mal was gefunden.«

»Ich weiß.«

»Du kannst nur hoffen, dass er dich nicht gesehen hat.«

»Hat er nicht. Ich hab ihn von hinten erwischt.« Dominique sah auf das Brecheisen in meiner Hand, und beim Anblick des blutigen Haarbüschels an seinem Ende verzog sie das Gesicht. »Besser, du lässt es verschwinden. Mach es sauber und wirf es aus dem Fenster.«

Ich reinigte es unter fließendem Wasser und trocknete es mit einem dicken Baumwollhandtuch ab. Als es draußen endgültig dunkel geworden war, warf ich es so weit wie möglich aus dem Fenster.

Rote Lichter huschten über die Wände des Apartments. Vor der Haustür stand ein Streifenwagen und zwei junge Cops bewegten sich auf das Haus zu. John Connor ging ihnen entgegen. Ich lauschte an der Tür, nachdem die drei das Haus betreten hatten, konnte jedoch nicht verstehen, was sie sagten. Sie gingen nach oben. Dominique stand am Fenster und blickte auf die Bucht hinaus.

Ich war eine gefühlte Ewigkeit durchs Zimmer marschiert, bis sie endlich wieder herunterkamen. Ich drehte mich um zu Dominique und sie sah mich eindringlich an. »Du hast gerade ein wenig geschlafen, als dich ein Geräusch aufgeweckt hat. Jemand ist die Treppe hinuntergerannt. Allerdings waren sie weg, als du es endlich zur Tür geschafft hast. Du hast nichts gesehen.«

»Danke, das klingt echt gut«, sagte ich. Sie sah wieder aus dem Fenster. Es klopfte an der Tür. Ich strich mir das Haar zurück, zog mein Hemd zurecht und öffnete.

»Hallo, meine Herren! Ist irgendwas passiert? John!? Was ist denn mit Ihnen los?« Er hielt ein schmutziges Geschirrtuch oben gegen seinen Kopf gepresst.

»Bei mir wurde eingebrochen, James. Als ich nach Hause kam, habe ich sie wohl überrascht und eins über den Schädel bekommen. Haben Sie heute Abend jemand im Haus gesehen?«

»Mein Gott, das ist ja unglaublich! Nein, John, ich bin erst vor ein paar Stunden nach Hause gekommen, habe meine Tasche ausgepackt und ein Nickerchen gemacht.«

»Entschuldigen Sie, Sir«, sagte einer der Cops höflich; er war noch jünger als sein Kollege und hielt einen Notizblock in der Hand. »Haben Sie vorhin etwas Ungewöhnliches bemerkt? Geräusche? Unruhe?«

»Nein, eigentlich nicht. Wie gesagt, ich habe geschlafen. Aber etwas habe ich doch mitbekommen: Es waren Schritte, glaube ich zumindest. Ich habe kurz die Augen aufgemacht, dann war es wieder still und ich habe weitergeschlafen.«

»Was genau haben Sie gehört, Sir?«

Ich gab mich ganz konzentriert, während ich meine Antwort formulierte: »Tut mir leid, so genau kann ich es nicht sagen. Es könnte sich um Schritte gehandelt haben, schnelle Schritte, als ob jemand rennt. Aber ich bin wirklich sehr müde gewesen.«

»Und Sie waren weg?«

»Ja, eine Woche. Ich war bei meinen Eltern. Mein Vater hatte einen Schlaganfall.«

»Oh, ich hoffe, es geht ihm wieder gut«, sagte John, der noch immer das inzwischen dunkelrot verfärbte Geschirrtuch gegen seinen Kopf presste.

»Ja, es geht ihm besser. Danke der Nachfrage, John.«

Der zweite Cop schien allmählich gelangweilt von diesem Gespräch. »Wahrscheinlich wussten sie, dass hier unten keiner war, und wollten einbrechen«, sagt er. »Und als sie mitbekommen haben, dass doch jemand da war, sind sie eine Etage höher eingestiegen.«

Sein Kollege nickte, und selbst John Connor schien es zu überzeugen, allerdings zuckte er sofort zusammen, als er etwas mühsam mit dem Kopf nickte. Ich muss gestehen, dass ich einen Anflug von Scham empfand, als ich ihn so sah – es schien einfach absurd, ihm zu unterstellen, er hätte in meinem Apartment herumgeschnüffelt. Für dergleichen war er schlicht zu einfach gestrickt.

»Kommen Sie«, sagte der Jüngere der beiden Cops. »Wir bringen Sie ins Krankenhaus, damit das geröntgt wird. Vielleicht haben Sie sogar eine Gehirnerschütterung.«

»Würden Sie bitte die Haustür hinter uns abschließen, James? Meine Tür ist kaputt, sie schließt nicht mehr.«

»Natürlich, John, kein Problem. Tut mir leid, dass ich nicht mehr tun konnte.« Als sie zur Tür gingen, fragte der Gelangweilte: »Haben Sie verdächtige Gestalten in der Nähe des Hauses gesehen, Mr. Connor? Leute, die auf der Straße herumlungerten?«

Ein Baseballschläger hätte mich nicht härter treffen können als Johns Antwort. »Nein, niemanden. Nur dieses Mädchen, das sich um James' Wohnung gekümmert hat, während er weg war.«

Der jüngere Cop wandte sich nochmals an mich. »Vielleicht hat sie ja etwas gesehen?«, fragte er.

»Also, ähm, ja, ich habe zwei meiner Studentinnen gebeten, mal nach dem Rechten zu schauen. Wie hat sie denn ausgesehen, John?«

»Sie war etwa zwanzig, zweiundzwanzig. Hatte das Haar hochgesteckt und trug eine Brille. War so eine von der stabileren Sorte.«

Verdammt, er beschrieb Debbie.

»Ah ja«, sagte ich gelassen. »Das ist Janice Page. Ich sehe sie morgen im Seminar. Ich werde sie fragen, ob ihr merkwürdige Gestalten aufgefallen sind, als sie hier war. Wenn ja, sag ich ihr Bescheid, dass sie sich bei Ihnen melden soll.«

»Danke«, sagte der Gelangweilte, sein Partner klappte den Notizblock zu und alle drei verließen sie das Haus.

Debbie!, schoss es mir durch den Kopf. Irgendwie musste sie an den Schlüssel gekommen sein. Natürlich, von Karen! Was mache ich jetzt nur?

»Nichts! Sie hat nichts gefunden. Willst du jetzt jedem, den du kennst, eins überziehen?! Tausch das Schloss morgen aus und vergiss die Sache.« Sie verschränkte die Arme und drehte sich wieder zum Fenster.

»Und wenn sie wiederkommt, was dann?«

»Das wird sie nicht.«

»Wie kommst du darauf?«
»Wenn sie klug ist, hat sie Angst vor dir.«
»Das denkst du also?«
»Ja, denn wer hätte das nicht?«
Am nächsten Nachmittag ließ ich das Schloss an meiner Tür auswechseln, genau wie John Connor, der das Gleiche machte.

XX

»Es tut mir leid, dass das Seminar eine Woche ausfallen musste ... obwohl, Ihren Gesichtern entnehme ich, dass Sie das keineswegs gestört hat. Mein Vater war sehr krank, aber inzwischen geht es ihm besser und es sieht so aus, als wenn er bald wieder auf dem Damm ist.«

Alle Studenten applaudierten verhalten.

»Was den Schein am Semesterende betrifft, das ja bekanntlich vor der Tür steht, möchte ich, dass jeder seine fertigen Fotografien einreicht, kein Work in progress. Ist das klar? Sie haben jede Menge Zeit gehabt, Ihre Aufgaben zu erledigen, also los, ab in die Dunkelkammer, Endspurt.«

Einer nach dem anderen verschwand hinter dem Vorhang, einige blieben noch zurück, um mir Fragen zu stellen. Die Brünette mit den unspektakulären Augen bat mich um Hilfe, also half ich ihr, den Projektor des Vergrößeres zu verstellen, bemüht, auf Distanz zu bleiben und nicht den Duft ihres Parfums einzuatmen.

Nach dem Seminar ging ich in mein Büro. Studenten, die Unterschriften für die Kurse im Herbst benötigten, bevölkerten die Flure wie Geier. Obwohl ich kein Studienberater war, zeichnete ich alles ab, was mir vor die Nase gehalten wurde, egal ob ich sie oder ihn kannte. Brauchten sie eine Unterschrift, unterschrieb ich, und zwar so unleserlich, dass kein Bürokrat es je hätte entziffern können.

Ich unterzeichnete gerade das Formular eines Studenten der Philosophie, als ich sie an der Tür vorbeigehen sah. Ich sprang hoch von meinem Stuhl und lief hinaus in den Gang.

»Susan!«

Sie drehte sich um, und als sie mich erkannte, lächelte sie und kam zurück. Sie steckte in ausgewaschenen Jeans und einem Hemd aus gestreiftem Jeansstoff, trug das Haar offen und in der Mitte gescheitelt. Verdammt, sie sah um Jahre jünger aus als im Beerdigungsinstitut.

»Entschuldigung, ich wollte Ihnen nicht so hinterherbrüllen. Ich bin nur überrascht, Sie hier zu sehen.«

»Hallo, James. Ich habe mich schon gefragt, ob ich Sie hier treffen würde.«

»Wie geht es Ihnen?«

»Danke, gut. Und Ihnen?«

»Oh, alles bestens. Und was treibt Sie hierher?«

»Ich will mich für September einschreiben und bin auf der Suche nach meinem Studienberater, einen Mr. Gabriel.«

»Gabriel? Nie von ihm gehört. Sind Sie sicher, dass er nicht mehr im Himmel ist?«

Kaum war es über meine Lippen, fühlte ich mich auch schon wie der letzte Idiot. Doch nicht im Geringsten irritiert erwiderte sie: »Das wird es wohl sein. Deshalb kann ich ihn nirgends auftreiben, dabei brauche ich seine Unterschrift.«

»Derzeit sind Studienberater eine gefährdete Spezies.

Die meiste Zeit verstecken sie sich im Schrank. Aber kommen Sie, ich regel das.« Ich nahm sie am Arm, brachte sie in mein Büro und bat sie, Platz zu nehmen. Als ich ihr Formular studierte, fiel mir auf, dass mein Fotoseminar nicht aufgeführt war.

»Ich wollte Ihr Seminar belegen«, sagte sie etwas schüchtern, »aber ich konnte es in meinem Stundenplan nicht unterbringen.«

»Das ist schon okay. Sie können es im nächsten Frühjahr belegen.« Ich hakte ihre Seminare ab und zeichnete gegen. »Jetzt sind Sie offiziell immatrikuliert. Ab mit dem Formular in die Quästur und das Ganze ist erledigt. War doch halb so schlimm, oder?«

»Können Sie deswegen Ärger bekommen?«, fragte sie.

»Nun, möglich wär's.«

Sie kicherte.

»Im Grunde bin ich froh, dass Sie mein Seminar nicht belegt haben. Dann sieht es nicht nach Bevorzugung aus, wenn wir jetzt etwas essen gehen. Die Cafeteria ist im Nachbargebäude. Was meinen Sie? Haben Sie Hunger?«

»Okay. Und Sie zeigen mir alles.«

»Abgemacht.«

Wir hatten gerade den Flur betreten, als mir jemand von hinten auf die Schulter tippte.

»Entschuldigung, Professor Gianello?«

Ich drehte mich um. »Gianelli. Meine Name ist Gianelli.«

»'tschuldigung.«

Vor mir stand ein schlaksiger Jugendlicher, die Lider schwer, das Haar strähnig, und der schmutzigen Kleidung, die um seinen Körper schlackerte, entströmte der unverwechselbare, abgestandene Geruch von Marihuana.

»Billy Wilkerson, richtig? Fotografie 101, vor zwei Semestern.«

»Ja, genau. Sie haben ein echt gutes Gedächtnis.«

»Sie haben Aktfotos von Ihrer Schwester gemacht.«

»Bingo! Hab die Bestnote knapp verfehlt. Meine Schwester war echt enttäuscht.«

»Was kann ich für Sie tun, Billy?«

»Äh, ja, könnten Sie meinen Wisch unterschreiben? Ich kann meinen Studienberater nicht finden.«

»Na klar.«

»Aktfotos von seiner Schwester?«, fragte Susan, nachdem ich Billys Formular unterschrieben hatte und er im Schlurfschritt wieder abgezogen war.

»Nun, soweit ich weiß, stammt Wilkerson aus dem Süden.«

»Er hatte keinen Südstaatenakzent.«

»South Brunswick, meine ich.« Susan grinste.

In der Cafeteria unterschrieb ich weitere Studienformulare, dann setzten wir uns an einen der hinteren Tische in der Nähe des Fensters. Susan saß da, die Hände gefaltet, und schlürfte ihre Limo durch einen Strohhalm.

»Ich möchte mich für die Worte bedanken, die Sie an diesem Abend gefunden haben«, sagte sie. »Sie ahnen nicht, wie wichtig das für mich gewesen ist. Ich habe mich so viel besser gefühlt danach und zwei Tage nur geweint.«

»Das hört sich aber nicht so an, als hätten Sie sich gut gefühlt.«

»Doch. Ich musste weinen. Ich war so wütend auf sie, weil, sie hat uns so viel zugemutet, dass ich das Gute völlig verdrängt habe. Als Sie es dann angesprochen haben, ist mit einem Mal alles wieder hochgekommen. Sie haben sie vielleicht nicht lange gekannt, dafür aber haben Sie sie gut gekannt. Wie auch immer, das soll jetzt nicht makaber klingen, aber Sie sollen wissen, wie viel mir das bedeutet hat.«

»Das freut mich, dass ich helfen konnte. Es ist schmerzlich einen Bruder oder eine Schwester zu verlieren.«

»Haben Sie Geschwister?«

»Nein. Aber ich kann mir vorstellen, dass es ein unersetzlicher Verlust ist.«

»Inzwischen können wir besser damit umgehen. Und ... nun ja, que sera, sera. Das Leben geht weiter.«

»Das haben Sie verdammt recht«, sagte ich. Um das Thema zu wechseln, nahm ich ihr Formular in die Hand. »Mir ist aufgefallen, dass Sie sich im Hauptfach auf Geisteswissenschaften konzentrieren.«

»Ja, ich bin mir noch nicht sicher, was ich als Hauptfach wählen soll. Ich habe mir überlegt, ich schau mir einiges an, mal sehen, was mir so liegt.«

»Erst mal feststellen, welche Temperatur das Wasser hat, bevor man hineinspringt, was?«

»Ja, so in etwa«, erwiderte sie und lächelte. »Ich würde, glaube ich, ganz gern mit Jugendlichen arbeiten. Mit Jugendlichen, die Probleme haben, verstehen Sie. Ich denke, ich könnte da was bewegen.«

»Dann haben Sie sich genau den richtigen Ort ausgesucht. Auf diesem Campus wimmelt es nur so von jungen Leuten mit Problemen.« Sie lächelte höflich und zog an ihrem Strohhalm. »Nein, im Ernst, ich wette, das ist Ihr Ding. Sie machen den Eindruck, als ob Ihnen die Menschen am Herzen liegen.«

»Andererseits lese ich gern. Vielleicht sollte ich Literatur im Hauptfach belegen.«

»Hm! Dazu kann ich nichts sagen. Doch Sie entsprechen nicht gerade dem Typ gelehrter Bücherwurm.«

»Ach? Und welchem Typ entspreche ich?«

»Nun, äh, sagen wir mal, Sie sehen aus wie .... ja, wie jemand, der sich gern draußen aufhält. Der Camping mag, gern reitet oder Kanu fährt. Ja, genau. Irgendwas draußen.«

Sie grinste und sagte: »Ich hasse Camping, hab nie auf einem Pferd gesessen und bin auch nie Kanu gefahren.«

»Na sag ich doch, Bücher! Sollte Ihr Hauptfach werden.«

Sie knabberte am Ende ihres Strohhalms und sah hinüber zu einer Gruppe footballverrückter Deppen, die sich am Nebentisch ankläfften wie Hunde.

»Und was lesen Sie gern?«, fragte ich und sicherte mir wieder ihre volle Aufmerksamkeit. »Es gibt nicht mehr viele, die heutzutage noch lesen. Das Fernsehen ist an die Stelle von Büchern getreten.«

»Ich kann nicht viel anfangen mit dem, was im Fernsehen so läuft. Mit dem meisten zumindest. Ich lese gern Krimis. Gruselgeschichten. Stephen King gefällt mir sehr.«

»Ich bin mir nicht sicher, ob man das, was er schreibt, als Literatur bezeichnen kann. Okay, er ist nicht schlecht, aber was er so fabriziert, ist ziemlich kommerzielles Zeug, finden Sie nicht?

»Und was haben Sie von ihm gelesen?«, fragte sie und ihr Blick hatte etwas Herausforderndes.

»Verstehen Sie mich nicht falsch, er ist kein schlechter Autor, er ist einfach nur ... ach, was soll ich sagen?«

»Also ich bin nun auch nicht die Literaturwissenschaftlerin. Was weiß ich schon.«

»Haben Sie die Klassiker gelesen?«

»Sie meinen Shakespeare, Hawthorne, Proust?«

»Nein, ich meine Archie, Superman, die Fantastischen Vier!«

»Verstehe. Vermutlich weiß ich mehr, als mir klar ist«, sagte sie mit einem Lächeln.

»Wie alt sind Sie, Susan, wenn ich mir die Frage gestatten darf?«

»Achtzehn. Ich werde im Oktober neunzehn.«

»Sie sehen älter aus. Ich dachte, Sie wären so Anfang, Mitte zwanzig.«

»Wie alt sind Sie?«

»Sechsundzwanzig.«

»Für einen Collegeprofessor ganz schön jung. Wie lange unterrichten Sie schon?«

»Vier Jahre. Ich habe gleich nach dem Bachelor damit begonnen. Meinen Master habe ich zwei Jahre später gemacht.«

»Sie müssen ein guter Dozent sein. Man merkt das, weil die Studenten Sie mögen.«

»Weil ich jung bin, betrachten sie mich nicht als ihren Feind. Bis sie am Ende des Semesters ihre Benotung bekommen.«

Sie lächelte und ich hatte plötzlich das Gefühl leichter Trunkenheit.

»Ich möchte nicht aufdringlich erscheinen, Susan, aber hat Ihnen schon mal jemand gesagt, dass Sie unglaubliche Augen haben? Ich habe noch nie so tiefbraune Augen gesehen.«

»Danke.« Sie wurde rot. »Das haben Sie sicher auch meiner Schwester gesagt.«

Ich spürte von innen einen Schlag gegen meine Brust. Susan beugte sich nach vorn. »Was ist?«

»Wie? Oh, äh, nichts.«

»Sie haben eben so bestürzt ausgesehen, was haben Sie?«

»Um ehrlich zu sein, habe ich ihre Augen nie so richtig wahrgenommen, die Farbe, meine ich. Das klingt merkwürdig, ich weiß, aber meine Studenten verbringen die ganze Zeit in der Dunkelkammer und im Dunkeln sehen alle Augen schwarz aus. Manchmal begegnen mir Studenten bei Tageslicht und ich erkenne sie nicht mal.«

Sie ließ es dabei bewenden und ich war froh darüber.

»Was mögen Sie noch außer Stephen King?«

»Kann ich nicht sagen. Eine ganze Menge.«

Sie schlürfte den Rest ihrer Limo und sah hinunter auf den Becher. Mir fiel nichts ein, worüber ich noch hätte mit ihr sprechen können, also schwiegen wir.

»Haben Sie für heute alles erledigen können? Sie brauchten nur die Unterschrift auf dem Formular?«

»Ja, die brauchte ich unbedingt.«

»Ich muss jetzt leider weg. Aber wenn Sie möchten, fahre ich Sie nach Hause.«

»Danke, aber mein Vater holt mich ab. Er müsste in ein paar Minuten da sein.«

Gemeinsam gingen wir zum Haupteingang und warteten dort. Ich wollte sie partout wiedersehen, hielt den Moment jedoch für wenig geeignet, um nach ihrer Telefonnummer zu fragen.

Ihr Vater fuhr vor und ich hatte nicht den Eindruck, dass er mich durch die Windschutzscheibe hindurch wiedererkannte. Susan lief hinüber zum Wagen, drehte sich um und winkte zum Abschied.

»Susan?!«, rief ich. »Ich habe mich sehr gefreut, dass wir uns heute getroffen haben. Sollten Sie irgendetwas brauchen, eine Unterschrift, einen Rat, was auch immer, sprechen Sie mich an, okay?«

Sie lächelte und stieg in den Wagen. Ihr Vater musterte mich misstrauisch, bevor er davonfuhr.

Dominique stand am Fenster, als ich hereinkam, und empfing mich mit einem warmherzigen Lächeln. Falls sie wusste, dass ich Susan getroffen hatte, ließ sie sich nichts anmerken – bis sie neben mir auf der Couch saß und mir direkt in die Augen sah. Ich sprang auf, als hätte mich jemand mit Benzin übergossen und gedroht, mich anzuzünden.

»Was hast du, James? Findest du nicht, dass ich Augen habe, so tiefbraun, wie du es nie zuvor gesehen hast?«

»Herrgott noch mal! Was für ein Wesen bist du? Warum tust du mir das an!? WARUM?!«

»Ich tue gar nichts, James. Du bist der, der die Regeln verletzt.«

»Welche Regeln? Was für verdammte Regeln sollen das sein?«

»Ich weiß nicht so recht. Ich vermute, sie entstehen, während wir zusammenleben.«

Ich ging ins Badezimmer, spritzte mir Wasser ins Gesicht und betrachtete mich im Spiegel: Mitgenommen, unnatürlich blass und müde, ich fragte mich, wie lange ich das noch aushalten würde. Ich stand da, ans Handwaschbecken gelehnt, so lange, bis im Wohnzimmer alles leise zu sein schien. Als ich wieder hineinging, saß sie immer noch auf der Couch, die Beine untergeschlagen, und der Blick ihrer funkelnden Augen sprach von Verletzung.

»Jetzt hasst du mich, nicht wahr?«

»Ich hasse dich nicht.«

»Du solltest sehen, wie du mich anschaust. Ist die

Farbe meiner Augen so wichtig?«

Ich erwiderte nichts, sondern starrte nur ihre Augen an.

»Was kümmert's dich, dass ich so ein schreckliches Ungeheuer bin?«

»Ich habe nie gesagt, dass du ein schreckliches Ungeheuer bist.«

»Aber du denkst es!«

»Tut mir leid. Du hast mich zu Tode erschreckt. Ich war auf so etwas nicht vorbereitet.«

»Ach? Jetzt bin ich jemand, der andere zu Tode erschreckt! Meinst du, ich weiß nicht, was ich bin? Ich weiß es! Ich bin ein Monster. Dein Produkt. Nur hier zu deinem Vergnügen.«

Ich machte einen Schritt auf sie zu, aber sie bremste mich aus mit ihrem starren Blick, drehte sich um und sah aus dem Fenster. In meinem Kopf begann es zu hämmern, als wäre er randvoll mit LSD. Ich ging ins Badezimmer und schluckte vierzehn Aspirin. Als ich herauskam, war sie verschwunden.

Es war schon sehr spät, als ich von einem harten Donnerschlag erwachte. Ich zog mir die Decke hoch bis zum Kinn und spürte, dass Dominique sich fest an mich schmiegte. Sie fühlte sich kalt an und zitterte, war völlig verängstigt. Der Regen hörte sich an, als würden in der Ferne Feuerwerkskörper explodieren, und als es erneut in den Wolken krachte, bebte sie am ganzen Körper.

»Das ist nur der Donner.«

»Halt mich fest.« Sie weinte. »Ich habe Angst.«

»Ich bin bei dir. Es passiert nichts.«

»Es ist ein Gefühl, als wenn die ganze Welt zusammenstürzt.«

»Ich weiß. Denk nicht drüber nach. Als Kind habe ich in solchen Nächten bei jedem Donnerschlag gedacht, ich würde in Millionen Stücke zerspringen. Ich konnte meine Knochen spüren, wie sie unter den Vibrationen anfingen zu zittern. Ich lag da, die Augen fest zusammengekniffen, steif wie ein Brett, und habe mich ganz stark darauf konzentriert, heil zu bleiben. Und in einer stürmischen Nacht kam mein Vater herein und erzählte mir, dass der Donner bedeutet, dass die Heiligen im Himmel Bowling spielen. Und ein besonders lautes Krachen bedeutet, dass ein Heiliger einen Strike geworfen hat. Er meinte, ich soll mir die Pins vorstellen, die Bahn, soll mir vorstellen, wie die Kugel durch die Wolken rollt, und er erklärte mir, wie man anhand der Lautstärke des Donners den Punktestand ermitteln kann. Ich habe ihn gefragt, ob Ted schon mal da oben Bowling gespielt hat, und er hat gesagt, ja, eines Nachts hat er gehört, wie Ted ein perfektes Spiel hingelegt hat, und dass immer, wenn jemand im Himmel ein perfektes Spiel hinlegt, der nächste Tag ein wunderschöner, sonniger Tag wird. Und irgendwie hat das auch immer hingehauen.«

Von der Bucht rollte ein Grollen heran. Den Kopf auf meiner Brust, hatte sich Dominique an mich geschmiegt und löste sich in meinen Armen auf wie Nebel.

XXI

Der Brief war während meiner Abwesenheit mit Klebestreifen an der Tür befestigt worden. Er war von Detective Webster und enthielt die Bitte, ihn anzurufen, wenn ich zurückkäme. Ich sah die Zeitungen durch, doch nirgends eine Meldung, dass eine Frauenleiche an die Küste gespült worden sei. Es hätte verdächtig gewirkt, nicht zu reagieren, also rief ich auf dem Revier an.

Natürlich landete ich in der Warteschleife. Etliche Minuten später meldete sich jemand und sagte: »Tut mir leid, er führt gerade eine Ermittlung durch und ist nicht im Hause. Wer spricht denn da?«

»Mein Name ist James Gianelli. Ich habe hier eine Nachricht von ihm. Er bittet um meinen Anruf. Würden Sie ihm ausrichten, dass ich angerufen habe?«

»Gianelli? Mit einem G?«

»Genau.«

»Ich kümmer mich darum, dass er die Nachricht erhält.«

Ich hegte keinerlei Zweifel daran.

»Dominique.«

»Was?«, sagte sie und eine Welle der Erleichterung erfasste mich.

»Nichts. Ich wollte dich nur sehen.«

»Dann sieh genau hin!« Sie drehte sich um die eigene Achse wie ein Model auf dem Laufsteg. »Vorhin war dieser Cop hier und wollte dich sprechen. Glaube kaum, dass er dir die Story abgekauft hat. Für mich irgendwie nachvollziehbar.«

»Wovon sprichst du?«

»Wenn diese Schlampe weiter Ärger macht, dann stopf

ihr doch das Maul, und zwar ein für allemal.«

»Wen meinst du?!«

»Debbie! Wenn sie ihre Busenfreundin unbedingt sehen will, solltest du's ihr ermöglichen.«

»Vor Kurzem warst du noch dagegen. Was geht nur in deinem Kopf vor, verdammt noch mal?! Ich bin doch kein Killer.«

Kaum hatte ich das Wort ausgesprochen, wollte ich es auch schon zurücknehmen. Sie zwinkerte mir vergnügt zu und dann klingelte das Telefon.

Wer, wenn nicht er.

»Hallo, hier ist Detective Webster vom 231sten. Sie haben um meinen Rückruf gebeten.«

»Ich habe lediglich angerufen, weil Sie in Ihrem Brief darum baten.«

»Ja, ich weiß, Mr. Gianelli. Ich habe noch ein paar Fragen an Sie. Leider ist es uns bisher noch immer nicht gelungen zu ermitteln, wo sich Ms. Phillips aufhält, und ich habe mir gedacht, vielleicht könnten Sie heute Nachmittag vorbeikommen. Es handelt sich nur um ein paar Minuten.«

»Ich glaube das einfach nicht. Hoffentlich ist ihr nichts zugestoßen.«

»Das genau wollen wir ja herausfinden. Passt es Ihnen heute Nachmittag?«

»Ich wüsste nicht, was das bringen soll, Detective. Ich habe Ihnen bereits alles gesagt.«

»Das verstehe ich, aber es handelt sich lediglich um eine Routine.«

»Wäre es möglich, mir die Fragen am Telefon zu stellen?«

»Tut mir leid, doch das ist gegen die Dienstvorschrift.

Ich könnte auch bei Ihnen vorbeischauen ... «

»Nein, nein, nicht nötig. Wenn es so wichtig ist, komme ich natürlich. Aber ich habe wirklich keine Ahnung, was ich Ihnen noch sagen könnte.«

»Danke. Ich weiß das zu schätzen, Mr. Gianelli. Wäre Ihnen drei Uhr recht?«

»Nun ... jetzt ist es halb drei. Wie wäre es mit vier Uhr?«

»Ja, wunderbar. Melden Sie sich bei dem Beamten am Eingang, er zeigt Ihnen dann den Weg in mein Büro. Und nochmals vielen Dank, Mr. Gianelli.«

Verdammt, es nervte, wie er ständig meinen Namen wiederholte, als wollte er mich damit piesacken.

»Plädiere auf unzurechnungsfähig«, sagte sie. »Das nehmen sie dir ab.«

Ich holte tief Luft und zählte bis zehn, bevor ich wieder ausatmete. Siebenmal wiederholte ich diese Prozedur, dann ging ich die Stufen hoch. Es war ein Türknauf aus Messing und er fühlte sich schmierig an in meiner Hand. Ich meldete mich bei besagtem Beamten, der mich zu einem Raum im Erdgeschoss brachte und meinte, Detective Webster werde gleich unten sein. Mitten im Zimmer stand ein langer Tisch, darum gruppiert diverse Holzstühle. Ich setzte mich auf einen wackligen Stuhl und wartete. Die Tür ging auf und Detective Webster kam herein. Er trug denselben grauen Anzug, nur kam er mir jetzt kleiner vor oder Webster war inzwischen gewachsen. Aus Gründen der Höflichkeit erhob ich mich.

»Hallo, Mr. Gianelli, danke, dass Sie gekommen sind.« Er nahm mir gegenüber Platz und zog ein kleines Notizbuch hervor. »Weshalb ich noch einmal mit Ihnen sprechen wollte ... es gibt da ein paar Fragen den Abend betreffend, als Ms. Phillips verschwunden ist. Ich habe einige ihrer Freunde und Dozenten befragt und in diesem Zusammenhang hat sich die eine oder andere Detailfrage ergeben.«

»Natürlich.«

»Sie haben ausgesagt, dass Sie Ms. Phillips beim Beladen ihres Wagens halfen, bevor sie am 7. Juni, einem Dienstag, um neun Uhr abends wegfuhr. Ist das korrekt?«

»Ja, Sir, das ist korrekt.«

»Und der Grund, warum sie so spät fuhr, war ein Problem mit ihrem Wagen.«

»Ja. Ich meine, mich zu erinnern, dass es um eine Verteilerkappe ging.«

»Sie haben gesagt, dass sie dieses Teil nicht früher besorgen konnte. Warum war das so? Handelte es sich um eine gesonderte Bestellung, auf die Ms. Phillips warten musste?«

»Das kann ich wirklich nicht sagen. Mit Autos kenne ich mich überhaupt nicht aus. Ich weiß nur, dass sie das Ersatzteil nicht früher beschaffen konnte.«

»Ich verstehe«, sagte er. »Nun gibt es mit diesem Teil Ihrer Aussage allerdings ein Problem. Ich habe mich in allen hiesigen Läden erkundigt, die Autoersatzteile vertreiben, und nirgendwo existieren entsprechende Unterlagen, noch kann sich jemand an eine Bestellung oder den Verkauf einer Verteilerkappe für dieses Automodell erinnern. Es handelt sich um einen 82er Chevy, einen Kombi, und es hätte eine Verteilerkappe mit der Herstellernummer 779SMX sein müssen. Aber am 7. Juni wurde keine Verteilerkappe dieser Art verkauft oder bestellt. Verstehen Sie das Problem? Haben Sie eine Idee, wo sie sich dieses Teil beschafft haben könnte, wenn nicht in einem Laden für Autoersatzteile?«

»Nein, habe ich nicht. Oder doch ... vielleicht hat sie es von einem Schrottplatz, da gibt es einen an der Carrolton Road. Nicht weit von hier.«

»Ja, ich weiß. Ich habe dort nachgefragt und ebenso bei allen Autoreparaturwerkstätten in der Stadt. Nichts.«

»Wie ich schon sagte, ich verstehe nicht viel von Autos. Ich kann bei meinem eigenen nicht mal einen Ölwechsel vornehmen, woher sollte ich also wissen, wie man an Ersatzteile kommt. Autoersatzteile oder woher man sie bekommt war nie ein Thema zwischen uns.«

Er musterte mich und diesem Blick begegnete ich offen. Er griff in seine Tasche, holte seine Camels hervor, schüttelte eine heraus und zündete sie an. Diesmal bat er mich nicht um Erlaubnis.

»Darf ich Ihnen eine persönliche Frage stellen, Mr. Gianelli? Warum zog sie aus?«

»Nun, wir haben anderthalb Jahre zusammengelebt und uns in dieser Zeit schlicht auseinandergelebt. Die Trennung erfolgte in beiderseitigem Einvernehmen.«

»Können Sie mir erklären, weshalb sie um neun Uhr abends zu einer solch langen Fahrt aufgebrochen ist? Gab es Streit zwischen Ihnen?«

»Nein, keineswegs. Wir haben uns ganz normal verabschiedet. Wir waren nur noch Freunde, waren nicht mehr ... intim miteinander. Ich weiß nicht, warum sie es sich in den Kopf gesetzt hatte, noch am Abend loszufahren. Vielleicht wollte sie den Wagen mit all ihren Sachen einfach nicht auf der Straße stehen lassen.«

»Ah ja. Da kommen wir zur nächsten Frage. Mehrere Nachbarn haben ausgesagt, beobachtet zu haben, wie sie beide den Wagen um die Mittagszeit, zwischen zwölf und zwei, beladen haben. Wieso sollte sie den Wagen beladen, bevor sie das Ersatzteil hatte, das sie brauchte, um losfahren zu können?«

»Keine Ahnung, Detective.«

»Können Sie mir beschreiben, was sie an dem Abend trug, als sie wegfuhr?«

»Lassen Sie mich kurz nachdenken, also ... sie trug Jeans, ein blaues Hemd mit Button-down-Kragen und braune Lederschuhe. Kein Make-up, keinen Schmuck.«

»Lederschuhe, keine Sneakers?« Die Augen in seinem Pokerface saugten sich an meinen fest.

»Ja, Lederschuhe, ganz sicher.«

»Ganz sicher?«

»Ja, ich bin mir völlig sicher. Als wir die Sachen in den Wagen luden, stand sie hinten an der Heckklappe. Ich habe ihr die Kartons gereicht und deutlich ihre Füße gesehen. Es waren braune Wildlederschuhe, die trug sie immer.«

»Besaß sie ein Paar Sneakers?«

»Ja. Mehrere sogar. Ich denke, die waren zusammen mit den anderen Schuhen in einem Karton.«

»Verstehe. Besaß sie einen großen Teppich?«

»Der gehörte uns beiden. Sie mochte ihn mehr als ich, also habe ich ihr den Teppich überlassen. Wir haben alles auf diese Weise unter uns aufgeteilt.«

»Sie nahm also den Teppich mit?«

»Ja.«

»Und hat sie Ihnen dabei geholfen, den Teppich zu verladen?«

»Nun, sie half mir, ihn zur Tür zu bringen, verladen habe ich ihn allein.«

»Warum hat sie Ihnen nicht geholfen, ihn in den Wagen zu legen? Es war doch ein schwerer Teppich, nicht wahr?«

»Ja, und ob. Aber als wir damit an der Tür waren, klingelte plötzlich das Telefon. Karen ging hin, um abzunehmen, doch statt auf sie zu warten, zog ich den Teppich die Treppe hinunter und bis zum Wagen. So schwer war er dann wieder auch nicht.«

»Mit wem sprach sie am Telefon?«

»Ich weiß es nicht, ich habe nicht gefragt.«

»Um welche Uhrzeit verstauten Sie den Teppich im Wagen?«

»Es muss so gegen halb acht gewesen sein.«

»Warum so spät? Das will sich mir nicht erschließen. Warum hat sie ihn nicht bereits am Nachmittag, und zwar zusammen mit den anderen Dingen verladen?«

»Weil sie anfangs glaubte, er würde nicht hineinpassen. Aber nachdem alles eingeladen war, gab es noch genügend Platz ... «

»Sie haben doch eben ausgesagt, dass sie beabsichtigte, ihn auf jeden Fall mitzunehmen. Hätte sie da nicht versucht, ihn zusammen mit all den anderen Sachen zu verladen?«

»Ich kann nur wiederholen: Sie dachte, er würde nicht hineinpassen.«

»Aber überlassen hatten Sie ihr den Teppich schon? Es gab keinen Streit wegen der Besitzverhältnisse?«

»Nein, gab es nicht. Ich mag grundsätzlich keine Teppiche. Ich bevorzuge Holzfußböden. Sie haben mehr Charakter und lassen sich leichter sauber halten. Ihnen haftet der Schmutz viel weniger an als Teppichen.«

Er sah mich an, unsicher, ob ich eine Show abzog oder nicht. Ich setzte mich gerade hin und stützte meine Ellbogen auf den Tisch. Ich hatte genug.

»Wissen Sie, Detective, die Art und Weise Ihrer Befragung macht mich langsam glauben, dass es hier um mehr geht als um ein paar Detailfragen. Ich gewinne allmählich den Eindruck, Sie gehen von einem Verbrechen aus und betrachten mich als den Verdächtigen.«

»Ich erhebe keinerlei Anklagen gegen Sie, Mr. Gianelli. Ich habe nur ein paar Fragen, die ich klären muss.«

»Warum fragen Sie mich dann, ob Karen mir geholfen hat, den Teppich in den Wagen zu laden, wenn Sie genau wissen, dass John Connor mir dabei geholfen hat?! Das verstehe ich nicht.«

»John Connor?« Es klang, als hätte er den Namen nie zuvor gehört.

»Und was immer Ihnen dieses Mädchen, diese Debbie, auch erzählt haben mag, hat sie auch erwähnt, dass sie sich während meiner Abwesenheit unerlaubt Zutritt zu meiner Wohnung verschafft hat?«

»Debbie?«, fragte er, als wäre ihm dieser Name ebenfalls kein Begriff.

»Debbie McDermott, die, die Ihnen all diese Lügen aufgetischt hat.«

»Tut mir leid, ich weiß nicht, wovon Sie sprechen.«

»Sehr gut, Detective. Spielen Sie Ihre Rolle. Ich kenne mich weder mit Angelegenheiten der Polizei aus noch mit Fragen des Gesetzes, aber ich weiß, wenn man mir Fangfragen stellt und von mir erwartet, die Beweggründe zu liefern, weshalb eine Frau etwas tut, dass es Zeit ist, mir einen Anwalt zu nehmen. Ich habe Ihnen alles erzählt, was ich weiß, also, wenn Sie mich das nächste Mal einer Befragung wie dieser hier unterziehen wollen, dann präsentieren Sie mir einen Haftbefehl und ich erscheine hier mit meinem Anwalt. Bei allem zu Gebote stehenden Respekt, wenn Sie keinen Grund vorzuweisen haben, mich hierzubehalten, werde ich jetzt gehen. Guten Tag.«

Ich stand auf und verließ den Raum. Webster machte keine Anstalten, mich aufzuhalten. Auf der Straße klappte ich innerlich zusammen, Selbstsicherheit und Entschlossenheit zerbröselten und kullerten hinunter wie Geröll an einem Berghang. Ich hatte genügend Filme gesehen, um zu wissen, was als Nächstes geschehen würde. Er würde meine Geschichte zerpflücken – entweder ich gestand oder Karens Leiche wurde an die Küste gespült. Andererseits war das Ganze inzwischen zu weit gediehen, um jetzt etwas zuzugeben.

Ich ging die Straße entlang, die parallel zur Bucht verlief, vorbei am Werftgelände, wo Arbeiter aus dem Trockendock einen grellroten Schlepper abspritzten. Solange sie bleibt, wo sie ist, dachte ich, steht mein Wort gegen das der anderen. Ich bin unschuldig, bis meine Schuld bewiesen ist. Doch als ich über die Bucht blickte und ihren desolaten Zustand einfing, die weggeworfenen Zeitungen, das Holz, Flaschen und Autoreifen, all den leblosen, an die Küste gespülten Müll, der sie prägte wie Fingerabdrücke eine Tatwaffe, wurde mir klar, dass es nur eine Frage der Zeit war. Die See weiß, wann es noch eine Aufgabe zu erledigen gilt. Und als jede neue Welle zu einer Warnung wurde, jede Ladung Gischt zu einer Anklage, wusste ich, dass sie zurückkommen würde.

XXII

Der Name Sanders tauchte nur dreimal im Telefonbuch auf, und nach zwei erfolglosen Versuchen nahm ich den dritten und letzten Anlauf.

»Hallo?«, meldete sich eine Frauenstimme.

»Hallo, kann ich vielleicht mit Susan Sanders sprechen?«

»Susan ist nicht da. Wer spricht denn dort, bitte?«

»Oh, äh, Mrs. Sanders?«

»Ja, am Apparat.«

»Hi, mein Name ist Gabriel. Ich bin Susans Studienberater und wollte mit ihr über die Immatrikulation sprechen. Ich habe gesehen, dass sie bereits eingeschrieben ist, will aber nur sichergehen, dass sie die richtigen Seminare in Hinblick auf ihren Abschluss belegt hat.«

»Ach?«

»Ja, ich hatte neulich einen Termin mit ihr, aber mein Zeitplan ist mir durcheinandergeraten. Können Sie mir sagen, wo ich sie erreichen kann?«

»Sie arbeitet. Sie müsste gegen sieben zu Hause sein.«

»Hm! Verstehe. Ob ich sie vielleicht auf der Arbeit anrufen kann? Es wäre nur für eine Minute.«

»Nun, ich ... gut, bleiben Sie dran, ich hole die Nummer.«

Ich stellte den Wagen auf dem Parkplatz ab. Drinnen standen die Leute in drei Schlangen, um zu bestellen. Nachdem ich an den ersten beiden vorbeigegangen war, entdeckte ich sie, wie sie die dritte bediente. Sie trug eine braun karierte Uniform aus Polyester und eine bauschige Kopfbedeckung. Ihr Haar war zu einem Knoten frisiert.

Als ich dran war, um meine Bestellung aufzugeben, schien sie angenehm überrascht.

»James!«

»Arbeiten Sie hier?«

»Ja.«

»Ich komme ständig hierher, habe Sie aber noch nie gesehen.«

»Ich habe Sie auch noch nie gesehen. Um welche Zeit tauchen Sie denn immer auf? Ach, egal! Was kann ich für Sie tun?«

Ich starrte auf die bunte Liste der Menüs, die hinter ihr aufleuchtete wie die Laufschrift für eine Varietéveranstaltung. Ich hatte nie zuvor einen Schritt in diesen Laden gesetzt und war bar jeder Ahnung von dem Angebot.

»Eigentlich möchte ich gar nichts«, gestand ich. Sie runzelte die Stirn. Ich beugte mich über den Tresen und sagte leise: »Hören Sie, das ist kein Zufall. Ich habe gewusst, dass Sie hier arbeiten, und ich ... ich wollte Sie wiedersehen.«

»Was?!«, stieß sie hervor und schielte kurz nach links, zu ihrer Kollegin.

»Ich weiß, das ist unerhört von mir, wir kennen uns kaum, aber ich musste Sie unbedingt wiedersehen. So einfach ist das.«

Sie erwiderte nichts. Mir wurde plötzlich klar, dass hinter mir Leute standen. Ich senkte die Stimme. »Susan, ich dachte, wir könnten uns vielleicht treffen, wenn Sie hier fertig sind. Wenn Sie Lust haben. Uns unterhalten, eine Kleinigkeit essen oder auf eine Tasse Kaffee, vielleicht?»

»Wow! Also, ich weiß nicht recht«, sagte sie; es war ihr sichtlich unangenehm. Der Mann hinter mir linste über meine Schulter. Am Ende der Schlange fing jemand an zu mosern.

»Sie haben absolut recht«, sagte ich. »Das ist weder Ort noch Stunde für so etwas. Es ist mir richtig unangenehm. Keine Ahnung, was mich da geritten hat. Entschuldigen Sie.«

»Ich habe um halb sieben Feierabend. Vielleicht können wir uns dann unterhalten.«

»Halb sieben? Heute Abend?«

»Ja.«

»Okay. Ich warte draußen auf Sie.« Sie nickte mir zu. »Hey, wenn ich schon hier bin, probier ich doch gleich mal eine von diesen Eistüten.«

Um zwanzig nach sechs kam sie heraus. Sie trug Jeans und ein übergroßes Sweatshirt, das jetzt offene Haar fiel ihr bis auf die Schultern und sie hatte eine Baumwolltasche dabei. Ich stieg aus dem Wagen und sie winkte mir zu, bevor sie herüberkam.

»Was ist mit Ihrem Outfit?«

»Meinen Sie, ich würde so was auf der Straße tragen?!«

»Wieso nicht? Sie sehen darin einfach hinreißend aus.«

»Ich sehe darin einfach nur bescheuert aus.«

»Sie könnten niemals bescheuert aussehen, glauben Sie mir«, gab ich zurück und öffnete die Beifahrertür. Nachdem Susan eingestiegen war, fuhr ich los, herunter vom Parkplatz und rechts in die Haney Street.

»Ich weiß nicht, woher ich den Mut genommen habe, da aufzutauchen und Sie anzusprechen«, sagte ich. »Für gewöhnlich bin ich eher der schüchterne Typ, vor allem, wenn ich Menschen nicht näher kenne. Aber bei Ihnen habe ich das Gefühl, wir würden uns schon ewig kennen, als wären wir seit Jahren Freunde.«

»Woher haben Sie gewusst, dass ich hier arbeite?«

»Das ist wahrlich keine Glanzleistung, die ich da abgeliefert habe. Ich habe bei Ihnen zu Hause angerufen und mit Ihrer Mutter gesprochen. Habe mich als Ihr Studienberater, Mr. Gabriel, vorgestellt, der mit Ihnen über Ihre Immatrikulation sprechen muss. Sie hat mir dann die Nummer gegeben.«

»Ja, meine Mutter rief mich deswegen an. Ich fand's etwas merkwürdig.«

»Ich hasse es zu lügen, aber ich habe befürchtet, dass sie mir nicht sagt, wo Sie arbeiten, wenn ich mit der Wahrheit herausrücke.«

»Hätte sie auch nicht. Meine Eltern sind in solchen Dingen sehr konsequent.«

Sie sah aus dem Fenster und der Wind verfing sich in ihrem dunkelblonden Haar. Ihre Stirn war rund und vollkommen glatt.

»Wonach steht Ihnen der Sinn?«, fragte ich. »Haben Sie Hunger? Möchten Sie etwas essen?«

»Nein, nicht nach der Arbeit. Nicht, nachdem fünfhundert fettige Burger durch meine Hände gegangen sind. Wenn ich nur an die ganzen Hamburger denke, die ich inzwischen angefasst habe.«

»Sagen Sie mir Bescheid, wenn ich anhalten soll, damit Sie sich übergeben können.«

»Wollen wir nicht einfach nur so fahren? Ich fahre gerne so herum.«

»In einer bestimmten Ecke oder einfach nur so herumfahren?«

»Einfach nur herumfahren.«

»Okay. Fahren Sie Auto?«

»Ich habe nur die Genehmigung für die Fahrstunden.«

»Wann ist Ihre Führerscheinprüfung?«

»Das dauert. So weit bin ich noch nicht, ich habe zu wenig Praxis.«

Ich fuhr die Albert Street entlang, wo einst ein populärer Fernsehsender, der Heimathafen der Kommunikation, seine Zelte aufgeschlagen hatte, eine ehemals geschäftige Gegend voller Studenten, aber auch Älterer, die Seminare für Fernsehproduktionen belegt und die diversen TV-Shows mit Publikumsbeteiligung gefilmt hatten – Shows über Gartenpflege und Religion, über Kunst und Kunsthandwerk. Jetzt waren die Straßen verwaist und die Gebäude in baufälligem Zustand; eine überdimensionale Satellitenschüssel auf einem Dach war das einzige Überbleibsel der skandalösen Geldverschwendung auf Kosten des Steuerzahlers, die zur Verhaftung und Verurteilung von Stadtrat Donovan geführt hatte, dessen Tochter Elizabeth – eine unscheinbare Brünette mit Hornbrille – eines meiner Seminare besucht hatte.

Die Sonne verschwand allmählich hinter den Baumwipfeln. Ich fuhr an den Straßenrand und hielt an, dabei traf mich Susans ängstlicher Blick.

»Moment, Moment«, sagte ich, »es ist nicht so, wie Sie denken. Sie werden jetzt fahren, das ist alles.«

»Wie?«

»Sie haben gesagt, Ihnen fehlt Praxis. Nun, ich verfüge über einen Führerschein und ein Auto. Wie sollen Sie's denn lernen, wenn nicht mit praktischer Erfahrung?«

»Sie wollen, dass ich Ihren Wagen fahre?«

»Ja, warum nicht?«

»Und wenn ich wo gegen fahre oder jemanden anfahre, was, wenn ... «

»Es ist nur ein Auto. Und hier ist nichts, womit Sie

zusammenstoßen können. Und wenn doch, kriegen wir das auch irgendwie gebacken. Na los, rutschen Sie rüber.«

Ich stieg aus, ging zur Beifahrerseite und sie setzte sich hinter das Steuer.

»Was Sie sich auch vorgestellt haben, weswegen wir hierhergefahren sind«, sagte ich und sah, wie sie rot wurde, »wir verbringen nur ein wenig Zeit miteinander, mehr nicht. Kein Grund, sich irgendwelche Gedanken zu machen, okay?«

»Okay.«

»In Ordnung. Fahren wir.«

Sie legte den ersten Gang ein und der Wagen ruckte los. Als wir das Ruckeln hinter uns hatten, gab ich den Fahrlehrer, nannte sie Ms. Sanders und übte mit ihr alles, was in der Prüfung so verlangt wurde, korrektes Blinken zum Beispiel, wenden, einparken und ich ermahnte sie, stets auf die Fußgänger zu achten. Sie fuhr an den Rand und stellte den Motor aus.

»Nicht schlecht, Ms. Sanders, wenn man bedenkt ... «

»Wenn man was bedenkt?«

»Wenn man bedenkt, dass Sie durchgefallen sind, ohne zuvor einen Meter gefahren zu sein.«

»Durchgefallen? Warum?«

»Sie haben Ihren Sicherheitsgurt nicht angelegt, Susan, und das bedeutet automatisch, dass Sie durchgefallen sind.«

Sie sah auf den Gurt. »Ich war so was von nervös, ich hab's glatt vergessen.«

»Man wird Sie nicht darauf hinweisen, aber wenn Sie nicht als Erstes Ihren Gurt anlegen, lässt man Sie auf der Stelle durchfallen.«

»Weshalb haben Sie mich nicht darauf hingewiesen?«

»Keine Ahnung. Vermutlich bin ich ganz in meiner Rolle aufgegangen.«

»Und wenn ich einen Unfall gebaut hätte?«

»Würden wir heute Krankenhauskost zu uns nehmen.«

Sie grinste.

»Oh Gott, ich komm mir richtig blöd vor.«

»Machen Sie sich keinen Kopf deswegen. Das nächste Mal denken Sie dran, ganz sicher.«

»Sofern es ein nächstes Mal gibt. Ich hätte uns beide auch umbringen können.«

»Das sehe ich etwas anders. Was ist, haben Sie Hunger? Kutschieren Sie uns irgendwohin, wo es was zu essen gibt, okay?«

»Und wohin?«

»Sie sind die Fahrerin.«

»Ich bin für alles offen, solange es keine Hamburger sind.« Sie legte den Sicherheitsgurt an und fuhr los.

Wir saßen in einer der hinteren Nischen und die Kellnerin servierte uns den Kuchen. Susan hatte sich noch nicht beruhigt.

»Alles halb so schlimm, es ist nur eine Delle.«

»Es ist mir so unangenehm, aber ich habe ihn wirklich nicht gesehen.«

»Typisch Hydrant! Die schleichen sich immer an. Vergessen Sie's und essen Sie lieber.«

Susan aß vier Stücke, hintereinander weg. Als sie bemerkte, wie ich auf ihren leeren Teller sah, meinte sie: »Normalerweise bin ich nicht so ein Vielfraß. Ich esse nur viel, wenn ich nervös bin.«

»Warum sind Sie nervös? Meinetwegen?«

»Nein, nicht Ihretwegen.«

»Dann entspannen Sie sich, denken Sie nicht mehr an den Wagen. Ich bin versichert. Hier, nehmen Sie das letzte Stück.«

»Nein, besser nicht. Ich werd sonst noch fett.«

Sie nippte an ihrer Limo und ging die Songliste der Jukebox an unserem Tisch durch.

»Was möchten Sie hören?«

»Nichts. Wollte nur mal sehen, was die hier haben.«

»Welche Musik mögen Sie?«

»Was so im Radio gespielt wird. Rock, Pop. Und Sie?«

»Ruhige Sachen. Wenn ich Musik höre, möchte ich mich entspannen, mich gehen lassen. Was das betrifft, bin ich wohl eher der Langweiler.«

»Ruhige Musik ist schön.«

Die Kellnerin kam an den Tisch. »Wie sieht es aus? Kann ich Ihnen noch was bringen.«

»Nur die Rechnung, bitte«, und als die Kellnerin sie auf den Tisch legte, griff Susan in ihre Tasche und holte ihr Portemonnaie heraus.

»Lassen Sie, ich mach das«, sagte ich.

»Sie haben neulich schon die Limo bezahlt.«

»Na und? Betrachten Sie sich als eingeladen.«

»Jeder zahlt die Hälfte, okay?«

»Kommt überhaupt nicht in Frage.«

Ich war froh, dass sie sich am Ende breitschlagen ließ. Nachdem ich gezahlt hatte, gingen wir hinaus zum Wagen.

»Es ist noch früh am Abend, wir könnten noch was unternehmen«, schlug ich vor.

»Ich sollte jetzt wirklich nach Hause. Ich habe meiner Mutter gesagt, dass ich früh zu Hause bin.«

»Und haben Sie ihr gesagt, was Sie machen?«

»Ja, ausgehen mit einem Freund vom College.«

»Sie bekommen jetzt aber keinen Ärger, oder?«

»Ich habe die Wahrheit gesagt. Ich bin doch mit einem Freund vom College zusammen, nicht wahr?«

»Ja, das sind Sie, und danke, dass wir beide heute Abend etwas unternommen haben.«

»Ich fand's richtig nett.«

»Geht mir genauso. Es fällt mir nicht immer leicht, in Gegenwart anderer entspannt zu sein, aber mit Ihnen ist das anders.«

»Ich habe den Eindruck, dass Sie sehr beliebt sind.«

»Sie meinen am College? Nein, der Schein trügt. Die Studenten glauben, weil ich jünger bin als die anderen Dozenten, macht mich das zu ihrem Freund. Aber das ist nicht der Fall, nicht wirklich ... ich meine, ja, irgendwie schon, aber es ist auch eine Rolle, die ich spielen muss, die des Lehrers. Den Rebellen, der die Regeln bricht, den mögen sie. Aber in Wirklichkeit bin ich gar nicht so cool, habe nicht auf alles eine Antwort. Mitunter weiß ich gar nicht, was ich überhaupt dort mache. Ich stehe vor den Studenten, blicke in die Gesichter und sehe, dass niemand sich die Bohne interessiert, wirklich. Es ist eben nur eine Wahlpflichtveranstaltung, in ihren Augen reine Zeitverschwendung. Ich fühle mich dann so hilflos. Komme mir so ... nutzlos vor. Ich weiß, ich bemitleide mich selbst.«

»Nein, bitte, ich sehe das völlig anders. Sie helfen ihnen, bringen ihnen etwas Interessantes bei, was ihr Leben bereichert, was ihren Horizont erweitert. Einige wissen das zu schätzen, andere nicht. Aber was Sie machen ist wichtig. Ich weiß, dass es auf meine Schwester einen positiven Einfluss hatte. Und was Sie vorhin gesagt haben, dass Sie in meiner Gegenwart entspannt sind ... mir geht es ebenso. Ich halte Sie für einen verständnisvollen, fürsorglichen Menschen. Und deshalb empfinden Sie so. Menschen können einen enttäuschen, im Stich lassen. Und dennoch müssen wir das Risiko eingehen, ihnen zu vertrauen, mit unserem Herzen und unserem Gefühl. Alles andere hieße sich abschotten. Und ich denke, so können Sie nicht leben, genauso wenig wie ich so leben könnte. Ich wusste es bereits, als wir uns zum allerersten Mal begegnet sind.«

Ich sah ihre Augen im Licht der Straßenlaternen, beugte mich vor und küsste sie sanft auf die Lippen. Echte Lippen. Richtige Lippen. Ich hatte schon fast vergessen, wie sich das anfühlte. Sie lächelte und mich überkam Scham, gewaltig, plötzlich, unerklärlich. Ohne nachzudenken, redete ich drauflos, die Worte sprudelten nur so hervor.

»Ich muss dir etwas sagen, Susan. Es fällt mir schwer, es zu erklären, doch wenn ich dir gegenüber nur eine Minute länger unaufrichtig bin, dann war alles, was ich bisher gesagt habe, Müll. Aber das war es nicht, denn ich mag dich sehr.«

»Was meinst du?«

»Ich bin vierunddreißig Jahre alt, Susan, nicht sechsundzwanzig. Ich habe nur behauptet, sechsundzwanzig zu sein, weil ich befürchtete, du würdest niemals mit mir ausgehen, wenn du wüsstest, wie alt ich bin.«

»Ich dachte, wenn wir uns erst einmal kennenlernen, richtig kennenlernen, dann spielt der Altersunterschied keine Rolle. Du wirkst so reif, ich hingegen bin manchmal so unreif, vielleicht gleicht das einander aus, vielleicht treffen wir uns irgendwo in der Mitte. Das klingt verrückt, ich weiß. Genauso weiß ich, wenn ich dich jetzt anlüge, dann ... nein, ich möchte nicht, dass es zwischen uns so ist. Es tut mir leid, dass ich dir anfangs nicht die Wahrheit gesagt habe ... «

Ihr Teint sah mit einem Male fahl aus; vermutlich war sie von der Situation völlig überfordert, hier zu stehen, mit diesem Fremden.

»Ich fahre dich jetzt nach Hause«, sagte ich und machte die Beifahrertür auf. Sie stieg wortlos ein. Sie schwieg auch die ganze Zeit, bis ich in ihre Straße einbog – die Adresse kannte ich schließlich aus dem Telefonbuch.

»Das weiße Haus da vorn«, sagte sie.

Ich hielt vor dem Haus und stellte den Motor ab. Sie starrte durch die Windschutzscheibe, ich auf meinen Fuß, der auf der Bremse stand. Nach siebzehn nicht enden wollenden Sekunden sagte sie: »Irgendwie bin ich sprachlos. Als ob dieser ganze Abend ein Traum gewesen ist, der sich in einen Albtraum verwandelt hat. Was, wenn du mir morgen erklärst, dass du vierzig bist? Wie soll ich wissen, dass nicht noch mehr kommt? Was, wenn ich herausfinde, dass du Frau und Kinder hast?«

Ich schüttelte den Kopf. »Es gibt weder eine Frau noch Kinder. Es gibt niemanden. Es hat nie jemanden gegeben.«

»James, ich weiß nicht, was ich glauben soll. Ja, es stimmt, hätte ich gewusst, wie alt du bist, wäre ich nie mit dir ausgegangen. Und meine Eltern würden es mir nicht gestatten, mich mit dir zu treffen. Das kann man ihnen wohl kaum übel nehmen, oder?«

»Nein, ich würde genauso reagieren.«

Sie seufzte. »Keine Ahnung, was ich jetzt machen soll. Am besten gar nichts. Ich sollte aus diesem Wagen aussteigen, mich nicht umdrehen, vergessen, was geschehen ist. Andererseits wäre das wenig aufrichtig, denn ich mag dich, James. Sehr sogar. Ich wünschte, alles wäre anders.«

»Ich wollte dich einfach nur kennenlernen, Susan. Für diese Möglichkeit hätte ich wohl alles gesagt. Mir ist jetzt klar, wie falsch das war, und ich bereue es zutiefst.«

Sie rührte sich nicht, machte keinerlei Anstalten auszusteigen. Ich spürte den Blick ihrer Augen, er strahlte Wärme aus wie brennende Kerzen in einem kalten Zimmer.

»Meine Eltern dürfen davon nichts erfahren, vorerst zumindest«, ihre Worte klangen wohlüberlegt, besonnen. »Ich werde ihnen erzählen, dass du sechsundzwanzig bist. Sie wissen bereits, dass wir uns auf dem Campus getroffen haben und was du bei der Totenwache gesagt hast. Sie sind also bereits vorgewarnt. Doch wenn du mich wiedersehen willst, musst du zu uns kommen und sie offiziell kennenlernen. Und wenn du geprüft und für gut befunden wurdest, bin ich bereit, im Zweifelsfall zu deinen Gunsten zu entscheiden.«

»Das verstehe ich nicht.«

»Ich bin eben naiv«, sagte sie und fügte streng hinzu: »Solltest du jedoch so etwas jemals wieder abziehen, mir jemals wieder etwas vormachen, ich schwöre, dann war's das. Dann bin ich fertig mit dir. Ich vermute, es hat dich reichlich Überwindung gekostet, mir die Wahrheit zu sagen.«

»Nein. Du hättest es sowieso herausgefunden. Ich habe nie gelogen, was mein Alter betrifft. Es ist allgemein bekannt.«

»Ich bin froh, dass ich es von dir gehört habe. Das bedeutet einen riesengroßen Unterschied.«

»Und es bedeutet, dass ich dich anrufen kann?«

»Wenn du bereit bist, meine Familie kennenzulernen?«

»Ich denke, es wäre nett, deine Familie kennenzulernen.«

»Nun, wenn du das nächste Mal anrufst, dann lade ich dich ein.«

Sie stieg aus dem Wagen, schloss die Beifahrertür und beugte sich durch das offene Fenster. Nur den Hauch eines Lächelns auf dem Gesicht, sagte sie: »Danke für diesen ... interessanten Abend, James. Gute Nacht.«

»Gute Nacht, Susan.« Ich beobachtete, wie sie zur Tür ging und im Haus verschwand.

Ich raste nach Hause, beide Seitenfenster heruntergelassen, sodass der Fahrtwind wie ein Zyklon durch mein Haar fegte. Mein Magen tanzte vor Aufregung, in Erwartung einer Zukunft. Jetzt hatte ich wieder eine Zukunft. Ich würde Dominique erklären, dass ich mich wieder der wirklichen Welt zuwenden, mit echten, lebendigen Wesen zusammen sein wolle, mit Wesen, wie ich selbst eines war. Sie würde sich für mich freuen. Aber auch für sie würde es eine Freude sein. Denn machen wir uns nichts vor, dachte ich, sie ist meiner überdrüssig, seit einer Weile schon mäandern wir nur noch umeinander. Es war vorbei und sie war jetzt frei. Ich dachte daran, was sie über das Glück gesagt hatte, im Haus meiner Mutter, an diesem letzten Abend. Könnte sie mich jetzt nur sehen, sie würde sehen, wie ein glücklicher Mensch aussah.

Als ich zu Hause ankam, fühlte ich mich noch nicht bereit, ihr gegenüberzutreten, also ging ich zur Rückseite des Hauses, um am Strand entlangzuspazieren.

Sie stand da, bis zu den Knöcheln im Wasser und sah hinaus in den Nebel, drehte sich nicht um zu mir. Ich blieb am Strand stehen und rief ihr zu. Als sie sich umdrehte, glänzten ihre Augen wie Chrom.

»Es bleibt in der Familie, was?«

»Dominique, es ist einfach so passiert. Ich habe nichts geplant.«

»Du hast jeden einzelnen Schritt geplant, James, von Anfang an. Dieser ganze Mist über Aufrichtigkeit und Wahrheit, ich dachte, ich muss kotzen!«

»Nein, Dominique, ich habe alles so gemeint, wie ich es gesagt habe.«

»Hast du ihr von Karen erzählt? Weiß sie von mir? Weiß sie, wer du bist?! Was für ein Mensch du bist? Alles, was du ihr erzählt hast, ist eine einzige Lüge! Und was, wenn die Bullen dich wegen Mordes drankriegen, was sagst du dann? Ich glaube kaum, dass meine Eltern das mit Wohlwollen hinnehmen werden. Sie tendieren dazu, einem solche Dinge nachzutragen.«

Verdammt, sie hatte recht. Wie viele Überraschungen glaubte ich eigentlich, Susan zumuten zu können? Der heutige Abend war schlimm genug gewesen. Niemals könnte ich ihr von Karen erzählen. Niemals.

»Genau, das kannst du nicht«, fuhr sie mich an. »Meine Schwester ist fast noch Kind und hat ihr ganzes Leben vor sich. Willst du es ruinieren? Und wenn sie dich verlässt, so wie alle anderen, was machst du dann? Sie erwürgen und ihre Leiche in die Bucht werfen? Das könnte zur schlechten Angewohnheit werden, James. Wie wär's mit einer Rutsche von deinem Fenster direkt zum Wasser? Auf diese Weise könntest du all deine Exfreundinnen problemlos entsorgen.«

»SEI STILL! Mir reicht's. Ich will, dass du aus meinem Leben verschwindest. Aus meinem Kopf!«

»Ich werde bis zum Ende da sein, James. Gewöhn dich daran.« Der Ausdruck in ihren Augen bekräftigte das.

»Hey, was ist da unten los? Alles in Ordnung?«, schrie plötzlich jemand. Es kam von der Straße.

Ich rannte nach Hause und schlug die Tür hinter mir zu. In meinem Kopf brodelte es. So läuft das also, dachte ich, schluckte eine halbe Flasche Aspirin und warf mich auf die Couch, in der Hand einen Eisbeutel für mein Gesicht.

Eine Stunde später war ich vor Schmerzen fast blind. Ich übergab mich im Handwaschbecken und stolperte anschließend nach draußen, zu meinem Wagen.

Mit qualmenden Reifen fuhr ich auf den Parkplatz und stürzte in die Notaufnahme. Der Schwester genügte ein Blick in mein Gesicht, um mich, vorbei an einem Warteraum voller Leute, dem Arzt vorzustellen. Der leuchtete mir in die Augen, sah mir in den Hals, checkte meinen Puls und mein Herz, machte eine Röntgenaufnahme und verordnete schließlich Kodein, das mir umgehend verabreicht wurde – zwei Tabletten, zu schlucken unter seiner Aufsicht. Ich erklärte ihm, es gehe mir schon sehr viel besser, doch er wies die Schwester an, mich für weitere Untersuchungen über Nacht dazubehalten. Doch kaum hatte er den Raum verlassen, stahl ich mich davon.

Im Wagen nahm ich den Rest der Tabletten, insgesamt sechs, und jagte nach Hause, bevor das Kodein zu wirken begann. Als ich den Wagen parkte, sah ich nur noch verschwommen, aber der Schmerz hatte nachgelassen.

Ich ließ mich auf die Couch fallen, stützte den Kopf auf den Kissen ab, kaum fähig, meine Augen zu öffnen, als eine Hand meine Stirn berührte.

»Weshalb hast du die ganzen Pillen genommen?«, fragte Dominique leise.

»Weil du mich umbringst, Dominique. Warum tust du das?«

»James, das bin nicht ich. Ich schwöre es. Glaubst du mir?«

Ich nickte schwach. Sie hob meinen Kopf an und strich mir das Haar zurück, das mir in die Augen gefallen war. Ich ließ mich schlaff in ihre Arme sinken.

»James, ich habe versucht, deinen Vorstellungen zu entsprechen, ich habe versucht, dich zu lieben.«

»Ich weiß, Dominique«, lallte ich. »Aber ist es denn so verkehrt, noch mal von vorn anfangen zu wollen? Verkehrt, noch eine Chance zu nutzen? Vielleicht stimmt es, was du vorhin gesagt hast, und es ist ein großer Fehler, sich mit ihr einzulassen, aber ich habe mich in sie verliebt. Und wenn ich meinem Herzen nicht folge, wenn ich diese Chance nicht ergreife, womöglich meine letzte ... «

»Ich weiß«, sagte sie und lächelte schwach. Es war ihr bewusst, zwangsläufig, dass sie starb, dass sie dem Vergessen meines Wahnsinns anheimfallen würde. Ich hörte den Gesang einer Frau, ganz weit entfernt, oder war es eine Heulboje?

XXIII

Am übernächsten Abend war ich bei der Familie zu Gast. Ich trug Hemd und Krawatte, frisch geputzte Schuhe und hatte einen Schokoladenkuchen zum Dessert dabei. Ich drückte auf die Klingel und wartete.

Meine Hände waren feucht und ich wischte sie mir an der Hose ab, als die Tür aufging. Vor mir stand ihre Mutter in einem Kleid mit buntem Blumenmuster und mit einem Lächeln auf den Lippen. Ich sagte höflich »Guten Abend«, sie gab mir die Hand, betrachtete mich von oben bis unten und meinte, sie sei erfreut, mich kennenzulernen. Gut, die erste Runde hatte ich erfolgreich überstanden.

Der Vater saß in einem grünen Sessel mit Kunstlederbezug, rauchte Pfeife und las Zeitung; er trug Hausschuhe aus braunem Wildleder. Als er mich sah, faltete er die Zeitung zusammen und stand auf. Ich sagte hallo und schüttelte ihm die Hand, dann übergab ich seiner Frau den Kuchen. Sie bedankte sich und ging aus dem Zimmer. Nun stand ich dort allein mit ihm, bemüht, einen jugendlichen Eindruck zu machen, während er mich bat, Platz zu nehmen, und mir eröffnete, dass Susan gleich herunterkomme. Er setzte sich wieder in seinen Sessel und musterte mich.

»Susan hat uns bisher recht wenig über Sie erzählt.«

»Ach?«

»Also Sie heißen Gianelli? Italienisch, stimmt's?«

»Ja, das stimmt.«

»Susan hat erzählt, dass Sie ihre Schwester von der Universität kannten?«

»Ja, sie war in einem meiner Seminare.«

»Ich war ziemlich überrascht, das zu hören. Dominique hat gern einen großen Bogen um die Schule gemacht. Tatsache ist, dass Dominique niemals Anstrengungen unternommen hat, an sich zu arbeiten oder im Leben voranzukommen.«

»Nun, mein Seminar ist mehr eine informelle Veranstaltung. Es unterscheidet sich sehr von den wissenschaftlichen Seminaren.«

»Also, Sie unterrichten in Fotografie, nicht wahr?«

»Ja, Sir.«

»Ich habe eine Kamera.«

»Und? Fotografieren Sie oft?«

»Nein. Die Kamera ist kaputt und ich habe sie bisher nicht reparieren lassen. Vielleicht könnten Sie mal einen Blick drauf werfen?«

»Warum nicht. Ich bin zwar jetzt nicht der Techniker, aber anschauen kann ich sie mir durchaus. Ihr Verlust tut mir wirklich sehr leid, Mr. Sanders.«

»Es ist nur eine Kamera.«

»Ich meinte eigentlich Ihre Tochter. Eine schreckliche Tragödie.«

Er erwiderte nichts, zeigte auch keinerlei Gefühlsregung, im Grunde reagierte er überhaupt nicht. Seine Frau kam herein und setzte sich neben mich auf die Couch. Mir fiel auf, dass sie die gleichen Hausschuhe trug wie ihr Mann.

»Susan kommt gleich herunter«, sagte sie, dann lächelte sie mich an.

»Sie sind also Professor an der Universität.«

»Assistenzprofessor, um genau zu sein, Ma'am.«

»Sie sind ziemlich jung für eine solche Position.«

»Ich wurde gleich nach meinem Examen angestellt. Ich hatte Glück, es gab eine freie Stelle und ich war zur rechten Zeit am rechten Ort.«

»Das ist wichtig, zur rechten Zeit am rechten Ort zu sein.«

»Also Sie sind sechsundzwanzig, ja?«, fragte er.

Seine Frau sah ihn an.

»Ja, Sir.«

»Weil Susan erst achtzehn ist.«

»Ja, Sir, ich weiß. Ich muss gestehen, dass ich ganz schön verblüfft gewesen bin, nachdem ich ihr Alter erfahren habe. Sie wirkt so viel älter und reifer.«

Der Mutter schien ich gut zu gefallen. Vermutlich war ich auch besser angezogen als so manch anderer Freund, den sie bisher zu Gast gehabt hatte, und ich sagte genau die richtigen Dinge.

»Haben Sie Familie hier?«, fragte sie.

»Nein. Ich lebe allein hier. Meine Eltern leben in Pittsburgh, da komme ich ursprünglich her.«

»Ach was«, sagte sie und es wurde plötzlich still im Zimmer.

»Also mögen Sie die Pirates?«, fragte er. Alle seine Fragen begannen mit dem Wort also.

»Wie bitte?«

»Die Pirates. Die Pittsburgh Pirates.«

»Oh, Baseball. Nein, das verfolge ich nicht sonderlich.« Verdammt, schoss es mir durch den Kopf, ich hätte sagen sollen, dass ich es tue. Es liegt doch klar auf der Hand, dass er sich für Sport interessiert. Auf der Treppe waren Schritte zu hören und Susan kam herein. Sie trug Cordjeans und eine blaue Satinbluse. Ihr Lächeln neutralisierte ihren Vater buchstäblich. Ich erhob mich.

»Hallo, James. Wie ich sehe, habt ihr euch schon miteinander bekannt gemacht. Wie haben sie dich so behandelt, meine Eltern?«

»Sehr nett.«

»Wie sollen wir unseren Gast denn deiner Meinung nach behandeln?«, fragte ihre Mutter.

»Ach, Mutter, ich habe lediglich einen kleinen Scherz gemacht.« Susan zwängte sich neben mich auf die Couch und zwinkerte mir zu. »Heute Abend gibt es Hühnchen. Magst du Hühnchen, James?«

»Ja, sehr sogar.« Susan sah mir in die Augen und ich hatte Mühe, meine Mimik unter Kontrolle zu halten. Ihr Vater beobachtete uns mit misstrauischer Neugier. Ich blickte zur Seite und zum ersten Mal fiel mir das Wohnzimmer auf. Es war geschmackloses Mobiliar aus den späten Fünfzigern. Ich fühlte mich wie auf einer Zeitreise in meine Kindheit: Beistelltische mit streng geometrisch geformten Ablagen, überdimensionale Tischleuchten, gerahmte Drucke von Teenagern, die mit großen Augen irgendwelche Sportarten betrieben, der Fernseher, eine kompakte Antiquität aus Holz, vermutlich ein Schwarz-Weiß-Gerät, gekrönt von einer Libelle, neben dem Fernseher ein Zeitschriftenständer, voll mit Ausgaben des *Columbia*-Magazins der Knights of Columbus und schließlich an der Wand am anderen Ende des Zimmers ein falscher Kamin.

»Sie haben es sehr nett hier, Mrs. Sanders.«

»Vielen Dank.«

Susan räusperte sich.

»Susan, entschuldige dich.«

»Tut mir leid, James.«

»Ist schon in Ordnung.«

»Wo wohnen Sie, James?«, fragte ihre Mutter.

»In einem Apartment nicht weit von der Universität – eigentlich ist es das Erdgeschoss eines Zweifamilienhauses. Man hat von dort aus einen Blick aufs Meer. Ich kann von meinem Wohnzimmer aus die gesamte Bucht überblicken.«

Susans Mutter wurde blass, zurückgeworfen an einen weit entfernten, geheimen Ort, wo der Schmerz alles war: Luft, Wasser und Boden, an einen Ort, den meine Mutter seit Jahren bewohnte.

Im Zimmer herrschte Grabesstille und ich verbannte alle Gedanken an Dominique aus meinem Bewusstsein.

Susan ergriff die Initiative. »Wollen wir nicht rübergehen?«, sagte sie, »das Essen müsste fertig sein.« Susans

Mutter schlug sich mit beiden Händen auf die Knie und sprang auf.

Der Esstisch war für vier Personen gedeckt. Ich blieb im Türrahmen stehen, bis Susan mir sagte, ich solle ihr gegenüber in der Mitte sitzen, während ihre Eltern jeweils am Ende des Tisches Platz nehmen würden. Sie verschwand mit ihrer Mutter in die Küche und ließ mich mit dem Vater allein. Wir schwiegen uns an, bis Susan und ihre Mutter mit dampfenden Schüsseln und Platten hereinkamen und sie auf den Tisch stellten: Kartoffeln, Mais, gebratenes Huhn, Apfelmus.

»Sind Sie katholisch, James?«

»Ja, Mrs. Sanders. Meine Mutter ist sehr gläubig und hat mich entsprechend erzogen.«

Susans Blick traf mich, als ich das sagte.

»Haben Sie Geschwister?«

»Nein, Ma'am, es gibt nur meine Mutter, meinen Vater und mich. Aber mein Vater ist nicht besonders religiös.«

»Dieses Gefühl kenne ich«, erwiderte sie mit einem beredten Blick auf ihren Mann.

Die Mutter sprach das Gebet, dankte Gott für das Essen, dann nahm Susan meinen Teller und tat Kartoffeln, Mais und Hühnchen darauf, dazu das Apfelmus. Während der Mahlzeit gab es keine Unterhaltung, nur das Geräusch des Bestecks gegen die Teller, gelegentlich unterbrochen von einer Bitte um das Salz. Es war fast ein wenig unheimlich. Zu meiner Linken musterte mich ihr Vater mit Argwohn, zu meiner Rechten lächelte ihre Mutter mir herzlich zu, und mir gegenüber schließlich Susan, die jedes Mal ganz aus dem Häuschen schien, wenn unsere Blicke sich trafen.

Nach dem Essen wollte Susan aufstehen, um ihrer Mutter beim Abräumen zu helfen, doch ihr Vater hielt sie davon ab. »Du bleibst sitzen«, sagte er, »ich werde deiner Mutter zur Hand gehen.«

Susans Mienenspiel entnahm ich, dass es sich hier um eine Premiere handelte. Seinen Teller in der Hand, folgte er seiner Frau in die Küche. Susan beugte sich zu mir über den Tisch und und flüsterte: »Ich glaube, sie mögen dich.«

»Dein Vater wohl eher nicht.«

»Er mag niemanden.«

»Besteht die Chance, dich nach diesem Abend wiederzusehen?«

Sie grinste mich an und sagte: »Bin gleich wieder da. Ich muss mal wohin.«

Ich hörte, wie sich ihre Eltern im gedämpften Ton miteinander unterhielten. Vor meinem geistigen Auge sah ich den Vater, der erklärte, dass er mir nicht über den Weg traue, dass irgendwas nicht stimme mit mir, während die Mutter die Ansicht vertrat, ich machte den Eindruck eines netten Jungen mit perfekten Manieren.

Sie kamen zurück und stellten das Dessert auf den Tisch: Reispudding, verziert mit Rosinen, und meinen Schokoladenkuchen.

»Der Kaffee ist gleich fertig. Wo ist Susan?«

»Oh, sie lässt sich kurz entschuldigen.«

»Trinken Sie Kaffee, James? Ich kann auch Tee machen, wenn Sie möchten.«

»Kaffee wäre perfekt.«

Der Vater setzte sich, als Susan zurückkam.

»Susan, würdest du mir helfen, die Kaffeetassen hereinzubringen?«

»Also«, begann der Vater, nachdem die Frauen das Zimmer verlassen hatten, »Sie und Susan scheinen sich zu mögen.«

»Nun, Sir, wir kennen uns erst seit kurzer Zeit, aber ich mag sie sehr. Wir scheinen viel gemeinsam zu haben.«

»Zum Beispiel?«

Da hatte er mich auf dem linken Fuß erwischt. Ich hatte mir keine Antworten zurechtgelegt, auf die ich zurückgreifen konnte.

»Ja, ähm, wir mögen dieselben Bücher und Schriftsteller. Musik. Eine Menge Dinge.«

»Ich betrachte Susan noch immer als junges Mädchen.«

»Nun, Sir, ich betrachte sie eher als junge Dame.«

Ihre Mutter kam mit der Kaffeekanne herein und stellte sie auf den Tisch.

»Nimmst du den Jungen in die Mangel, Tom?«

»Keineswegs, Marion. Wir unterhalten uns nur.«

Nach dem Kaffee fragte mich Susan, ob ich ihr Zimmer sehen wolle. Ihre Mutter rief uns von der Couch hinterher: »Ich hoffe, es ist aufgeräumt.«

»Aber selbstverständlich, Mutter.«

Doch ihr Zimmer sah aus wie der Schauplatz eines wüsten Verbrechens: Berge von Kleidern auf dem ungemachten Bett, Schuhe, überall auf dem Boden verstreut, reihenweise CDs, die an den Scheuerleisten lehnten, auf dem Stuhl eine Stereoanlage. Die Wände waren gepflastert mit Postern von Sangeskünstlern und Gruppen, deren Namen ich nie im Leben gehört hatte. Ich setzte mich auf ein freies Eckchen der Matratze, Susan lehnte an der Kommode. Draußen im Flur, an der Tür gegenüber, hatte ich ein Poster gesehen: Zum Shoppen geboren.

»Ich habe mir gedacht, dass du vielleicht mal durchatmen willst. Ist ein bisschen wie unter einem Mikroskop da unten, oder?«

»Ganz so arg ist es nicht. Übrigens, du siehst heute wunderschön aus.«

»Danke.«

»Was man von diesem Zimmer allerdings nicht behaupten kann.«

»Es ist eine Schande, ich weiß. Ich bin kein besonders ordentlicher Mensch.«

»Es gibt Schlimmeres.«

Ich stand auf und ging zur Kommode, sah mir die Fotos an, die dort standen. Etliche, die sie als junges Mädchen zeigten, und eines mit ihr im Karate-Anzug.

»Karate?«

»Ich habe den schwarzen Gürtel.«

»Du machst Witze.«

»Nein, echt. Ich trainiere, seit ich vierzehn bin.«

»Kannst du mit den Händen Bretter durchtrennen und mit dem Kopf Ziegelsteine durchstoßen?«

»Ja, aber ich habe es nicht zur Gewohnheit werden lassen.«

»Gut zu wissen.«

Ich stand jetzt dicht bei ihr. »Ich möchte mich für die Einladung bedanken. Es bedeutet mir wirklich sehr viel.«

»Mir bedeutet es auch sehr viel.«

Ich berührte ihr Gesicht und küsste sie auf die Lippen; ihre Zunge schmeckte nach Kaffee und Schokolade.

Wir gingen nach unten zu ihren Eltern und sahen fern – in Farbe! Ich hielt ihre Hand und die Eltern erhoben keinen Einwand. Gegen zehn erklärte ich, dass ich allmählich nach Hause müsse. Ich bedankte mich bei Susans Mutter für das vorzügliche Essen und ich bedankte mich bei ihrem Vater, wofür auch immer. Susan begleitete mich an die Tür.

»Es war nett, Sie kennenzulernen, James«, rief ihre Mutter, als ich hinausging.

»Gute Nacht, Mrs. Sanders.«

Susan kam auf die Veranda und schloss die Tür hinter sich.

»Ich rufe dich morgen an, okay? Wir könnten was unternehmen, ins Kino gehen oder so.« Sie nickte, legte die Arme um mich und wir küssten uns.

»Ich glaube, du hast sie rumgekriegt«, sagte sie, als ich das Apartment betrat.

»Meinst du?«

»Logo. Meine Mutter mag dich.«

»Und dein Vater?«

»Der spielt keine Rolle. Meine Mutter ist die, die man überzeugen muss. Mein Vater konnte keinen unserer Freunde leiden. Wir hätten den Papst mit nach Hause bringen können und er hätte auch an dem was auszusetzen gehabt.«

Ich stand neben ihr am Fenster. »Ich habe die Tür zu deinem Zimmer gesehen. Zum Shoppen geboren?«

Sie lachte und ich küsste sie auf die Wange. Dann gingen wir zu Bett.

XXIV

Ich ging kurz nach draußen, und als ich zurückkam, hörte ich sie flüstern.

»Doch, es stimmt.«

»Das glaube ich nicht.«

»Ich sag ja nur, was ich gehört habe.«

»Wenn's wahr wäre, hätten sie bereits was unternommen.«

»Sie haben noch keinen Beweis, aber alles deutet darauf hin.«

Sie hatten mich nicht bemerkt. Ich stand an der Wand, nahe der ersten Tischreihe mit den Vergrößerungsgeräten, und rührte mich nicht.

»Er war der Letzte, mit dem sie zusammen war, und jetzt wird sie seit Monaten vermisst.«

»Und was beweist das?«

»Eine Menge!«

»Es ist nur eine Frage der Zeit.«

»Ist doch alles nur Hörensagen, ein Gerücht. So etwas würde er niemals tun, da kannst du Gift drauf nehmen.«

»Ach ja? Er hat kein Alibi, niemand hat sie wegfahren sehen, niemand hat etwas von ihr gehört. Sie ist wie vom Erdboden verschluckt. An dem Tag, an dem sie eigentlich ausziehen wollte!?«

»Ich glaube es nicht, er ist so nett.«

»Sei bloß vorsichtig. Nicht dass du mal allein mit ihm bist.«

Verdammt. Wenn vier Studenten darüber sprachen, dann musste der ganze Campus Bescheid wissen. Und alles nur wegen Debbie. Dessen war ich mir sicher.

Ich stahl mich unbemerkt aus dem Raum und bevor

ich ihn wieder betrat, räusperte ich mich. Kaum war ich drinnen, schwiegen alle. Ich glaubte, selbst im Dunkeln die Skepsis auf ihren Gesichtern sehen zu können. Für sie war ich nicht mehr derselbe. Und die Art und Weise, wie sie mich ansprachen, hatte etwas überaus Förmliches. Ich bot der Brünetten mit den unspektakulären Augen meine Hilfe an, doch sie lehnte dankend ab.

Auf meinem Weg durch die Flure hätte ich es am liebsten herausgeschrien: »Was kann einem Unschuldigen schon widerfahren, solange er als unschuldig gilt?!«

Doch genau das war der Punkt. Ich war schuldig und vielleicht sah man es mir an. Vielleicht umgab mich eine Aura der Schuld, die jeder wahrnehmen konnte.

Ich ging in mein Büro und schloss die Tür ab. Ich musste kurz nachdenken.

»Dominique«, rief ich leise. »Dominique!«

Ich war allein.

»Dominique!«

Sie kam verärgert aus dem Schlafzimmer. »Was?«

»Wo bist du gewesen? Warum bist du nicht in meinem Büro erschienen?«

»Ich war shoppen.«

»Das ist nicht witzig. An der Uni macht es die Runde.«

»Und wenn schon.«

»Was soll ich machen? Es geht doch nicht an, dass mich das halbe College des Mordes bezichtigt.«

»Was kümmert's dich, was die reden. Solange sie auf dem Meeresgrund bleibt, kann dir nichts passieren.«

»Darum geht es nicht! Wenn genügend Leute ständig das Gleiche erzählen, dann glaubt es bald jeder. Ich bin Dozent, wenn man mich des Mordes verdächtigt, werden sie mich feuern.«

»Man kann dich nicht wegen eines Gerüchts rausschmeißen. Das hier ist immer noch Amerika«, sagte sie ungehalten. »Du weißt doch, wie die sind, die hängen einem Lehrer gern mal was an. Nach einer Woche hat der Sturm sich gelegt und sie stürzen sich auf den nächsten Skandal.«

»Glaubst du das wirklich?«

»Natürlich. Jetzt setz dich, mach dich mal locker. Meine Güte, dich aus der Fassung zu bringen, ist weiß Gott einfach.«

Ich setzte mich, versuchte, zur Ruhe zu kommen. Sie stand im Türrahmen, ein laszives Lächeln auf dem Gesicht. »Was ist los?«, fragte ich.

»Komm her, ich weiß genau, was du jetzt brauchst.« Sie zog den Stoff von ihren Schultern und ließ ihn zu Boden fallen. Die Wunden waren feucht, feucht wie immer, als würden sie sich niemals schließen.

»Nicht jetzt, Dominique. Ich bin einfach nur durch den Wind.«

»Es wird dir helfen.«

»Ich möchte wirklich nicht.«

»Wie du willst«, sagte sie spitz, hob den Stoff auf und verschwand im Schlafzimmer.

XXV

Die letzten zwei Wochen hatte ich wie in Trance zugebracht. Einerseits die Gerüchte an der Universität, andererseits die Zeit mit Susan, und dazwischen ich, wie in Auflösung begriffen. Jetzt, da es nur noch eine Woche bis zum Ende des Semesters war, versuchte Dominique, mich ständig davon zu überzeugen, dass es vorbei sei mit den Gerüchten, wenn es vorbei sei mit dem Semester. Überzeugen konnte mich das nicht. Wenigstens hatte ich nichts mehr von Detective Webster gehört, ein schwacher Trost.

Den Abend zuvor hatten Susan und ich in einem chinesischen Restaurant gegessen. Als wir dort saßen, bemerkte ich einige bekannte Gesichter vom Campus, niemand aus meinem Seminar, aber Leute, denen ich in den Fluren begegnet war, und ihren Mienen, insbesondere wenn sie Susan ansahen, konnte ich entnehmen, dass alles aus dem Ruder lief. Ich stand kurz davor, aufzustehen und sie zu konfrontieren, diese Studenten, ihnen zu verdeutlichen, wie absurd und verletzend ihr Gerede sei. Wenn ich mich entsprechend verhielte, so dachte ich, im besten Sinne vernünftig, könnte es die Situation vielleicht entschärfen. Aber Dominique riet davon ab. Sie meinte, diese Leute schlicht zu ignorieren sei sinnvoller, als sie durch mein Dementi womöglich noch glaubhafter dastehen zu lassen. Als Beispiel führte sie den *National Enquirer* an: Wenn jemand den *National Enquirer* wegen einer Story verklage, lasse man diese Story noch sechs Monate laufen. Den Dingen ihren Lauf lassen, bis sie sich von selbst erledigt hätten.

Um halb sieben fuhr ich los, um Susan von der Arbeit

abzuholen. Anschließend fuhren wir zu ihr nach Hause, damit sie unter die Dusche springen konnte, bevor wir ausgingen. Sie bestand stets darauf, sich den Geruch nach Hamburgern vom Körper zu schrubben. Mittlerweile war nicht mehr ihr Vater, sondern ich der Chauffeur ihrer Wahl, der sie zur Arbeit fuhr und wieder abholte. Ihre Eltern hatten mich als festen Freund ihrer Tochter akzeptiert.

Während Susan unter der Dusche stand, hielt ich mich in ihrem Zimmer auf. Ich hockte auf dem Bett, die Tür stand auf und ich bemerkte, dass an der Tür gegenüber von Susans Zimmer das besagte Poster entfernt worden war. Ich versuchte, mir vorzustellen, was sich hinter dieser Tür befand. Was würde ich herausfinden, wenn ich dort hineinginge? Die Details, die guten wie die schlechten. Neugierige Erwartung machte mich zittern, sie war zu stark, als dass ich ihr widerstehen konnte.

Ich stand auf und ging hinaus in den Flur. Ich hörte ihre Mutter unten in der Küche, im Badezimmer die Dusche, und ich wusste, Susans alter Herr befand sich noch auf der Arbeit, also drehte ich den Türknauf und schlüpfte hinein.

Die untergehende Sonne tauchte das Zimmer in Zwielicht. Das Bett war gemacht, doch alle Regale waren leer. Auf dem Boden, in Reih und Glied, standen Kartons. Ich ging zur Kommode, öffnete sie. Ich ging zum Kleiderschrank, auch er leer. Die Wände waren kahl, man sah die Umrisse von Postern, die einst dort gehangen hatten. Weiter hinten, in der Ecke, stand ein kleiner Schreibtisch, dem in meinem Zimmer nicht unähnlich. Auch er vollkommen leer. Mir dämmerte, dass das hier den Umgang normaler Menschen mit dem Tod des eigenen Kindes widerspiegelte.

Ich machte einen Karton auf. Er enthielt ihre Kosmetikutensilien und Modeschmuck; darunter lagen mehrere Haarbürsten, einige Dosen Haarspray, Lotionen und ein Set Nagelfeilen. Ich nahm eine Bürste heraus, zupfte an einigen Haaren, die sich dort verfangen hatten, als vom Schreibtisch ein Geräusch herüberdrang. Sie saß dort und bürstete sich das Haar.

»Was machst du hier?«

»Ich wohne hier«, sagte sie, ohne mich anzusehen. »Man sollte meinen, dass hier zumindest mal Staub gewischt wird.«

»Vielleicht tut es ihnen sehr weh, das Zimmer zu betreten.«

»Ich habe es sowieso nie gemocht und nur selten hier geschlafen«, sagte sie und warf mir einen Blick zu.

»Was ist das?«, fragte ich und faltete blaues Seidenpapier in einer Schachtel auseinander. Dominique kam zu mir und verschob die goldenen Anhänger auf meiner Handfläche mit der Fingerspitze.

»Das war mein Lieblingsstück«, sagte sie und nahm einen zierlichen goldenen Blitz hoch.

»Und warum hast du ihn nicht getragen, als du gestorben bist?«

»Ich habe sie nie während der Arbeit getragen. Die Kunden hätten sie mir gestohlen.«

»Das sind Details, die möchte ich gar nicht wissen«, sagte ich und legte die Schmuckstücke zurück in die Schachtel.

»Was machst du hier?«

Susan stand in der Tür, im Bademantel und ein Handtuch um den Kopf geschlungen. Ihr Gesicht war noch ganz feucht und sie sah alles andere als begeistert aus.

»Was machst du hier?«, wiederholte sie, allerdings ärgerlicher diesmal.

»Oh, äh ... mir war ein wenig langweilig, so auf dich zu warten, in deinem Zimmer ... da habe ich mich einfach mal umgeschaut.«

»Machst du das öfter, in anderer Leute Wohnungen herumschnüffeln, meine ich?«

»Ich habe nicht herumgeschnüffelt. Ich war ... ich glaube, ich war ein wenig zu neugierig.«

»Komm schon, raus aus dem Zimmer. Du hast hier wirklich nichts verloren. Mit wem hast du eigentlich gesprochen?«

»Mit niemandem. Ich habe nur laut gedacht. Das mache ich von Zeit zu Zeit.«

Ich setzte mich auf ihr Bett und sie musterte mich im Spiegel.

»Ich hoffe, es war nicht völlig daneben, dass ich da drin war? Mich hat einfach die Neugier gepackt.«

»Du solltest nicht auf eigene Faust durch anderer Leute Häuser wandern. Wartest du bitte unten auf mich, während ich mich zurechtmache?«

»Okay.« Ich ging hinunter ins Wohnzimmer und setzte mich auf die Couch. Siebenundzwanzig Minuten später kam Susan herunter und sagte ihrer Mutter, dass wir auswärts essen würden.

Im Wagen starrte sie nur geradeaus, sah mich nicht einmal von der Seite an.

»Susan, es tut mir leid. Willst du jetzt den ganzen Abend sauer auf mich sein?«

»Du verhältst dich sehr merkwürdig, weißt du das? Die ganze Woche bist du schon so verdreht. Was ist plötzlich in dich gefahren?«

»Ich habe mich in letzter Zeit so unter Druck gefühlt. Keine Ahnung, warum.«

»Meine Mutter hätte sich sehr aufgeregt, wenn sie dich in dem Zimmer erwischt hätte. Jedes Mal, wenn sie da reingeht und Sachen wegbringen will, bricht sie in Tränen aus.«

»Warum bringt ihr, du und dein Vater, die Sachen nicht weg?«

»Weil meine Mutter darauf besteht, es selbst zu machen. Nur konnte sie sich bisher dazu nicht überwinden. Für Eltern ist so etwas schwer. Du hättest da nicht hineingehen dürfen.«

Ich startete den Wagen und fuhr los.

Wir fuhren zu einem italienischen Restaurant und die ganze Zeit über verhielt sie sich merkwürdig, als hätte sie mich satt oder würde mir nicht mehr vertrauen.

»Was ist los, Susan? Du bist heute so anders.«

»Ich möchte nicht darüber reden.«

»Ich finde, wir sollten drüber reden.«

»Ich denke, wir sollten's besser lassen! Ich fühle mich nicht besonders. Würdest du mich jetzt nach Hause fahren?«

»Susan, bitte.«

»Bring mich einfach nur nach Hause.«

»Ich will doch nur darüber reden ... «

»Ich werde meinen Vater anrufen, damit er mich abholt.«

»Also gut, ich bringe dich nach Hause.«

Sie schwieg während der gesamten Fahrt. Als ich in ihre Straße einbog, hielt ich an der Ecke und erntete einen wütenden Blick.

»Ich fahr dich ja nach Hause. Aber erst, wenn du mir

gesagt hast, wo das Problem ist. Ist das so schwer? Ist das zu viel verlangt?«

»Wo das Problem ist?« Ihr Tonfall war scharf. »Okay, du bist das Problem. Du verheimlichst mir was. Das weiß ich.«

Vielleicht sind die Gerüchte bis zu ihr durchgedrungen, dachte ich. Dann legte sie los: »Das war nicht nur Neugierde, weshalb du in das Zimmer gegangen bist. Dein Auftauchen bei der Totenwache, quasi aus dem Nichts, dass du die Farbe ihrer Augen nicht kennst. Einfach ... einfach alles. Es ergibt keinen Sinn für mich. Du verbirgst etwas vor mir, und ich bin es leid, darüber nachzudenken, was es sein könnte.«

Ich suchte fieberhaft nach einer Lösung, um die Sache zu bereinigen. »Du hast recht. Du hast vollkommen recht, es gibt da etwas. Und wenn du es unbedingt wissen musst, weil es so wichtig für dich ist, dann sollst du es auch wissen.« Sie verschränkte die Arme und lehnte sich gegen die Beifahrertür. Mir war klar, das musste jetzt eine Punktlandung werden.

»Erinnerst du dich, als du mich gefragt hast, ob ich Geschwister hätte und ich nein gesagt habe? Das entsprach nicht ganz den Tatsachen. Ich hatte einen Bruder. Einen älteren Bruder, er war drei Jahre älter als ich.«

Ihr Gesichtsausdruck spannte sich an, als würde ihr jemand von hinten die Haut straffen.

»Warte kurz, bevor du dir eine Meinung bildest. Es gibt einen Grund, weshalb ich dir nichts von ihm erzählt habe.«

Ich erzählte ihr von Ted, genauso wie ich es ihrer Schwester erzählt hatte; erzählte alles über den Abstellraum, erzählte, was sich abgespielt und wie ich es aus meinem Bewusstsein verdrängt hatte. Nur war es diesmal wie eine Geschichte, wie etwas, was ich in einer Zeitschrift gelesen hatte. Nackte Fakten, vorgetragen ohne emotionale Beteiligung. Und ich hätte beim besten Willen nicht erklären können, warum das so war. Vielleicht hatte ich mich in dem Moment davon gelöst, als ich Dominique davon berichtet hatte. Ich hatte keine Ahnung. Ich wusste nur, dass ich von der schmerzlichsten Phase in meinem Leben, von meinem Trauma schlechthin, sprach, als läse ich von einem Blatt Papier ab. Am Ende sah ich Susan an und hob an zum großen Schlussakkord.

»So, das war's. Bin ich deshalb ein Spinner? Bin ich ein seltsamer Vogel, weil ich nicht jedem sofort auf die Nase binde, dass ich meinen Bruder erschossen habe, als ich elf war? Ich musste dieses Zimmer sehen! Verstehst du das nicht? Ich musste herausfinden, ob nur meine Familie so damit umgeht oder ob andere es genauso machen. Mein Gott, ich wollte niemanden verletzen, Susan. Es tut mir leid.«

Sie schwieg, doch allein ihr Atmen signalisierte mir ihr Mitgefühl.

»Mir tut es auch leid«, sagte sie. »Es tut mir leid, dass ich solche Dinge zu dir gesagt habe. Aber ich hatte doch keine Ahnung. Du hättest es mir früher erzählen sollen.«

»Ich weiß. Aber es fällt mir schwer, selbst nach all den Jahren ... hast du dich nie gefragt, weshalb ich so gut nachvollziehen konnte, was du durchleben musstest?« Ich holte tief Luft und atmete langsam wieder aus. »Ich bring dich jetzt nach Hause.«

»Nein, warte. Es ist noch früh. Lass uns irgendwohin gehen, okay?«

»Bist du sicher?«

»Ja.«

Ich ließ den Motor an. Als ich losfuhr, sagte sie: »Ist dir eigentlich klar, dass ich noch nie bei dir zu Hause war? Fahren wir doch zu dir.«

Dafür sprach eine ganze Menge, doch ich sagte: »Also ... äh, bei mir herrscht momentan das absolute Chaos. Außerdem wäre ich heute nicht gern zu Hause, wenn es dir nichts ausmacht. Zu mir können wir ein andermal gehen, ja?«

»Okay.«

Ich fuhr zum Quarry Park, einer höher gelegenen Lichtung, von wo aus man die Lichter der Stadt sehen konnte. Wir hielten dort, betrachteten einen Moment versunken das Funkeln vor uns. Ich beugte mich zu Susan und wir küssten uns. Langsam wanderte meine Hand unter ihr T-Shirt und streifte ihren BH. Wir lagen schon halb auf den Vordersitzen und ich spürte den Druck des Lenkrads im Rücken, richtete mich auf, um den Reißverschluss ihrer Hose zu öffnen, als Susan mir zu verstehen gab, aufzuhören.

»Was ist?«

»Nichts. Ich möchte es hier nicht.«

»Wieso nicht?«

»Weil wir in deinem Wagen sind!«

»Okay. Es geschieht nichts, was du nicht willst.«

»Gut. Einfach nur küssen, ja?«

Ich wollte sie gerade küssen, als ich Dominique sah, die draußen stand und auf die Stadt blickte. Sie beachtete uns nicht im Geringsten, sondern starrte nur geradeaus.

»Was hast du?«, fragte Susan.

»Oh, äh, nichts. Ich dachte nur, ich hätte was gesehen.«

Susan setzte sich auf, sah aus dem Fenster, zupfte ihr T-

Shirt zurecht und strich ihre Hosen glatt.

»Ich seh nichts«, sagte sie.

»Da ist auch nichts«, erwiderte ich, während Dominiques weißer Seidenstoff heftig im Wind flatterte. Sie stand kerzengerade da, ihr Profil eben, mit einer Kontur wie in Marmor gemeißelt. Verdammt, sie war so schön!

»Wo schaust du hin?«

»Nirgendwohin. Vielleicht sollten wir jetzt fahren, was meinst du?«

»Wieso? Nur weil ich es nicht in deinem Wagen machen will?«

»Damit hat es absolut nichts zu tun. Es ist spät.«

Es war eine lange und schweigsame Rückfahrt. Susan saß da, den Arm aus dem Fenster, und schmollte. Ich hatte ein schlechtes Gewissen, dachte daran, Schluss zu machen, aber nicht heute Abend. Was konnte sie dafür, dass sie nicht ihre Schwester war?

Ich hielt vor ihrem Haus, mit laufendem Motor.

»Susan, ich möchte mich entschuldigen. Ich weiß nicht, was in letzter Zeit mit mir los ist, ich stehe irgendwie neben mir. Keine Ahnung, wie du das mit mir aushältst ... der Abend heute – «

»Ist schon in Ordnung«, fiel sie mir ins Wort. »Ich verstehe. Ich bin heute ebenfalls nicht in bester Verfassung. Weißt du, ich habe mir überlegt, wir sollten uns eine Weile nicht sehen. Uns eine Atempause gönnen. Das gibt uns die Möglichkeit, uns über ein paar Dinge klar zu werden.«

Etwas packte mich an der Kehle.

»Moment, Susan. Ja, zugegeben, es ist nicht alles perfekt gelaufen, aber ich glaube, wir kriegen das hin. Gemeinsam. Es gibt keinen Grund, dass wir uns trennen.«

»James, du redest, als wären wir verheiratet.«

»Ich weiß, dass wir nicht verheiratet sind. Aber das Problem – wenn es überhaupt eins gibt – bin ich. Nicht wir. Ich bin derjenige, der schwierig ist.«

»James, ich blicke nicht durch bei dir. Da sind einfach zu viele Geheimnisse. Kaum passiert etwas, erfahre ich ein neues. So wie das mit deinem Bruder heute Abend.«

»Ich dachte, ich hätte erklärt, weshalb ich ihn nicht früher erwähnt habe.«

»Ja, das hast du. Aber es geht auch noch um andere Sachen.«

»Welche anderen Sachen?«

»Ich werde das Gefühl nicht los, dass du etwas verbirgst. Warum weichst du immer aus, wenn es darum geht, mir dein Apartment zu zeigen?«

»Darum geht es? Du glaubst, ich hätte eine Frau dort oder eine Freundin? Also los, fahren wir hin!«

Ich langte nach der Gangschaltung, aber sie hielt meinen Arm fest.

»Nein. Ich will nicht in dein Apartment. Ich weiß nur nicht, welche Überraschung als Nächstes auf mich wartet. Und ich habe nicht das Gefühl, dich besser zu kennen als zum Zeitpunkt unserer ersten Begegnung. Wir hatten nicht den besten Start, es lief von Anfang an holperig und ich finde, wir sollten uns eine Weile nicht sehen. Das ist alles.«

Ich sah sie an und wusste, ich würde sie nicht vom Gegenteil überzeugen können.

»Gut, ich habe verstanden. Ich kann's dir auch nicht verdenken.«

»Ich will nur etwas Zeit für mich. Wir waren fast jeden Tag zusammen und ich brauche Zeit, Zeit, um nachzudenken. Sechzehn Jahre bedeuten einen großen Altersunterschied, und vielleicht ist das das Problem.«

Ich begriff überhaupt nicht, was sie meinte. »Gib mir nur ein paar Tage«, sagte sie. »Das ist alles, worum ich dich bitte. Okay?«

»Okay.«

»Ich ruf dich an. Gute Nacht, James«, sagte sie und stieg aus. Ich sah ihr nach, beobachtete zum letzten Mal, wie sie im Haus verschwand, denn ich wusste, ich würde sie nie wiedersehen. Ich fuhr los. Dominique erschien im Rückspiegel. Sie saß auf der Rückbank.

»Ich bin überrascht, dass du es diesmal so geregelt hast.«

»Was meinst du?«

»Warum hast du sie nicht erwürgt?«

»Sei still, Dominique!« Tränen schossen mir in die Augen.

»Ach komm, bitte jetzt nicht die Schleusen öffnen.«

»Es tut so weh. Verdammt weh.«

»Ich weiß, dass es wehtut. Aber ich habe dich gewarnt, James.«

»Und ich habe geglaubt, es würde diesmal anders sein.«

»Ach, James.«

Sie stützte sich mit den Ellbogen auf die Lehne des Beifahrersitzes. »Kopf hoch, du hast immer noch mich«, sagte sie, ihr Gesicht dicht an meinem Ohr. »Ich werde immer da sein, um durch dein Leben zu geistern.«

»Und damit willst du mich aufmuntern?« Ich lachte bitter auf und fuhr mir mit dem Ärmel über das Gesicht.

»Ein paar Monate, bevor man mich umgebracht hat, habe ich diesen Film im Fernsehen gesehen, über einen Professor, der eine Prostituierte engagiert, damit sie mit ihm zusammen ist. Es ist wie bei uns, nur dass du mich nicht bezahlen musst.«

»Ich betrachte dich nicht als Prostituierte, Dominique.«

»Ist ja auch egal. Jedenfalls verfällt der Professor ihr mehr und mehr, ja? Ist so besessen, dass er es ohne sie nicht mehr aushält, es nicht erträgt, sie mit ihren Freiern zu sehen. Also muss er immer mehr Geld für sie lockermachen, Tausende von Dollar, die er bei seiner Arbeit unterschlägt, die er sich von sonst woher holt, nur um mit ihr zusammen zu sein.«

»Diesen Film hast du nie gesehen, Dominique. Ich habe ihn mit Karen gesehen.«

»Und woher weiß ich dann so viel darüber?«

»Du hast ihn aus meinem Kopf.«

»Wann hört das nur auf?«

»Bald. Sehr bald, fürchte ich.«

XXVI

»Hör doch endlich auf, Trübsal zu blasen. Das nervt.« Ich ging in die Küche und dort wartete sie auf mich.

»Bitte, ich möchte mich jetzt nicht mit dir streiten. Ich bin heute nicht in der Stimmung dazu.«

»Dann schlag sie dir endlich aus dem Kopf, sie ist es nicht wert.«

»Ich wünschte, ich könnte mir das mit dir aus dem Kopf schlagen.«

»Ich will ausgehen. Will mich amüsieren.«

»Ich verstehe nicht, warum du dich so verhältst. Was habe ich dir nur getan?«

»Frag lieber, was du nicht getan hast«, herrschte sie mich an und in ihren Augen flammte es auf, als hätte jemand Streichhölzer angezündet. »Bei ihr hieß es immer nur: ›Was möchtest du gerne machen, Susan?

Wohin möchtest du gerne gehen? Alles, was du willst, Susan.‹ Aber was ich will, das kümmert dich einen Scheißdreck.«

»Red nicht wie ein Dockarbeiter.«

»Warum behandelst du mich nicht wie sie? Warum bin ich in deinem Leben nur eine Statistin? Versuch doch mal, einen einzigen Tag ohne mich klarzukommen. Versuch's mal! Ehe du dich versiehst, hast du das nächste arme Ding erwürgt.«

Ich ging ins Wohnzimmer und sie stand am Fenster. »Langsam begreife ich, weshalb es niemand mit dir aushält«, sagte sie. »Ich wäre längst weg, wäre ich nicht an dich gekettet.« Sie berührte ihren Hals mit den Fingerspitzen. »Ob so oder so, ich wäre auf jeden Fall am Strand gelandet, nicht wahr, James?«

Ich saß auf der Couch und blätterte in einem Fotomagazin. Sie streckte den Kopf aus dem Fenster und rief: »Oh Karen! Karen, Liebling! Schwimm einfach weiter, Mädchen. Es ist nicht mehr weit. Wir warten alle auf dich. Besonders die Polizei!«

Mir wurde heiß. Ich flüchtete mich in diese Atemübung, um meinen Herzschlag zu verlangsamen. Doch sie machte weiter: »Du hast eine grandiose Show verpasst. Er hat was mit meiner kleinen Schwester angefangen. Du weißt schon, das Übliche: Lügen, der aufgesetzte Charme, die falsche Bescheidenheit, alles aus der großen Trickkiste, nur dass es diesmal nicht gezogen hat. Sie hat es durchschaut, die kleine Hellseherin, und hat ihn schneller fallen lassen als eine heiße Kartoffel! Und was war er für ein Jammerlappen, hat geweint und geplärrt wie ein Baby. ›Ich habe geglaubt, es würde diesmal anders sein!‹ Du hättest es sehen sollen! Zum Totlachen!«

»In Ordnung, das reicht!« Doch sie warf mir nur einen flüchtigen Blick zu und schrie weiter. Diesmal nach Ted.

Ich schnellte von der Couch und drückte sie gegen die Wand, packte sie blind vor Wut an der Kehle. Mein gesamter Körper wurde zu meiner Faust und ich drückte zu, bis meine Handknöchel knackten. Sie gab keinen Laut von sich, wehrte sich nicht. Sie verharrte reglos, völlig passiv, als wollte sie, dass ich sie umbrachte. Bis ich in ihre Augen sah und dann ihr Lächeln. Ein triumphierendes Lächeln.

Ich ließ ab von ihr, taumelte zurück. An ihrem Hals zeigten sich vier rote Abdrücke und mir lief es eiskalt über den Rücken, als mir bewusst wurde, dass ich mich kein Stück verändert hatte. Ich war nach wie vor das Monster, das ich immer gewesen war.

Im Treppenhaus war ein Geräusch zu hören.

»Du hast Post«, sagte sie, als wäre nichts geschehen.

Als ich mit der Post zurückkam, war Dominique verschwunden. Mehrere Rechnungen, eine Werbung für Toupets und dann noch ein Brief von der Universität.

Sehr geehrter Mr. Gianelli,

wie Ihnen bekannt ist, lag dem wissenschaftlichen Beirat der Fakultät Ihre Bewerbung um eine unbefristete Vollzeitstelle zur Prüfung vor. Leider muss ich Ihnen mitteilen, dass Ihre Bewerbung derzeit nicht berücksichtigt werden kann.

Wir möchten uns an dieser Stelle für die von Ihnen an unserer Universität erbrachten Dienste bedanken. Sollten sich bezüglich der Festanstellungen Änderungen ergeben, werden wir uns mit Ihnen in Verbindung setzen.

Mit freundlichen Grüßen

Margaret Montalski
Stellvertretende Vorsitzende der Studienkommission

Ich las den Brief wieder und wieder, hoffte, ihn falsch verstanden zu haben, vielleicht hatte ich ein Wort oder einen Satz nicht im richtigen Zusammenhang gelesen. Ich konnte es nicht glauben. Wieso tat man mir das an? Meine Seminare waren stets bis auf den letzten Platz belegt, von allen Dozenten am Fachbereich hatte ich die meisten Anmeldungen. Es musste sich um einen Irrtum handeln. Und wer um alles in der Welt war eigentlich diese Frau Montalski? Ich hatte nie zuvor von ihr gehört. Irgendein gesichtsloses Rädchen im Getriebe, das für andere die Drecksarbeit machte. Ich spürte, wie es in meinen Schläfen zu pochen begann.

Ich griff zum Telefon, hämmerte die Nummer der Universität in die Tasten und bat darum, mit Dekan Stetsons Büro verbunden zu werden. Seine Sekretärin legte mich in die Warteschleife. Als sie wieder an den Apparat kam, teilte sie mir mit, dass der Dekan zurzeit leider nicht in seinem Büro sei, ich aber eine Nachricht hinterlassen könne. Ich legte auf und ein leichtes Brennen machte sich in meinem Magen bemerkbar, als hätte ich einen doppelten Whiskey gekippt. Nicht nur dass man mich vor die Tür setzte, auch wie man es tat ... Ich kannte den Dekan recht gut, hatte stets den Eindruck gehabt, er möge mich. Für diese Entscheidung gab es keinen Grund. Ich zerknüllte den Brief und stürmte aus dem Apartment.

Im Laufschritt, wie ein Mitglied einer Bürgerwehr auf

der Suche nach Gerechtigkeit, bewegte ich mich durch die Flure. Zwei Studenten grüßten mich, ich nahm sie gar nicht zur Kenntnis. Ich betrat das Büro des Dekans, ohne zuvor angeklopft zu haben. Seine Sekretärin sah erschrocken hoch.

»Oh, haben Sie einen Termin mit Dekan Stetson?«

»Nein, aber ich muss ihn sprechen. Es ist von außerordentlicher Dringlichkeit. Sagen Sie ihm, James Gianelli sei da.«

Sie rief ihn an, wiederholte die Mitteilung, legte auf und sah mich an. »Er möchte, dass Sie einen Termin vereinbaren. Er hat sehr viel zu tun und kann Sie nicht empfangen. Ich schau mal, wann ein Termin frei wäre ... «

»Überaus nett von Ihnen, aber würden Sie dem Dekan bitte sagen, dass es drängt und ich nicht eher gehen werde, bevor ich mit ihm gesprochen habe. Wenn nötig, warte ich hier den ganzen Tag.« Ich setzte mich in einen der Sessel und verschränkte die Arme. Ihrem Gesichtsausdruck nach zu urteilen war es das erste Mal in ihrer beruflichen Laufbahn, dass ein Dozent einen Dekan zu sprechen wünschte.

Dekan Stetson saß an seinem Schreibtisch, den Telefonhörer in der Hand, als ich eintrat. Er legte auf und erhob sich, um mich zu begrüßen.

»Hallo, James«, sagte er mit seinem forschen Bariton und schüttelte meine Hand. »Bitte, nehmen Sie Platz.« Sein gewelltes, graues Haar und der schimmernde, sonnengebräunte Teint machten ihn glatt zu einer Fehlbesetzung in diesem Büro. Man hätte ihm eher den passionierten Segler abgekauft. »Nun, was scheint denn so dringend? Ist alles in Ordnung?«

»Nein, Herr Dekan«, sagte ich ruhig. »Es ist überhaupt

nichts in Ordnung. Es hat ein Problem mit meiner Festanstellung gegeben. Sie wurde abgelehnt.«

Er sah mich an, als wäre er überrascht, das zu hören.

»Herr Dekan, schon bei unserem allerersten Gespräch haben Sie mir versichert, dass es keine Schwierigkeiten geben werde. Bei allem Respekt, das war einer der Gründe, weswegen ich mich für diese Universität entschieden habe.«

»Ja, ich besinne mich darauf. Aber es gab keine verbindliche Zusage. Sie wissen, wie wenig Festanstellungen es gibt, James, und wir habe viele Bewerber. Wir können nicht jeden berücksichtigen, der sich bewirbt.«

»Das verstehe ich, Herr Dekan, aber Sie haben durchaus den Eindruck vermittelt, als träfe das nicht auf mich zu. Ich denke, ich bin ein guter Dozent gewesen. Mir fällt kein Grund ein, der dagegen spräche, dass ich weiterhin hier unterrichte. Ich glaube, Sie schulden mir eine Erklärung.«

»Ja, Sie sind ein guter Dozent gewesen, die Studenten mögen Sie. Und Sie mögen die Studenten. Einige mehr als andere«, sagte er mit einem Seitenblick, und eine Wolke der Furcht zog in mein Bewusstsein, als mir klar wurde, worauf das Gespräch zusteuerte.

»Darf ich ganz offen zu Ihnen sein, James?«

»Ja, ich bitte sogar darum.«

»Wie gesagt, Sie sind ein guter Dozent gewesen, James. Aber es gibt Dinge, die einen guten Dozenten ausmachen, die nichts mit dem Seminarraum zu tun haben.«

Mein Blick sollte ihm sagen, dass ich nicht wisse, wovon er spreche.

»Es gibt Vorgänge, die sich zwar außerhalb der Universität abspielen, die dennoch in Betracht gezogen werden müssen, wenn es darum geht, wen man auf Dauer behält und wen man gehen lässt.«

»Ja?«

»Es ist kein Geheimnis, dass Sie während Ihrer Zeit bei uns diverse ... Liaisons mit Studentinnen hatten. Einige waren diskret, andere hingegen weniger.«

»Herr Dekan, würden Sie jeden Dozenten entlassen, der sich mit einer Studentin verabredet, wäre die Universität leer. Und wir sprechen hier von erwachsenen Menschen.«

»Ich war noch nicht fertig, also lassen Sie mich bitte ausreden. Ja, das ist nichts, was gegen Gesetze verstößt, dennoch wirft es ganz gewiss einige Fragen ethischer Natur auf. Es mag Studentinnen geben, die den Eindruck haben, es könnte ihnen von Nutzen sein, sich mit ihrem Dozenten ... zu verabreden, um bessere Noten zu bekommen, zum Beispiel.«

Ich wollte ihn unterbrechen, doch er unterband das mit einer Handbewegung. »Doch es geht nicht nur darum. Da ist noch die Sache mit Karen Phillips.«

Ich setzte ein ungläubiges Gesicht auf, aber er fuhr fort. »Es ist kein Geheimnis, dass sie beide zusammengelebt haben, und wenn auch alles, was zwischen Ihnen beiden vorgefallen ist, Ihre Privatangelegenheit ist, so hatten wir doch einen Detective auf dem Campus, der Studenten und Mitglieder über Ms. Phillips' Verschwinden befragt hat. Das hat für einigermaßen Irritation gesorgt. Und wenn ich es recht verstanden habe, so betrachtet die Polizei Sie als einen Verdächtigen.«

»Das ist absurd!«, platzte es aus mir heraus. »Entschuldigen Sie, Herr Dekan, aber das ist es. Ich habe der Polizei alles erzählt, was ich weiß. Es entzieht sich meiner Kenntnis, wo die Frau ist. Und wenn ich wirklich ein

Verdächtiger bin, warum hat man mich dann nicht verhaftet?«

»Wenn ich auch persönlich nicht glaube, dass Sie etwas damit zu tun haben, so ist es doch der Eindruck mangelnder Integrität, der sich aufdrängt. Und als Dozent müssen Sie über jeden Zweifel erhaben sein. Und was diese Angelegenheit betrifft, vermag ich das nicht zu erkennen. Ich verstehe Ihre Gefühle, aber es war ein Fehler, sich überhaupt mit Studentinnen einzulassen, ganz unabhängig von ihrem Alter. Das allein hätte schon ausgereicht, Ihre Bewerbung abzulehnen, aber dazu noch diese andere Geschichte ... ich sehe kein Argument, das Sie noch ins Feld führen könnten. Tatsache ist, ich bin überrascht, dass Sie überhaupt hier sind. Ganz offen gestanden.«

Ich saß da, wie vom Donner gerührt, und es gab nichts mehr zu sagen, denn er hatte recht. »Sie sind nicht gefeuert«, fuhr er fort. »Es gibt keinen Vermerk in Ihren Unterlagen, aber was Ihre Weiterbeschäftigung hier betrifft, es tut mir leid, das ist nicht möglich.«

Er lehnte sich in seinem Ledersessel zurück und sah mich an. Eine Aufforderung an mich, zu gehen. Ich stand auf, als sein Telefon klingelte, verließ sein Büro und fühlte mich sechs Zentimeter groß.

Als ich zum Ausgang eilte, muss der Schock mir vom Gesicht abzulesen gewesen sein, denn drei Studenten gingen mir sofort aus dem Weg. Ich sah sie auf den Stufen zum Eingang, die, die diese ganze Geschichte orchestriert hatte. Sie blickte zur Seite, als ich aus der Tür kam.

»Sind Sie jetzt zufrieden? Sie haben mein Leben zerstört!«

»Wenigstens haben Sie noch eins!«

Eine Gruppe Studenten vor dem Eingang war Zeuge

geworden, einige feixten und unter ihren Blicken ertrank ich fast in einer Welle aus Scham und Erniedrigung. Ich musste weg, ihnen aus den Augen.

Wie betäubt zog ich durch die Straßen, arbeitete mich mühsam voran, ohne Ziel, nur den gewaltigen Berg des Versagens vor Augen, zu dem mein Leben geworden war. Irgendwann fand ich mich an den Docks wieder – das Meer schien mich magisch anzuziehen. Möwen stießen hinab zur Wasseroberfläche, schnappten sich Stücke aus einem im Meer dahintreibenden Kadaver. Der kühle Wind, der durch mein Haar blies und unter mein Hemd griff, brachte wieder Struktur in meine Gedanken und ich malte mir für meine Zukunft ein anderes Szenario aus. Vielleicht war es gar keine schlechte Idee, in eine neue Stadt zu gehen, einen neuen Job anzunehmen, an einer neuen Universität. Dekan Stetson hatte gesagt, es gebe keinen Vermerk in meiner Akte, also war es durchführbar. Ich konnte bis zum Ende des Semesters bleiben, die letzten Benotungen abgeben, anschließend meine Siebensachen packen und dieser elenden, beschissenen Stadt den Rücken kehren. Mit Dominique im Schlepptau war das vielleicht das Beste für alle Beteiligten. Szenenwechsel, und zwar komplett, und natürlich ein Neuanfang für uns, für Dominique und mich.

Ich betrat gerade die Wohnung, als der Anrufbeantworter ansprang. »Hallo? James, hier ist – « Ich riss den Hörer hoch.

»Hallo, Susan!«

»James?«

»Ja. Schön, deine Stimme zu hören.«

»Ich wollte mich nur melden und fragen, wie es dir geht.«

»Darüber bin ich so froh! Ich brauche jetzt einfach eine freundliche Stimme im Ohr.«

»Was ist los? Du hörst dich nicht gut an.«

»Ich habe gerade erfahren, dass mich die Universität nicht länger beschäftigt.«

»Was? Tatsächlich? Ist ja unglaublich. Wieso nicht?«

»Ist eine lange Geschichte. Wollen wir uns nachher treffen? Dann erzähle ich dir alles. Wäre das okay?«

»Ja, ich denke schon.«

»Wollen wir uns bei mir treffen? Ich mache etwas zu essen und wir können uns unterhalten.«

»Das hört sich gut an.«

»Großartig. Ich hol dich um sechs ab.«

»Wir sehen uns.« Klick.

Im Nu war in mir ein neuer Plan gereift, ein viel besserer sogar als der zuvor, und ich wusste, wenn ich es geschickt anstellte, meinen ganzen Charme einsetzte, meine Geduld und mein Verständnis, meine Verwundbarkeit, wenn ich also meine Trickkiste öffnete, wie Dominique es so stillos formuliert hatte, dass dann am Ende der sprichwörtliche Goldtopf auf mich wartete. Also rannte ich los, besorgte Steaks und Kartoffeln, Karotten, Grünzeug für einen Salat, eine Flasche Rotwein und einen Kuchen zum Dessert. Ich putzte das Apartment, gönnte mir keine Sekunde Ruhe, nur um Dominique in Schach zu halten.

Zehn vor sechs stand ich vor ihrem Haus, klingelte und sieben Sekunden später war sie an der Tür. Ihr Lächeln war liebevoll und öffnete mein Herz, versetzte mich in Hochstimmung.

Vor allem aber: Sie war so glücklich, mich zu sehen, und ich wusste, dass sie richtig gelegen hatte. Die kleine

Auszeit voneinander war uns bestens bekommen.

Ich ging hinein, begrüßte ihre Mutter, die mich warmherzig empfing, begrüßte ihren Vater, der es nicht tat. Im Wagen fragte mich Susan nach den Problemen an der Universität.

»Es gibt eine ganze Reihe von Dingen, das Schärfste jedoch ist, dass sie mir die Festanstellung schlicht verweigern.« Ich erklärte ihr, was eine Festanstellung sei und was sie für einen Collegeprofessor bedeute, die Sicherheit, die sie garantiere, und sie verstand jetzt, weshalb ich so niedergeschlagen war. »Universitäten verfahren ständig so mit ihren Assistenzprofessoren. Sie versprechen ihnen eine Festanstellung, wohl wissend, dass die Studenten sich für ihre Seminare anmelden, weil sie junge Lehrkräfte sind, und dann, wenn die Zeit herum ist und sie unbefristet angestellt werden könnten, lässt man sie gehen. Das ist mir jetzt zum zweiten Mal passiert und ich habe es allmählich satt, alle paar Jahre nur eines Jobs wegen umziehen zu müssen.«

»Was willst du jetzt machen?«

»Keine Ahnung, ich habe mir noch keine Gedanken gemacht. Es ist alles so plötzlich gekommen, zu plötzlich, um richtig darüber nachdenken zu können.«

Wir waren am Ziel und ich stellte den Wagen ab.

Sie mochte die Wohnung sofort, vor allem die Aussicht vom Wohnzimmer auf die Bucht. Verdammt, sie ähnelte ihrer Schwester so sehr, als sie aus dem Fenster sah.

Ich zeigte ihr die anderen Räume, die jeden weiblichen Einfluss vermissen ließen – was das betraf, war Dominique zum Glück nicht in der Lage, einen Beitrag zu leisten. Susan bemerkte die Holzlatte in der Ecke des Schlafzimmers. Wie konnte ich nur vergessen haben, sie verschwinden zu lassen? Ich machte ihr weis, es handele sich um ein Souvenir, ein Stück Strandgut, dessen Holzstruktur mir so gefallen habe, dass ich es unbedingt hatte mit nach Hause nehmen wollen. Selbst das gereichte mir zum Vorteil, da ihr amüsiertes Lächeln mir zu verstehen gab, das Ding werde fürs Erste geduldet. Wir gingen in die Küche, wo der Tisch bereits gedeckt war. Ich legte die Steaks auf den Grill, Susan half mir, den Salat anzurichten, und suchte anschließend einen Sender im Radio. *Tiny Dancer* von Elton John erklang, Marylynns Lieblingssong oder war es der von Denise? Während das Fleisch vor sich hin brutzelte und das Gemüse köchelte, näherte ich mich Susan von hinten, legte meine Arme um sie und wir bewegten uns im Takt der Musik. Sie schmiegte sich an meine Schulter und ich küsste ihr Ohr, roch den süßen Duft von Pfirsichen auf ihrer Haut und hielt sie fest an meine Brust gepresst.

Als das Essen fertig war, knipste ich die Deckenbeleuchtung aus, füllte Susans Glas mit Wein und wir aßen bei Kerzenlicht.

»Ich hoffe, du hast das neulich Abend nicht falsch verstanden, James.«

»Da gab es nichts falsch zu verstehen. Du hattest absolut recht. Und weißt du was? Ich bin froh, dass du darauf bestanden hast. Es war das Beste, was du tun konntest.«

»Hattest du eine Ahnung, dass es sich so entwickeln würde mit deinem Job?«

»Ja, ich hatte eine Vermutung, ich meine, ich habe mir schon Sorgen gemacht, hätte aber nie geglaubt, dass es tatsächlich dazu käme. Die haben mir versprochen, dass es anders läuft. Obwohl ich mir der Möglichkeit bewusst war, hätte ich es niemals erwartet, wenn du verstehst, was ich meine ... oh Gott, ich weiß überhaupt nicht mehr, was ich gerade gesagt habe.«

Sie kicherte und spießte etwas Salat mit der Gabel auf.

»Alle Achtung, du nimmst das sehr gefasst auf«, sagte sie.

»Das liegt an dir. Es tut einfach gut, dich wiederzusehen.«

Im Licht der Kerzen wirkte sie irreal, beinahe wie ein Engel, als wäre sie eingehüllt in einen ätherischen Nebel. Ich fragte mich, ob Dominique im Kerzenlicht genauso aussähe, merkwürdig, dass ich das nie mit ihr gemacht hatte.

Nach dem Essen wollte Susan den Tisch abräumen, aber ich bat sie, alles stehen zu lassen, der Abwasch könne warten. Wir machten einen Spaziergang am Wasser. Es wehte ein kräftiger Westwind und am Himmel leuchtete ein Halbmond. Wir näherten uns den sich brechenden Wellen gerade so weit, dass wir nicht nass wurden, und unterbrachen unseren Spaziergang von Zeit zu Zeit, um uns zu küssen. Als wir an die Stelle kamen, blieb ich stehen.

»Was ist?«, fragte Susan.

»Nichts. Normalerweise gehe ich nur bis hierher und dann wieder zurück.«

Ich war im Begriff mich umzudrehen, doch sie hielt mich fest und küsste mich. Das ungute Gefühl, beobachtet zu werden, überkam mich. »Du zitterst ja richtig«, stellte sie fest.

»Ich habe mich wohl etwas erkältet.«

»Dann sollten wir nach Hause, bevor du richtig krank wirst.«

Als wir Hand in Hand zurückgingen, warf ich einen

Blick über meine Schulter. Es war niemand da. Zurück im Apartment setzten wir uns auf die Couch und jetzt erst fiel Susan auf, dass es keinen Fernseher gab.

»Ich sehe nie fern, wirklich«, sagte ich. »Ich lese lieber oder höre Musik.«

»Ich glaube, ohne Fernsehen könnte ich nicht leben.«

»Dann kaufe ich einen. Denn ich möchte, dass du so oft wie möglich bei mir bist.« Ich legte meinen Arm um ihre Schulter und wir küssten uns leidenschaftlich. Ich berührte ihre Brüste und sie legte ihre Hand auf meinen Oberschenkel, schmiegte sich an mich und drückte mich hinunter auf die Polster.

»Du hast mir gefehlt, Susan, und ich will nicht weg, wenn ich dich nicht mehr sehen kann.«

»Du wirst nicht weggehen müssen. Vorhin war ich ziemlich durcheinander, aber jetzt habe ich ein viel besseres Gefühl wegen dieser Sache.«

»Das ist gut. Wenn ich mit dir zusammen bin, empfinde ich auf eine Weise, die mir so neu ist. Mir ist klar, dass es zu früh ist, so etwas zu sagen, aber ich glaube, ich habe mich in dich verliebt.«

Sie sah mir tief in die Augen und küsste mich.

»Ich will mit dir schlafen, Susan.«

»Ich auch.«

Wir standen auf, gingen ins Schlafzimmer und ich setzte mich auf den Rand der Matratze. Sie setzte sich neben mich und zog ihr T-Shirt aus. Nachdem auch ich mein Hemd ausgezogen hatte, drehte sie mir den Rücken zu und ich öffnete ihren BH, massierte ihre Schultern, wo die Träger Druckstellen hinterlassen hatten. Ich legte meine Arme um Susan, berührte ihre Brüste und sofort richteten sich ihre Nippel auf. Ich kniete mich auf den Boden, berührte einen Nippel mit den Lippen, nahm ihn in den Mund und spürte den Herzschlag unter ihrer Haut, während ihre Brust unter meiner Zunge pulsierte und anschwoll. Sie hielt meinen Kopf und schloss die Augen. Erst öffnete ich ihre Hose, dann meine, wir standen auf und zogen uns aus. Sie trug nur einen blauen Slip und ihre Beine schienen weich und zart, nicht in Marmor gemeißelt wie die ihrer Schwester.

Ich drückte Susan sanft hinunter aufs Bett und wir lagen da, ineinander verschlungen wie menschliche Seile. Ihre Zunge schlüpfte in meinen Mund, sie schmeckte süß, nach einer Mischung aus Wein und Schokolade.

Susans Fingerspitzen tasteten sich hinunter, fanden meine Erektion und wanderten dort entlang. Ich glitt mit meiner Hand unter ihr Höschen, spürte den Haarbusch, der weich wie Baumwolle war, und während ich tiefer hineinglitt, begann sie zu stöhnen, wurde feucht und öffnete sich.

»Hast du was da?«, fragte sie.

Zuerst begriff ich nicht, was sie meinte. »Oh, sicher! Bin gleich zurück«, sagte ich dann. Aber ich wusste nicht, ob da etwas war; es lag in der Natur der Sache, dass sich diese Frage bei Dominique nie gestellt hatte. Rasch verdrängte ich den Gedanken aus meinem Kopf, ich wollte nicht an Dominique denken, wollte nicht, dass sie auftauchte.

Im Dunkeln durchsuchte ich das Schränkchen im Badezimmer, vermied dabei jeden Blick in den Spiegel. Dabei stieß ich einige Flaschen um, die eine oder andere landete im Waschbecken, wo ich sie liegen ließ. Meine Finger glitten durch die Fächer. Nichts. Ich geriet in Panik.

»Bitte, Dominique«, flüsterte ich. »Ich liebe sie. Mach mir das nicht kaputt.«

Unter den Mullbinden ertastete ich Cellophan. Sie mussten da seit über zwei Jahren liegen; bei Karen hatte ich sie nie benutzt. Ich ging zurück ins Schlafzimmer und legte sie auf den Nachttisch neben dem Bett.

Ich stand völlig neben mir, bis Susan ihre Hand zwischen meine Beine legte. Keine sieben Sekunden und die Erektion war wieder da. Susan rollte sich auf den Rücken, als ich zum Nachttisch hinüberlangte. Entsprechend präpariert, legte ich mich auf sie, küsste sanft ihr Gesicht und stützte mich ab, als ihre Finger mich nahmen und sanft in ihr warmes Tal führten. Sie zog mich hinein, bis ich tief in ihr war. Ich stellte mir ein Leben mit Susan vor, sie als meine Frau, mit einem Haus am Meer und Kindern, die auf Schaukeln saßen, ein Mädchen und ein Junge. Vielleicht auch Zwillingstöchter, das wäre was. Wenn ich das nur hätte, dachte ich, wenn Susan einverstanden wäre, dann wäre der Spuk vorbei. Für immer. Vielleicht wäre sogar eine Heilung möglich. Vielleicht ist die Macht der Liebe in der Lage, so etwas zu bewirken. Ewige Liebe. Wie bei Adam und Eva.

Ich öffnete die Augen und sah mich im Zimmer um.

»Was ist denn?«

»Nichts. Außer, dass ich dich liebe«, sagte ich und versuchte mit allen Kräften, mich zu konzentrieren. Sie grub ihre Nägel in meinen Rücken, ich stöhnte vor Leidenschaft, stöhnte vor Schmerz, bis wir uns schließlich beide entspannten. Ich stützte mich auf und küsste ihren Hals.

Sanft massierten ihre Finger meine Rückenmuskeln. Ich pustete ihr zart ins Ohr und sie seufzte: »Ich liebe dich auch, James.«

Es war so lange her, dass eine Frau das zu mir gesagt hatte; eine echte, lebendige Frau, die fähig war, es ehrlich zu meinen. Ich rollte mich herum und wir lagen nebeneinander.

»Was ich vorhin gesagt habe, war mein völliger Ernst. Dass ich mich in dich verliebt habe. Ich möchte mit dir zusammen sein, möchte eine wichtige Rolle spielen in deinem Leben. Möchte dich eines Tages heiraten, mich um dich kümmern, als dein Mann. Egal, welche Hindernisse es gibt, ich will dich heiraten.«

»Du klingst sehr entschieden.«

»Das bin ich.«

Sie berührte meine Wange, setzte sich auf und tastete nach ihrem Slip. Nachdem sie ihn angezogen hatte, streifte sie ihr T-Shirt über und legte sich neben mich.

»Vielleicht muss ich in einen anderen Bundesstaat, um eine Anstellung zu finden.« Sie sah mich an. »Wo immer ich am Ende auch lande, ich möchte, dass du mitkommst. Du musst nicht hier studieren, dir steht jede Universität offen. Du könntest im Studentenheim wohnen, bis wir unsere eigene Wohnung haben. Eine Wohnung wie diese hier.«

»Aber meine Eltern können es sich nicht leisten, mich woanders auf ein College zu schicken. Und ich weiß auch nicht, ob sie es gestatten.«

»Geld ist nicht das Problem. Ich kann mir das leisten. Als Dozent verdient man nicht schlecht. Außerdem könnte ich Aufträge als Fotograf annehmen, Hochzeits- und Porträtfotos machen. Finanziell würde es uns gut gehen.«

»Wow! Ich bin ziemlich sprachlos. Das kommt so plötzlich. Wo würdest du denn gerne hin?«

»Wohin würdest du denn gern? Ich kann mich überall einleben.«

Sie rollte sich auf die Seite, den Kopf in die Hand gestützt. Ich sah an die Decke. »Ich bezweifle, dass ich meine Eltern allein lassen kann, so kurz nach der Sache mit Dominique. Ich bin mir nicht sicher, ob ich das will.«

Ich spürte, wie Dominiques grausames Lachen mich im Innern kitzelte. Stets da, um mir alles kaputtzumachen, meine Dominique.

»Du hast recht«, sagte ich ruhig und schluckte meine Angst hinunter. »Es kommt ein wenig plötzlich. Aber könntest du wenigstens darüber nachdenken? Selbst wenn du noch ein Jahr hierbleiben würdest und erst dann zu mir ziehst, wo immer das auch sein mag, wir können uns trotzdem sehen. Ich würde am Wochenende herkommen, in den Semesterferien, so oft ich eben kann. Wir können jeden Tag miteinander telefonieren. Überleg es dir, Susan. Ich akzeptiere jede deiner Entscheidungen. Mein ganzes Leben war ich auf der Suche nach jemandem wie dir, und ich will dich nicht verlieren.«

»Und wann wollen wir meinen Eltern eröffnen, wie alt du wirklich bist?«

»Verschonen wir sie damit, bis wir von unserer Hochzeitsreise zurück sind.«

Sie kicherte und wir küssten uns minutenlang. Ich fühlte mich wirklich geliebt von dieser Frau, der ich mehr von mir offenbart hatte als jedem anderen Menschen, abgesehen vielleicht von Dominique, und die mich mit ihrer ehrlichen Zuneigung und ihrem Vertrauen nahm, wie ich war. Mir wurde klar, dass Offenheit und Ehrlichkeit als Strategie in Sachen Liebe nicht nur von therapeutischem Nutzen waren, sondern auch die Garantie boten für die

Erfüllung von Wünschen. Warum hatte ich das nicht schon längst begriffen?

Susan setzte sich auf und sah auf die Uhr. »Huch, schon so spät?«, meinte sie, langte nach ihrer Hose und zog sie an. »Warte 'ne Sekunde. Bin gleich wieder da.«

»Wohin gehst du?«

»Kümmer dich nicht um mich.«

Ich hörte, wie sie ins Badezimmer ging, dann die Toilettenspülung, und anschließend rumorte es in der Küche. Der Tisch wurde abgeräumt, das Geschirr zusammengestellt und der Wasserhahn aufgedreht.

Ich sah mich im Zimmer um, aber keine Dominique, nirgends. Vielleicht war sie endgültig verschwunden. Als sie gesehen hatte, dass sich tatsächlich etwas entwickelte mit Susan, hatte sie es womöglich nicht torpedieren wollen. Meine süße Dominique. Ich hatte ihr nie richtig Anerkennung zuteilwerden lassen, und mich beschlich ein schlechtes Gewissen bei dem Gedanken, wie ich sie behandelt hatte. Es war nicht ihre Schuld, dass sie nicht so sein konnte wie ihre Schwester. Lebendig. Gäbe es einen Weg, es wieder gutzumachen, dachte ich, ich würde es tun.

Ich hörte ein leises Keuchen aus der Küche, gefolgt von einem Wimmern. Ich stand auf und zog meine Hosen an.

»Alles in Ordnung, Susan? Was ist los?«

Sie lehnte am Spülbecken, hielt etwas in den Händen. Tränen schossen aus ihren Augen, als sie mich ansah.

Der Schrank unter der Spüle stand offen und was Susan in den Händen hielt, waren die Fotos. Dominique stand hinter ihr und blickte ihr über die Schulter. Susan versuchte zu sprechen, doch ihr Mund war ein zitterndes

Etwas, was ihr nicht gehorchen wollte.

»Susan, bitte, ich kann das erklären.«

»Halt's Maul!«, brüllte sie und es traf mich wie ein Schlag mit der Faust.

»Du ... kranker Mistkerl. Du verdammter Irrer! Wie konntest du ... «

»Susan, es ist nicht so, wie du denkst.«

»Wie bist du an die gekommen?«

»Hör mir zu, Susan, bitte! Sie wurde an den Strand gespült. Ich ging dort gerade spazieren, als man sie fand. Ich hatte meine Kamera dabei, und ich ... «

»Hör auf! Ich will nichts mehr hören. Oh Gott!« Sie weinte und ihr Gesicht verzerrte sich auf schreckliche Weise. Die Fotos entglitten ihren Händen und fielen zu Boden, die Bildseite nach oben. Dominique stand da und starrte auf sie hinunter.

»Wie konntest du nur? Wie konntest du mir das antun? Was für ein kranker Perverser bist du?!«

»Susan, bitte! Ich habe nur die Fotos gemacht. Ich liebe dich.«

»Ich hasse dich! Verstehst du? Ich hasse dich. Du ... du Bestie!« Ich machte einen Schritt auf sie zu und sie explodierte. »BLEIB MIR VOM LEIB!«

»Susan, bitte, lass es mich erklären.«

Sie stürzte an mir vorbei zur Tür, ich lief hinterher, packte sie am Arm, bettelte, sie möge mir zuhören, bat darum, es ihr erklären zu dürfen, doch sie riss sich los und stieß mich beiseite. Unter hysterischem Geschrei zerrte sie am Türknauf, bekam die Tür jedoch nicht auf. Ich packte sie erneut, doch diesmal fuhr sie herum, versetzte mir einen Schlag in den Magen, ein Schlag mit der Handkante gegen meinen Hals folgte und schließlich trat sie mir gegen die Brust, schickte mich zu Boden und ich krachte in ein Bücherregal. Beim Aufprall knackte es in meinen Rippen.

Susan kämpfte nicht länger mit der Tür, sondern machte einen Schritt zurück, trat die Türfüllung ein und zwängte sich hindurch. Ich rappelte mich hoch, schob mich ebenfalls durch das gesplitterte Holz und taumelte hinaus auf die Vordertreppe, wo ich nur noch das Klatschen nackter Füße auf dem Pflaster hörte und Susans Weinen, das in der stürmischen Nacht verklang und all meine Zukunftspläne mit sich nahm. Die kühle Luft stach mir in die Wangen und ich ging zurück ins Haus, wo John Connor oben auf dem Treppenabsatz stand.

»Was ist los bei Ihnen? Was veranstalten Sie da? Murksen Sie jemand ab?«

»Leck mich!«

Ich zwängte mich durch das Loch in der Tür, hielt mir die Rippen, die wie Feuer brannten, und setzte mich vorsichtig auf die Couch. Dominique kam aus der Küche und die Wut stieg in mir hoch, doch der Schmerz war zu groß, um sie rauszulassen.

»Du konntest es nicht ertragen, das mit Susan und mir, nicht wahr? Egal wie, du musstest es zerstören. Bist du so krank, Dominique, dass du deiner eigenen Schwester das antust? Nur um sie von mir fernzuhalten?«

»Man könnte fast lachen über dich, wenn du nicht so erbärmlich wärst, James.«

»Du hast dafür gesorgt, dass sie die Fotos findet. Irgendwie ist es dir gelungen, dass sie danach sucht.«

»Und wie soll ich diese magische Meisterleistung vollbracht haben?«

»Ich weiß nicht. Du hast es einfach getan.«

»Darf ich dir eine Frage stellen? Warum hast du sie behalten? Warum lagen sie dort?«

Das war eine gute Frage, auf die ich keine Antwort hatte.

»Ich liebe sie, Dominique.«

»Du wirfst mit Liebe um dich, als wären wir beim Baseball. Meine Schwester? Du willst sie lieben? Denk mal drüber nach. Würdest du sie tatsächlich lieben, hättest du dich dem gestellt, was in dir schwelt, und hättest sie dem nicht ausgesetzt. Sich aufopfern, sich kümmern, wahre Gefühle, das ist Liebe. Aber das hat dich nicht gekümmert, auch sie hat dich nicht gekümmert oder andere, du hast dich immer nur um dich selbst gekümmert.«

»Nein, Dominique, du irrst dich. Ich habe sie alle geliebt. Sogar Karen.«

»Ach, James, du glaubst das wirklich, oder?«

Ihre Augen blitzten amüsiert auf, als wären Funken der Erinnerung übergesprungen, als erinnere sie sich der Pointe eines vergessen geglaubten Witzes. »Was, wenn ich dir jetzt sage, dass du Karen gar nicht umgebracht hast?«

»Es war ein Unfall.«

»Nein. Was, wenn du es überhaupt nicht gewesen bist?«

»Wovon sprichst du? Wer?«

Dominique sah hoch zur Decke und wieder zurück zu mir.

»Er? Wieso sollte er sie umgebracht haben?«

»Frag ihn selbst. Er steht direkt hinter dir.«

Ich drehte mich um in dem Moment, als ein Seil an meinen Augen vorbeiflog. John Connor ragte über mir auf und zog die Schlinge um meinen Hals zu, drückte mich dabei auf die Couch. Ich kämpfte darum, meine

Finger unter das Nylonseil zu schieben, aber es schnitt nur tiefer in meine Haut. Ich versuchte, ihn kopfüber nach vorn zu ziehen, doch er war zu groß. Ich schlug um mich, dabei stieß ich gegen die Tischlampe neben der Couch, bekam sie zu fassen und rammte sie John Connor ins Gesicht. Er schrie auf und ließ von mir ab. Ich schnellte hoch, schnappte nach Luft und so standen wir einander gegenüber. Ich hatte ihn gut erwischt, denn er blutete heftig.

»Sie haben es die ganze Zeit gewusst, nicht wahr?«, sagte er und fuhr sich mit dem Ärmel über die Wange, um das Blut abzuwischen. »Und Sie sind auch in meine Wohnung eingestiegen.«

Ich sah ihn entsetzt an. »Also stimmt es! Sie haben es wirklich getan!« Er grinste, als wäre er stolz darauf. Mir dämmerte, warum manches an ihm mich so beunruhigt hatte, dieses einfältige, dümmliche Grinsen, dieses kaltblütige Sich-ins-Fäustchen-Lachen, wie bei einem Kind, das mit Wonne kleine Tiere quält.

»Aber warum, John? Warum haben Sie es getan?«

»Das Gleiche könnte ich Sie fragen. Warum haben Sie ihre Leiche verschwinden lassen? Warum nicht einen Unfall angezeigt und auf Ihr Glück vertraut? Sie sind wahnsinnig, Sie wären davongekommen.«

Er zog ein Springmesser aus der Tasche und ließ es mit einem sanften Klick! aufspringen.

»Damit kommen Sie nicht durch, John.«

»Ich weiß nicht ... oder vielleicht doch?«

Er machte einen Satz nach vorn, ich sprang zur Seite, dennoch bekam er mich zu packen, stieß mich gegen die Wand und nagelte mich buchstäblich mit seinem Körper fest. Ich krallte mich in seinen Arm, wie besessen von dem Gedanken, das Messer von mir fernzuhalten. Als John Connor mein Haar packte und meinen Kopf gegen die Wand schlug, riss ich instinktiv mein Bein nach oben und rammte ihm das Knie in die Eier. Er schrie auf, taumelte zurück und ich nutzte die Gelegenheit zur Flucht, rannte wie von Sinnen in die Küche. In meinem Kopf war nur Platz für einen Gedanken: John Connor außer Gefecht setzen. Auf der Suche nach einem passenden Gegenstand drehte und wendete ich mich, glitt dabei auf den Fotos aus, als mein Blick auf die gusseiserne Pfanne fiel. In dem Moment, als John Connor im Türrahmen auftauchte, hatte ich sie in der Hand, stürmte los und schlug sie ihm über den Schädel. Alles ging so schnell, dass ich erst Sekunden später einen scharfen Schmerz in der linken Seite verspürte. Meine Hand wanderte dorthin, unter mein Hemd, und als ich sie wieder hervorzog, war sie feucht-rot. Der Kerl hatte mich mit seinem Messer erwischt. Ich wollte weg, doch etwas packte meinen Knöchel, ich geriet ins Straucheln, konnte mich aber aus der Umklammerung befreien und rannte zum Schlafzimmer. Nicht schnell genug, wie sich herausstellte, denn als ich die Tür zuschlagen wollte, keilte Connor seinen Fuß dazwischen, drückte und drückte und zwängte sich hinein. Ich wich zurück, wähnte mich in der Falle und sah nur noch Connors blutiges Gesicht und seine Augen, in denen der Wahnsinn tanzte. Und er hatte das Messer in der Hand. Wieso nur hatte der Kerl immer wieder das Messer in der Hand?

»Dominique! Dominique!«, schrie ich in meiner Verzweiflung.

»Vergiss es, James! Seit Wochen höre ich deine Selbstgespräche. Dir erscheint kein guter Geist.«

»Bitte, John, hören Sie mir zu. Ich werde niemandem etwas erzählen. Ich werde hier auch verschwinden. Es wird unser Ge – «

Der Satz blieb unvollendet, als Connor auf mich zukam. Wie von selbst schnellte mein Bein in die Höhe, mein Fuß traf die Hand, die das Messer hielt, es fiel zu Boden und ich kickte es blitzschnell quer durchs Zimmer. John Connor war ich damit jedoch nicht los. Seine Hände schlossen sich um meine Kehle, drückten zu und sein biergeschwängerter Atem schlug mir ins Gesicht. In Todesangst ruderte ich mit den Armen, sie trafen dabei auf einen Gegenstand: Die Holzlatte. Ich griff zu, probierte noch mal den Trick mit dem Knie und stieß es Connor in die Eier. Seine Hände fielen von mir, er sackte zusammen und ich holte aus, drosch ihm die Latte mit aller Kraft über den Kopf. John Connor ging zu Boden wie der sprichwörtliche Stein.

Ich war völlig ausgepumpt, atmete gierig die Luft ein und da stand sie am Fenster, Dominique.

»Alles in Ordnung mit dir?«, fragte sie.

»Ich bin mir nicht sicher.« Ich sah hinunter auf mein Hemd und es war blutdurchtränkt.

»Du musst es zu Ende bringen«, sagte sie.

»Was?«

Ihr Blick wanderte hinüber zu John Connor, der bewusstlos auf dem Boden lag.

»Erledigt ist der noch nicht. Der wird gleich wieder wach.«

Ich sah mich im Zimmer um, mein Blick fiel auf die Kommode. Ich griff dahinter, zog sie von der Wand weg und schob sie über den Boden. Mit einem Krachen ließ ich sie auf John Connor fallen. Dann überfiel mich ein heftiges Zittern.

Dominique stand neben mir. »Jetzt entspann dich«, sagte sie. »Und deine Verletzung sieht schlimmer aus, als sie ist.«

Es dauerte zehn tiefe Atemzüge, bis ich mich gefangen hatte. Ich riss mein Hemd auf und betrachtete die Wunde. Dominique hatte recht. Es war ein Einstich, aber er war nicht sonderlich tief. Ich ging ins Badezimmer und legte mir einen feuchten Lappen auf die Stelle. Dominique stand im Wohnzimmer am Fenster.

»Warum hat er es getan, Dominique? Ich begreife es nicht. Wenn du es weißt, sag es mir«, rief ich ihr zu.

»Offensichtlich hatten sie eine Affäre.«

»Wer?«

»Ich bitte dich!«, sagte sie ungeduldig.

»Das ist unmöglich. Karen war immer in meiner Nähe.«

»Offensichtlich bist du nicht Gott, James. Als sie mit dir Schluss gemacht hat, hat sie auch mit ihm Schluss gemacht. Obwohl ich anerkennen muss, dass du das wesentlich besser weggesteckt hast als er.«

»Woher weißt du das?«, fragte ich.

»Du warst vielleicht bewusstlos, konntest aber hören, was sich abgespielt hat.«

Vor meinem inneren Auge tauchte John Connor auf. Er betrat das Schlafzimmer, während Karen mir einen feuchten Lappen auf die Stirn legte.

»Scheiße, was ist passiert?«, fragte er.

»Keine Ahnung. Er hat einen Anfall oder so. Seine Augen sind total unruhig. Ich sollte wohl besser einen Krankenwagen rufen.«

»Lass mich mal sehen.« John Connor blickte ihr über die Schulter und in mein Gesicht. »Halb so wild, er ist nur ohnmächtig.«

»Ich weiß nicht. Er sieht nicht gut aus.«

»Natürlich sieht er nicht gut aus. Die Vorstellung, eine so schöne Mitbewohnerin zu verlieren, würde jeden krank machen.«

Karen durchlief ein Schauder, aber sie schwieg. Die Verachtung, die sie für diesen Mann empfand, war geradezu mit Händen zu greifen. John Connor fuhr fort: »Ich hab schließlich auch daran zu knabbern.«

»Ist gut, John, hör auf damit.«

»Womit?«

»Du weißt, was ich meine. Lass es uns vergessen.« Sie beugte sich hinunter und zog eines meiner Augenlider zurück. Ich sah ihr direkt ins Gesicht.

»Ich rufe jetzt einen Krankenwagen«, sagte sie und stand vom Bett auf. John Connor nahm ihren Arm. »Warte. So läuft das nicht.«

»Es könnte etwas Ernstes sein.«

»Das meine ich nicht. Du kannst nicht einfach so verschwinden. Ich bin kein Stück Müll, das man eben mal so wegwirft. Immerhin hat meine Frau mich wegen dir verlassen!«

»Moment mal! Deine Frau hat dich deinetwegen verlassen! Gib mir nicht die Schuld dafür. Und sei gefälligst leiser, was, wenn er uns hören kann?«

John Connors Griff wurde fester und Karen wollte sich losreißen, aber Connor ließ sie nicht los. Er flehte sie an, sagte, dass er sie brauche und ohne sie nicht leben könne. Sie versuchte, sich seinem Griff zu entwinden, und John Connor brannte die Sicherung durch. Er schlug Karen ins Gesicht, schüttelte sie und stieß sie gegen die Kommode. Sie fing an zu weinen – und ich hatte Karen bisher nie weinen sehen. Er drängte sie gegen die Kommode und jetzt begann Karen zu schreien, und sie konnte sehr laut schreien!

Er wollte ihr den Mund zuhalten, doch sie biss ihm in die Hand. Er packte sie und warf sie gegen die Wand neben dem Kleiderschrank, griff ihr an die Kehle und zischte, sie solle ihr Maul halten, nannte sie eine Schlampe, eine Hure und es fielen noch andere Worte, die ich nicht verstehen konnte. Er drückte immer fester zu, und als er endlich seinen Griff lockerte, sackte Karen leblos zu Boden. John Connor stand da wie paralysiert. Dann fiel sein Blick auf mich, der ich ohnmächtig auf dem Bett lag.

Dominique stand im Türrahmen und beobachtete mich.

»Wenn du alles gewusst hast«, sagte ich, »weshalb hast du mir nichts erzählt? Warum hast du es zugelassen, dass ich fast wahnsinnig wurde vor Schuldgefühlen?«

»Ich habe nichts gewusst. Es begann erst, als er sich durch die kaputte Wohnungstür gezwängt hat. Du hast es verdrängt, so wie du die meisten Dinge in deinem Leben verdrängt hast. Die Realität, zum Beispiel.«

»Aber begreifst du's nicht? Wenn sich alles so abgespielt hat, bedeutet es, dass ich unschuldig bin. Ich habe niemanden umgebracht!«

»Unschuldig ist nicht unbedingt ein Ausdruck, den ich mit dir in Verbindung bringe, James. Immerhin hast du Karens Leiche beseitigt. Sicher, es gibt ein paar Umstände, die für dich sprechen, aber sehen wir den Tatsachen ins Auge: Du bist krank. Du brauchst professionelle Hilfe. Unbedingt. Meinst du nicht auch?«

»Ich habe Probleme, ja, ich weiß. Aber ich habe nie jemanden wissentlich verletzt.«

»Was ist mit Susan?«

Verdammt, Susan hatte ich ganz vergessen.

»Siehst du, James. Denk mal drüber nach, was aus dir geworden ist. Du bist gefährlich. Wie viele Susans soll es noch geben?«

»Ich wollte nie, dass das passiert.« Ich war den Tränen nahe. »Ich wollte sie nie verletzen.«

Sie sah mich milde an. »Ich weiß. Aber ob unbewusst oder nicht, du bist verantwortlich für deine Handlungen. Und wenn du dich deinen Problemen nicht stellst und etwas dagegen unternimmst, solange du noch kannst, wirst du eines Tages für mehr Verantwortung übernehmen müssen als nur für verletzte Gefühle.«

»Und was soll ich deiner Meinung nach tun, Dominique?«

»Stell dich. Erzähl ihnen, was passiert ist.«

»Aber ... dann werden sie mich wegsperren.«

»Sicher, man wird dich zwingen, Hilfe anzunehmen.«

»Und ich werde alles verlieren.«

»Und wirst dich dabei selbst finden, James. Meinst du nicht, dass es das wert ist?«

Sie hatte in allem recht, nur war da eine Sache, die mir mehr Angst machte als die Vorstellung, eingesperrt zu sein.

»Was?«, fragte sie.

Die Worte kamen mir nur schwer über die Lippen, da ich die Antwort kannte.

»Was ist mit dir?«

Sie lächelte. »Ich war nie hier.«

Wir gingen zusammen den Strand entlang, Hand in Hand, mit dem Wind und den Wellen als unsere einzigen Begleiter. Ich sah, wie sie auf die See hinausblickte.

Sie war so schön, meine Dominique.

Wir blieben an der Stelle stehen und ich sah Dominique in die Augen. Im Licht des Mondes schimmerten sie blau. Ich fühlte mich innerlich wund, als würde mein Herz herausgerissen, spürte den Verlust, den ich verspürt hatte, als ich sie hier zum ersten Mal gesehen hatte. Tränen stiegen mir in die Augen. Doch davon wollte Dominique nichts wissen. »Nein, nicht so, James. Das ist nicht das Ende, es ist der Anfang. Ein ganz neues Leben für dich. Du solltest froh sein. Denk an die Herausforderungen, die vor dir liegen. Vergiss nicht, du hast mich geschaffen und ich werde immer bei dir sein. Ganz weit hinten in deinem Bewusstsein. Niemand ist wirklich einsam, es sei denn, er überlässt sich der Einsamkeit.«

»Das werde ich mir merken.«

»Auf Wiedersehen, James. Es war ... interessant.«

Sie lächelte mir zu und drehte sich um zum Wasser. Ich sah, wie die Wellen auf ihre Füße zurollten, das Wasser ihre Knöchel umspülte und gegen ihre Beine schlug. Es sammelte sich um ihre Taille und stieg hoch bis zu ihren Schultern. Einzig ihr Kopf schwamm auf der Wasseroberfläche wie ein goldener Helm, trieb tiefer hinein mit der Strömung, bis die See anschwoll und sie ganz verschluckte. Sie war verschwunden.

Ich blickte hinaus auf die unendliche, geheimnisvolle See und fühlte mich unbedeutend wie ein Sandkorn. Erst jetzt fiel mir auf, dass die Stimmen verschwunden waren und an ihre Stelle das Rauschen des Meeres getreten war. Und ich nahm das nagende Gefühl wahr, dass etwas Unerledigtes darauf wartete, von mir erledigt zu werden. Zum letzten Mal hatte ich nun an der Stelle gestanden und machte mich jetzt auf den Weg, streifte ohne festes Ziel durch die Straßen.

Die Türen waren offen und ich stahl mich hinein. Ich war nie zuvor hier gewesen, obwohl sie doch nur ein paar Blocks vom Haus entfernt lag. Langsam ging ich nach vorn, betrachtete die Motive, die Figuren der Bleiverglasungen rechts und links – einige blickten voll Zorn, andere voll Mitleid. Ich stand vor dem Altar, unter dem riesigen Kruzifix, und kniete mich hin, um zu beten. Ich betete um Vergebung und Erlösung, betete für Dominique und Karen, für alle, denen ich Unrecht getan oder gegen die ich mich versündigt hatte. Und zum Schluss betete ich für mich selbst. Ich legte mich auf den Boden und weinte, mein Weinen hallte wider von der Decke, prallte ab von den Fenstern und wurde so von einem Heiligen zum anderen geworfen, bis ich hinaufsah in seine blassen Augen und mir den Schmerz vorzustellen versuchte – die Nägel in seinen Händen und Füßen, die Dornen auf seinem Kopf, die Wunde in seiner Seite. Aber ich konnte dieses Leiden nicht ermessen. Nichts war damit zu vergleichen. Ich schloss meine Augen und ruhte mich aus.

Am nächsten Morgen erwachte ich, als das Sonnenlicht in Karminrot und Violett, Blau und Silber durch die Fenster flutete, in Kaskaden durch das Glas fiel. Der goldene Altar tat meinen Augen weh.

Ich ging das Kirchenschiff hinunter. Am Eingang blieb ich stehen, blickte zurück auf sein blasses, bußfertiges Gesicht und erbat von ihm die Kraft, das zu tun, was ich zu tun hatte. Ein Priester trat aus einer Seitentür und als er mich sah, rief er: »Hey, was machen Sie hier?« Er kam auf mich zu, als wäre ich ein Dieb. Ich bekreuzigte mich und rannte hinaus.

Es war ein schöner, klarer Morgen. Die Luft war rein und erfrischend. Ich stand auf der anderen Straßenseite, den Eingang im Blick, und dachte darüber nach, was sie vor wenigen Stunden gesagt hatte: Es sei der Anfang von einem ganz neuen Leben. Sie hatte recht. Und es bedeutete, dass ich es freiwillig tat, dass ich diese Verantwortung als Mensch auf mich nahm.

Ich überquerte die Straße und ging zur Tür. Der Messingknauf fühlte sich kühl an in meiner Hand.

XXVII

Ich saß allein im Aufenthaltsraum und las. Mit meinem blauen Pyjama und den Pantoffeln unterschied ich mich nicht von den anderen rund hundert Kunden, die man hier in Verwahrung hatte. Man nannte uns Kunden, nicht Patienten. Ich akzeptierte es, ebenso wie jeder andere Wahnsinnige hier drinnen es zu akzeptieren schien. Von zwei bis vier stand Freizeit auf dem Programm, und die meisten körperlich fitten Kunden waren draußen und spielten Baseball. Die täglichen Ballspiele endeten immer hässlich, selbst mit einem Plastikschläger und einem weichen Ball, also zog ich es vor, drinnen zu bleiben und zu lesen.

Ich blätterte gerade eine Seite um, als ich spürte, dass mich jemand beobachtete. Ich blickte auf und sie stand im Türrahmen. Ich war ziemlich geschockt, sie zu sehen. Ich klappte mein Buch zu und legte es auf den Stuhl neben mir.

»Was machst du denn hier?«

»Ich wollte mal sehen, wie es dir geht.«

»Bitte komm her und setz dich.«

»Ich kann nur kurz bleiben.«

»Das ist völlig okay, es ist großartig.«

Ich zog einen Stuhl heran und sie setzte sich neben mich. Sie trug einen schlichten schwarzen Rock mit passender Weste. Und sie wirkte älter als neunzehn. Die Hände im Schoß gefaltet, sah sie mich lange an, bevor sie anfing zu sprechen. »Ich habe es vor einiger Zeit in der Presse gelesen. Das mit deinem Nachbarn, mit der Verhaftung und alles.«

»Ja, sie haben ihn an einer Mautschranke vor der Brücke erwischt. Er hat versucht, den Staat zu verlassen. Wenn er genau abgezähltes Geld dabeigehabt hätte, wär's ihm gelungen.«

Sie lächelte schief, ein wenig nur, und war sofort wieder ernst. »Du führst ein abwechslungsreiches Leben, das muss man dir lassen.«

»Für meinen Geschmack ein wenig zu abwechslungsreich.«

»Und? Wie geht es dir so?«

»Gut. Mir geht es gut. Den Umständen entsprechend. Mir gefällt es hier.«

»Wirklich?«

»Ja, es ist ruhig, und ich erfahre Dinge über mich, die mir nie bewusst waren. Ich hätte bereits vor Jahren herkommen sollen.«

»Unten, beim Empfang, habe ich mit einem der Ärzte gesprochen, der meinte, du seist freiwillig hier und könntest jederzeit gehen.«

»Das stimmt. Aber diesmal will ich sichergehen. Ich habe so viele Menschen verletzt, auch dich. Ich möchte, dass Schluss damit ist. Zum ersten Mal in meinem Leben sehe ich die Dinge, wie sie sind, und nicht wie ich sie mir vorstelle. Und glaub mir, das ist, als wenn man plötzlich wach wird.«

»Ja, das kann ich mir vorstellen ... Oh, das war jetzt nicht besonders geschickt formuliert.« Ich lächelte sie an, und sie erwiderte mein Lächeln, wenn auch nur schwach. »Wenn ich gewusst hätte, dass du kommst, dann hätte ich mich umgezogen. Ich muss keinen Schlafanzug tragen, es ist nur wesentlich bequemer so. Ich hätte auch etwas zu essen bestellen können. Die Cafeteria hier macht einen grandiosen Hackbraten.« Sie lächelte wieder, aber es konnte nicht darüber hinwegtäuschen, wie beklommen sie sich in dieser Umgebung fühlte. »Offen gestanden bin ich sehr überrascht, dass du mich überhaupt besuchst. Als wir das letzte Mal zusammen waren, hast du mir sehr deutlich gemacht, was du von mir hältst. Im Übrigen zu Recht.«

»Ich habe so einiges gesagt ... doch so schrecklich das war, was du getan hast, ich musste mir selbst eingestehen, dass du auch deine guten Seiten hast.«

»Gute Seiten? Ich wüsste nicht, welche das sein sollten.«

»Du hast schlimme Dinge angestellt, Dinge, die andere verletzt haben. Aber in meinen Augen bist du kein schlechter Mensch.«

»In gewisser Hinsicht sind wir alle schlecht, denke ich. Der eine mehr, der andere weniger.«

»Du warst krank. So sehe ich das. Ich kann niemanden hassen, der krank war und für seine Handlungen nicht verantwortlich. Ich glaube, dass die Menschen grundsätzlich gut sind. Auch du, James. Allein die Tatsache, dass du hier bist, um gesund zu werden, beweist das.«

»Ich weiß nicht, was es beweist, aber ich weiß, dass ich

noch nie so klar war im Kopf.«

»Was macht deine Verletzung? Ich habe gelesen, dass er dich mit dem Messer verletzt hat.«

»Alles bestens«, sagte ich und klopfte mir auf die linke Seite. »Es ist alles verheilt. Er hat keine lebenswichtigen Organe getroffen. Die sitzen bei mir alle auf der rechten Seite.«

Sie lächelte. »Das ist schön. Das freut mich.«

Für einen Moment herrschte Schweigen zwischen uns, als sich Susan im Raum umsah, die Gitterstäbe vor dem Fenster betrachtete, den Heizkörper darunter, die Holzstühle und den Halter für die Zeitschriften. »Ich habe gesehen, dass du gelesen hast, als ich gekommen bin«, sagte sie und beugte sich hinüber zu dem Stuhl, wo das Buch lag. Ein Lächeln erhellte ihr Gesicht.

»Ja, ich dachte mir, ich habe so viel Zeit hier drinnen, außerdem habe ich ihm nie eine richtige Chance gegeben. Auf seine Weise ist er ein großartiger Schriftsteller. Ich bin ein echter Fan geworden. Das ist die ungekürzte Ausgabe. Hast du sie gelesen?«

»Nein, habe ich nicht.«

»Ich kann sie dir geben, wenn ich fertig bin. Sind ja nur noch schlappe sechshundert Seiten.«

Sie lehnte sich im Stuhl zurück und schlug die Beine übereinander, ihre Schuhe sahen neu aus, mit dünnen Lederriemen um die Knöchel. Unterdessen wurde draußen der nächste Run erzielt.

»Gab es Probleme, hier reinzukommen?«, fragte ich. »Unter der Woche verirren sich nicht viele Besucher hierher.«

»Nein, überhaupt nicht. Ich habe mich eingetragen und durfte rein.«

»Mit den Sicherheitsvorkehrungen nimmt man es hier nicht so genau. Man beschränkt sich auf ein Minimum. Niemand ist hier sonderlich gefährlich. Allerdings habe ich ein paar echte Knaller kennengelernt, seit ich hier bin. Ein Typ hat versucht, den Präsidenten zu erschießen, zwei behaupten, sie seien Jesus, und einer hält sich für Elvis. Und ich rede hier von den Angestellten.«

Sie brach in Gelächter aus und für einen winzigen Augenblick hätte ich am liebsten geweint.

»Es freut mich, dass du deinen Sinn für Humor nicht verloren hast.«

»Das ist so ziemlich das Einzige, was du hier behalten darfst.«

Sie berührte ihre Lippen und wurde wieder ernst, als wäre es ein Verbrechen, hier zu lachen.

»Wie geht es deinen Eltern?«

»Oh, es geht ihnen gut.«

»Das ist schön. Richte deiner Mutter einen Gruß von mir aus.«

»Ich habe ihr nicht erzählt, dass ich hier bin. Ich dachte, es ist besser so.«

»Ja, da hast du wahrscheinlich recht.«

Draußen donnerte ein LKW vorbei und ich bekam mit einem Male Angst, sie würde gehen.

»Susan, ich weiß, es gibt keine Entschuldigung für mein Handeln, aber bitte glaube mir, es tut mir unendlich leid.«

»Es ist alles in Ordnung, James. Ich verstehe das.«

»Tatsächlich, Susan? Wirklich?«

»Ich denke schon.«

»Es war nicht alles gelogen. Was ich gesagt habe über meine Gefühle ... meine Gefühle zu dir, sie waren echt.

Mir ist klar, dass ich kein Recht habe, so mit dir zu reden, ich sitze in der Klapsmühle, im Pyjama, und das nachmittags um drei, aber du sollst wissen, dass ich völlig bei mir war, als ich dir diese Dinge gesagt habe. Wie dem auch sei, es ist mir wichtig, dass du es weißt.«

Sie sah mich unverwandt an, mit traurigem Blick, und sagte eine unendlich lange Minute gar nichts. Schließlich holte sie tief Luft. »Tja, ich glaube, ich muss jetzt. Sonst wird es zu spät.« Sie schlug sich mit den Händen auf die Knie und stand auf, ging zur Tür und drehte sich noch einmal um. »Übrigens, was ich noch berichten wollte, ich fahre jetzt Auto.«

»Offiziell?«

»Ja! Vor drei Monaten war die praktische Prüfung. Und ich habe einen eigenen Wagen. Einen alten Ford Taurus. Ein Schrotthaufen, aber er fährt.«

»Mehr kannst du von einem Schrotthaufen nicht verlangen. Ich kann mir lebhaft vorstellen, wie die Kotflügel aussehen.«

»Sie sind in einem überraschend guten Zustand. Bisher bin ich noch nirgendwo gegen gefahren.«

»Gut zu wissen. Und ... Susan ... es hat mich wirklich gefreut, dass du gekommen bist. Es war schön, dich wiederzusehen. Vielleicht ... vielleicht kommst du mal wieder vorbei.«

Sie stand da, überlegte. »Vielleicht«, sagte sie, und dann: »Schau'n wir mal.« Sie drehte sich um und ging den Flur entlang zum Fahrstuhl. Ich konnte sehen, wie sie darin verschwand, und das Herz wurde mir schwer. Zum ersten Mal seit einhunderteinundsiebzig Tagen kam ich mir vor wie im Gefängnis.

Ich trat ans Fenster, von dem aus man das gesamte

Gelände überblickte. Jenseits des schmiedeeisernen Tores dehnte sich das Meer aus, so weit das Auge reichte. Ich dachte an die Wendungen und Verwicklungen der letzten Monate und daran, dass nichts ohne Grund geschieht. Was uns heute als Tragödie erscheint, ging es mir durch den Kopf, könnte sich bereits morgen als Segen erweisen. Auf jeden Fall machte ich Fortschritte, und die Tatsache, dass sie mich besucht hatte, gab mir Grund zur Hoffnung.

Weit draußen, wo der Horizont verschwamm und Nebel aufstieg, sah ich etwas auf der Wasseroberfläche treiben. Es bewegte sich vor und zurück, wie eine Boje in der Strömung. Ich konnte nicht so recht erkennen, was es war, lediglich einen schlanken weißen Körper und etwas, was aussah wie ein goldener Helm. Es schien näher zu kommen, auf die Küste zuzutreiben. Ich beobachtete es, bis die Sonne unterging und der Himmel dunkel wurde. Dann ging ich zu Bett und träumte von meiner jüngsten Vergangenheit.

Zu den Übersetzern:

Ango Laina (Heinz-M. Vogel), geboren 1947 in Faßberg (Celle). Er ist Buchhändler, Diplomdesigner und studierte Ägyptologie, Iranistik, Klassische Archäologie und Finnougristik in Hamburg. Er schrieb Feuilletons und Kritiken für den Rundfunk und veröffentlichte in Zeitschriften und Anthologien. Seit Ende der 80er Jahre arbeitet er auch als Übersetzer für Englisch, Französisch, Ungarisch.

Angelika Müller, geboren 1954 in Berlin, Magister in Germanistik und Politologie, zeichnet seit 1988 als Lektorin und Übersetzerin für die Reihe Pulp Master verantwortlich und lässt sich von Rammstein und Velvet Underground inspirieren.

Pulp 5

Buddy Giovinazzo
POESIE DER HÖLLE
ISBN 978-3-927734-08-1
EUR 13,80

Nachdruck in Vorbereitung

Nun hat Giovinazzo einen New-York-Roman in der Tradition amerikanischer Klassiker, von Hubert Selby bis Andrew Vachss, vorgelegt, der dieses Genre um ein hartes kühnes Meisterwerk bereichert. (Cosmopolitan)

Erleben und Erinnern, Wirklichkeit und Wahn wechseln einander ab und fließen ineinander, geschnitten wie Video-Clip-Sequenzen jagen sich die Bilder. Die Grenze zwischen Innenwelt und Aussenwelt verschwimmt, Opfer oder Täter, alles wird eins. (Der Spiegel)

Das Ausmaß und die Sprachgewalt erinnern mitunter an den obsessiven Roman "Das Blau des Himmels" von Georges Bataille, an Celines "Reise ans Ende der Nacht", die Milleuschilderungen an W.S. Burroughs ersten Roman "Junkie", die Wucht der Bilder wiederum an Filme von Martin Scorsese oder Abel Ferrara. (Sonntagsblatt)

Pulp 8

Buddy Giovinazzo
BROKEN STREET
ISBN 978-3-927734-23-4
EUR 13,80

Nachdruck in Vorbereitung

Der US-Autor und Regisseur Giovinazzo erzählt ein Leben voller Gewalt, Drogen und Verbrechen, aus dem es kein Entkommen zu geben scheint. Träume zerplatzen auf dem Asphalt ebenso leicht wie die Köpfe der Menschen. Seine Sprache hat Kraft und Rhythmus, stilsicher vermeidet er Pathos und Voyeurismus. Am Ende bleibt ein wenig Raum für Hoffnung - manchmal liegt das rettende Ufer einfach auf der anderen Seite der Straße. (kultur Spiegel)

Er ist ein Mann für schlaflose Nächte, Buddy Giovinazzo, Jahrgang 1960. Mit seinen Romanen hält er jeden Leser in Atem – eben ist der neueste auf Deutsch erschienen, Broken Street, und die Figuren aus seinen Filmen setzen sich hartnäckig in der Erinnerung fest. "Das gehört zum Leben", heißt es in Broken Street, "jene Faszination, den Tod zu betrachten. " (Süddeutsche)

Pulp 14

Buddy Giovinazzo
POTSDAMER PLATZ
ISBN 978-3-927734-28-9
EUR 13,80

Nachdruck in Vorbereitung

Pulp-Fiction für Fortgeschrittene! Seine Fangemeinde wird stetig größer. (Polylux ARD)
Man fühlt sich nicht besser, aber man muß immer weiterlesen. Vielleicht sind es diese Untiefen unter der coolen, harten Oberfläche des Pulp, die dafür sorgen, daß man Buddy Giovinazzos Romane bis zu ihrem bittern Ende nicht aus der hand legen kann. (Tagesspiegel)
Buddy Giovinazzo hat die ultimative Antwort auf jüngere Berlin-Romane vorgelegt. (Berliner Morgenpost)
Stilistisch liest sich das Buch wie ein Film mit harten Schnitten, atmosphärisch erinnert der Roman ein wenig an die "Sopranos" und Leonard Cohen, der ja das Eingangslied für die wunderbare amerikanische Mafia-Serie, die in Deutschland nicht richtig ankam, und auch den schönen Song für "Natural born killers" gemacht hatte. (TAZ)

Pulp 31

Rick DeMarinis
GÖTTERDÄMMERUNG IN EL PASO
ISBN 978-3-927734-44-9
EUR 13,80

in Vorbereitung

El-Paso-Homeboy J.P. Morgan will nichts mit den Eheproblemen seines exzentrischen Schriftsteller-Kumpels Luther Penrose, eines Ex-Desert-Storm-Kameraden, zu tun haben. Carla Penrose sei mit einem Mexikaner durchgebrannt, heißt es, und J.P. solle sie suchen und zur Rede stellen. Als Luther in seiner Verzweiflung Profis anheuern will, lässt sich J.P. doch noch breitschlagen, den Turteltäubchen nach Vegas zu folgen. Als ihm plötzlich Kopfgeldjäger, Texas Ranger und Nazi-Schläger auf die Füße treten, dämmert es J.P allmählich, dass es hier um mehr geht als um eine bilaterale Kopulation …

Rick DeMarinis legt nach KAPUTT IN EL PASO einen weiteren schwarzen Gesellschaftsroman vor, der Hardcore mit Metaphysik versöhnt und sich abermals der US-Grenzregion im Süden widmet, wo ein Hochsicherheitszaun gleichermaßen amerikanische Hilflosigkeit und Front markiert.

Pulp 34

Dave Zeltserman
PARIA
ISBN 978-3-927734-47-0
EUR 13,80

in Vorbereitung

Einst war Kyle Nevin Teil des mächtigen Triumvirats, das die irischen Gangster in South Boston anführte, bis Oberboss Red Mahoney ihn ans Messer lieferte und Kyle für acht Jahre weggeschlossen wurde. Frisch entlassen, bleiben ihm vorerst nur ein Platz auf der Couch seines Bruders Danny, der endlose Hunger nach Rache und eine bereits im Knast geplante Lösegelderpressung, die seinen alten Status wiederherstellen soll. Doch als die Entführung wider Erwarten schiefläuft und Kyle ungewollt in die Schlagzeilen gerät, bietet ihm ein großer New Yorker Publikumsverlag, der vom Medienhype profitieren will, einen Megadeal an, dem Kyle kaum widerstehen kann ...
Mit seinem diabolischen Ideenreichtum befindet sich der amerikanische Autor Dave Zeltserman derzeit wohl auf der Noir-Überholspur; und mit diesem Buch legt er die Latte sehr hoch. In PARIA kombiniert er brutale Metafiktion mit einer Satire über den modernen Buchbetrieb und die Praxis des literarischen Diebstahls.

Pulp 33

Garry Disher
DIRTY OLD TOWN
ISBN 978-3-927734-46-3
EUR 13,80

in Vorbereitung

Wyatt muss die Ansprüche zurückschrauben und sich mit Klein-Klein begnügen. Ein Juwelenjob erscheint da ganz nach seinem Geschmack — nichts Extravagantes, nichts Undurchschaubares, bis auf die Tatsache, dass es Eddie Oberins Job ist und nicht nur Oberin darauf besteht, bei dem Überfall mitzumischen, sondern auch seine Exfrau Lydia Stark, von der das Insiderwissen stammt. Wyatt arbeitet lieber allein, gibt aber grünes Licht, denn sein Plan ist wie immer akribisch vorbereitet. Doch keiner ahnt, dass die ins Visier genommenen Juweliere von ihrem französischen Cousin Alain Le Page mit in Europa gestohlenen Uhren und Schmuck versorgt werden, die sie in Australien mit ihrer legalen Ware tarnen ...
Disher zeigt eine moralisch verkommene Welt voller Niedertracht und Gemeinheit, wo blindes Vertrauen mit einem Kopfschuss belohnt wird, eine Gesellschaft der reinen Negativität, wo vom Investmentbanker bis zum Kleinkriminellen jedermann der Teufel des anderen ist.